# 定心听韵

王继英 著

北方文艺出版社

图书在版编目（CIP）数据

宅心听韵 / 王继英著. -- 哈尔滨：北方文艺出版社，2022.5
ISBN 978-7-5317-5338-4

Ⅰ. ①宅… Ⅱ. ①王… Ⅲ. ①散文集－中国－当代 Ⅳ. ①I267

中国版本图书馆CIP数据核字(2021)第185473号

## 宅心听韵
ZHAIXIN TINGYUN

作　者/王继英
责任编辑/王　爽　　　　　　特约编辑/陈长明
装帧设计/汇蓝文化

出版发行/北方文艺出版社　　　　邮　编/150008
发行电话/（0451）86825533　　经　销/新华书店
地　　址/哈尔滨市南岗区宣庆小区1号楼　网　址/www.bfwy.com

印　刷/济南精致印务有限公司　　开　本/880×1230　1/32
字　数/210千字　　　　　　　　印　张/8.5
版　次/2022年5月第1版　　　　　印　次/2022年5月第1次印刷

书　号/ISBN978-7-5317-5338-4　　定　价/68.00元

不论世界如何变幻，时光如何流淌，我都情愿永远做一个身着素衫、怀揣素心的女子。一边是柴米油盐的琐屑、平淡，一边是笔墨纸砚的雅致、怡人，心灵在这之间被砥砺，被陶冶……

## 一路向北（代序）

这个时代，东西方文化激烈碰撞，在撞击出的七色火花中，芸芸众生略显浮躁。即便是作家也难以淡定，更难淡泊。偏偏有位年轻女作家依旧一片冰心在玉壶。她捧一盏清茶，邀一轮明月，将那文字当作珠玑，一串串穿起，或怡然自乐，陶醉其中，或懊恼不已，将那珠串抛弃。这正是：风爽三秋夜，苦乐王继英。卧迟鸡已叫，出覉在五更。几上是冷茶，文字暖被笼。

当年，这个川中囡囡十一岁，便因父亲的事业而随父母穿越巴山蜀水一路向北，到了北方这片土地上扎根成长。与荆棘、野草为伴，何处可求窈窕，她不知前面尚有命运之苦等着自己。

家庭的变故，母亲的泪水，弟弟的无知，经济的困顿，使她一夜间长大成人，使她变得坚韧不拔。有谁能知晓，对于命运，那种桀骜不驯要比逆来顺受难上多少倍。

人生路上，有各种缘，缘结何处？远在晨阳夕霞明灭间，近在咫尺可碰处。一个小伙伴的一本《红楼梦》小人书的一页上黛玉持卷夜读的画面，竟使缘从天落——她要读书，她要写文章。恰似冥冥之中天意所定，从此她一路向北痴心不改。此刻，巴山夜雨涨秋池，春深处处花。而她的脚下寒冰初释，腐草如泥，行履维艰，她要寻师。很多缘都同佛缘一样，只要怀有虔诚之心，便可一步一莲花，一土一如来。虔诚之心，使她破执见性，俯仰皆是菩提，使她戴上了一副无形的文学艺术眼镜。生活是艺术的源泉，她的眼镜使她遇到了启蒙老师，也使她处处汲取社会生活的营养，更难得的是，让她以黛玉的绰号遇到如意郎君。

她的处女作发表时，她如醉如痴，忘茶饭，懒梳妆，轻上罗床待月光，银盘映笑脸，纤指取墨香，捧着报纸，一夜似睡非睡。

她用心灵去刻画人生和社会，去表达人生的喜怒哀乐，此时仿佛她又回到故土，回到沱江，回到老屋。她素面青衫，婀娜清幽，或于香妃竹前，或于橘树之下，或于芭蕉荫下楚楚而立，那真是如云漏月，如雾拂花，好似一个她梦中生慕的李清照。但此刻她是在重温故乡的逸事，怀念故去的亲人，她要把这些情愫变成带着故土气息的文字。

甘愿以文吐丝为网，甘愿以文为茧自缚，"衣带渐宽终不悔，为伊消得人憔悴"，"众里寻他千百度，那人正在灯火阑珊处"。功夫不负有心人，她终于看清了那"人"——文学写作技巧。文字如江河奔流不绝，她一路向北狂跑，她的文章一发不可收拾，连续出版了四本文集，赢得了读者，更获得了荣誉。她实现了自己的梦想，当下有多少人手持之书是她写就的书。

她的第一本书《雪落无痕》是作为送给自己三十岁的生日礼物而出版的。她在书的《后记》中写道："这（本书）也许是一个女人三十年人生沧桑的韵脚……我以自以为是的灵感不自觉地涂抹了一些心灵文字。明天的我，明年的我，若干年后的我，应该不会再为人生的遗憾而悔恨，这该是我向往和追逐的目标。"

她在第二本书《滴水流云》的《后记》中写道："人生的每一个际遇都是生活无私的馈赠，我有什么理由不去热爱生命呢，人生不该留有虚度光阴的遗憾。"

她在第三本书《带露的紫罗兰》的《后记》中写道："这本书于我是青春的露珠，是季节的风铃，是情感的云霓，是人生的感悟。不论它是不是丑小鸭，但它总有变成白天鹅的梦想，总有变得美艳绝伦的渴望。人生不应该没有梦想。"

她在第四本书《草潭曳楫》的《后记》中写道："每天都与工作上繁杂的文字厮守。人届中年，仍眷恋少年时的文学梦想，甚至梦醒之后也会保留一小会儿那种冲动的温热……"

从以上这些文字不难看出，她确实在她心中的"北斗星"的指引下一路向北。

纵观她的作品，文笔优美而朴实，她探讨人生的意义，表达出许多人感悟到的人生滋味，亲切生动，平易近人，予读者以感悟，耐人咀嚼。《宅心听韵》读来别有韵味，还须以自己安静的灵魂去聆听这位作家独到的心音。看，作家在向我们招手呢。

凤子

二〇二一年十二月二十五日写于沽上

# 目录

**卷一**

故里老屋情 /2

草潭曳楫 /6

遥想外婆 /12

坟草萋萋，往事依依 /17

泪眼蒙眬的祝福 /22

云妹 /26

爱与生命的恋歌 /30

长白慈母行 /33

想让母亲天天微笑 /38

小丫面世 /41

生命的"落草" /43

**卷二**

儿情母爱 /48

儿子十岁 /50

松鼠回来了 /68

精灵的祝福 /70
成长的烦恼 /74
回望奥运田径开幕赛 /81
写给孩子 /84
履赋屐韵韶华吟 /88
分别时刻 /91


**卷三**

今夜多梦 /96
杜鹃花开时 /98
为谁而歌 /100
今冬雪绒花相伴 /102
这个冬天我懂得了……/104
玉女情缘 /107
我是自己的情人 /112
给自己三十岁的礼物 /115
不能说出的秘密 /118
二十载烟云今又聚 /125
生活的玫瑰 /131
明天是否依然爱我 /135

**卷四**

从容地，你来了 /140

情感低语 /141

春天的倾诉 /146

白色鸟 /150

落雪写梅 /153

阿吉叔在春天里走了 /156

采油树与祖国 /158

**卷五**

禅静 /162

早春 /164

飘雪的夜晚 /166

白洋淀之旅 /168

水韵无声亦有情 /172

遗落在云台山的遗憾 /178

回望赤水行 /180

"生存岛"散记 /184

欧旅掠影 /192

走近偶像 /201

目光上的灵魂碰撞 /211

**卷六**

走远了的盐水小菜 /216

飘逝的茶香 /218

茶香再寻 /220

品茶 /222

茗香里的秋 /225

盆景心语 /227

有些许淡淡惆怅 /230

那晚我哑然失笑 /232

让我认识我自己 /234

或许有一种痛 /236

这钱我不花 /238

我心简单 /239

**卷七**

问水何得清如许 /242

昨宵一夜唤春雨，今朝满目是杏花 /245

这里让你的渊明之梦成真 /248

油画 /250

宅心听韵 /253

**后记** /259

## 卷一

　　一搔首，一曳衫，也定会抖落满眼的乡思与亲情。每个季节的芳菲，都来自故土；每次柔柔浅笑，都来自白发苍苍的老娘和那个世界里我的先辈。许多时候我惊愕，就连裙裾下的一枚秋叶，也写满了不沾灰尘的回忆。

## 故里老屋情

细雨交织成一张朦胧硕大的网,网住我的情感,在一片迷茫之中。倘若我是一只游弋在异乡的小鱼,它的喜怒哀乐也总在故乡这片游不出的海里。这迷蒙的雨丝,为我洗涤着路途上的尘埃,带我走进了生我养我的故土!踏上家乡的土地,第一件事当然是直奔老屋。

那间迎我来到人世间的土屋,仿佛仍弥漫着奶香……

三十多年前的一个飘雪的寒冬黎明,正忙着操办全家人早饭的母亲独自忍着剧痛,把我生在了老屋灶台下的泥地上。那时,灶膛里的柴火熊熊地燃烧着,满脸汗珠的母亲就着昏黄的煤油灯,烧红了瓷碗碎片,亲手割断脐带的一刹那,她养的那只大公鸡放声高歌,母亲的笑容包裹了我沾满血污的小身体。在我以前的模糊想象里,母亲应该是用一把生锈的剪刀剪断脐带的,但母亲最近才说,其实是摔碎的瓷碗片。我含在眼底的泪水,最终没在母亲面前滑落……

母亲生活中的波澜,似乎与这老屋有着难以说清的牵连。她还是小女孩的时候,就时常到老屋来做客,因为她表姨的青睐。后来她表姨成为我奶奶。表姨一直疼爱她,表姨说,这囡善良、温厚,谁娶了她,是一生的福气!少年母亲和她的表哥——也就是我父亲,在老屋的后坡种了许多桃树和竹子。他们还在老屋的前庭，开拓了半亩花池，最终贫瘠的生活让它变成了一方菜圃。那时，他们年轻的心里，是否有所期待呢？

表姨早逝，母亲和她的表哥，终日在老屋的厅堂守着她的灵魂，一连几天不曾合眼，表哥心疼她，无数次地给她擦拭眼泪。表妹、表弟们还小，表哥还要读书，母亲从此以后更是常常来老屋帮助做家务。其实，乡亲们，尤其是表哥一家，早把母亲当成了未过门的媳妇！可是母亲自己坚决反对，在她表哥以优异的成绩，成为当时全乡唯一走出深山的大学生时，母亲有了深重的忧虑：自己一个没有条件上学的乡下姑娘，只能一辈子仰望文化的玄妙！

母亲依然常去老屋做农活，但那是在表哥去外地上大学的时候，表哥寒假、暑假归来，母亲总是躲避着他，表哥却追随着她的身影。

母亲、父亲终于领了结婚证，那是在父亲大学时代最后一年的寒假。他得了很重的病，唯一离不开的似乎只有母亲。母亲的善良，让她难以拒绝父亲的依恋。她决心无怨无悔地陪伴他一生一世。尽管后来离异令她万般痛苦，她依然执着地深信父亲的感情不曾改变。

我出生时，父亲在遥远的北方祈祷妻女平安。母亲常常带着一种崇拜一样的感情说："你父亲真了不起，他能准确地算出你的性别、出生日期，还提前给你取好了名字。"

父亲对我的疼爱是显而易见的。我的名字，突破了家谱排序的制约。爷爷临终时说："咱家祖辈只有这个女娃走出了大山，也许跟取名字有关系吧？"

我开始蹒跚走路时，每日忙于田地农活的母亲，便把我独自拴在老屋的木床上，她是担忧多动的我，一个人拿着水碗去老井泼水。我在床上玩累了，开始百无聊赖地数房顶的瓦片（其实，我是七八岁时，在小姨的严厉教导下，才学会数数的），我呆望着瓦片，找日光的记号，盼望家里早些回来人。一切都看得烂熟于心了，还没听到家人收工回来的声音，还玩什么呢？我无所事事，干脆滚到床底去找点好玩的吧。床底下黑乎乎的，有些神秘感，我正在寻找，听到母亲进来疾呼我的声音，没有听到过母亲如此腔调的叫声，我故意不开口。母亲着急地寻找，我蜷缩着，屏住呼吸，好想再玩会儿捉迷藏。这时爷爷的声音也变了："后门是开着的，还不到后山去找找！"随后，所有的声音都消失了，全家人都去找我，后来连邻居都帮着漫山遍野地寻找。无聊的我，竟然悠闲地睡起大觉来，直到我被母亲搂在怀里，她在爷爷的责备声中哭得两眼无神。

后来我才知道，那时乡下常有野兽出入农户。母亲在寻找我的过程中，就像痛失阿毛的祥林嫂。母亲从此把我背进田地，开始日复一日的劳作。直到我五六岁，能独自背起刚刚出生的小弟弟去山上放小鹅。

爷爷在我这次有惊无险的失踪后，似乎也不那么冷落我了，尽管他还会在我不听话地爬上老屋的阁楼掏燕子窝时，向我举起竹鞭；尽管在我偷食邻家的柚子被爷爷发现后，他还是一顿棒打；尽管爷爷给孙女，尤其是我的压岁钱永远少于我的兄弟们……

我的大姑姑生得美丽而端庄，她与同村的阿城两小无猜。阿城从小就不安分，这是爷爷对他的评价。他坚决反对这桩婚事，最后让有情人劳燕分飞，阿城远走他乡，真的不安分地做起了小买卖。后来听说他发迹了，爷爷不屑一顾，倒是对大姑姑的婚后境遇，他深埋着一种疼痛。在爷爷的安排下，大姑姑嫁给了一个深山的石匠。实在没有能力改变困窘生活的姑父，常常因嗜酒而对姑姑拳打脚踢。他们一辈子的争吵，使姑姑很少有干净的脸庞回娘家，但她自己压抑着，从不在外人面前掉泪。爷爷常在夜深人静时，跟奶奶独语。我起夜的时候，见过爷爷对着奶奶的灵牌念叨，泪水纵横。

爷爷对二叔叔也极为严厉。二十世纪七十年代初，二叔从书本上看到了用废旧稻草制作沼气的理论，他在老屋后坡雄心勃勃地挖坑，要进行实践。爷爷拿着皮鞭守在后坡，绝不让步。也许这是爷爷对祖屋的庇护。他的信念是，老屋在他手里要毫发无损。直到以八十四岁高龄终老于祖屋，他始终不曾离开老屋。

年轻气盛的二叔坚决要求分家，自立门户后，他轰轰烈烈地搞起了家庭应用沼气池，成为全村的楷模，当选为村主任。爷爷也许后来理解了二叔，但他从此不再提起此事，而且一直不跟二叔一家人住在一起。母亲不忍心撇下他，前来北方跟父亲团圆。父亲也许曲解了母亲，他有些难耐一个人的寂寥。最后他不得不要求爷爷和我们一起迁居北方。爷爷不肯，他竭力主张母亲携子女一同北上。

到北方之后，恶劣的气候，陌生的环境，让我们母子三人不适应。母亲带着我们开始了一种从未体验过的情感荒漠的生活……

爷爷独守老屋二十余年，直到他倍受疾病折磨，在儿女们的守护下，才艰难地闭上双眼。他的遗言是，必须在老屋设灵台，必须把已经不再是他儿媳妇的母亲的名字摆在长媳的位置，必须埋在老屋后坡！

爷爷一生最让村民们肃然起敬的是，他在奶奶去世后，拒绝了所有的提亲，近五十年的风雨中，他一个人在老屋扛起了全家的生活信念。

站立在老屋的门外，任细雨打湿我的记忆。老屋早已没人居住，也日渐呈现出破败。二叔的房前屋后果木成林，他是绝不会搬回老屋的。他正考虑是否重新翻盖老屋，让它旧貌换新颜。

我不知道，这是不是我见到的老屋的绝版。但我知道，恋旧之情最终还是人们自己斩断的，为了自己新的欲望，也为了子孙更好的明天。

## 草潭曳楫

天性使然，母亲爱水，我恋水；命运使然，我降生在潭边，尔后又走近大自然的潭与心灵之潭。青草茂密，小潭深深，那是怎样的诗意？尤其那一柄木桨，那是能读懂草潭、读懂生命、读懂人生的桨啊。它可以将水面视为绸缎，轻抚浅曳，也可以一下子深入潭底，静静地与水底浅流或水藻私语。我常因潭、舟、桨而思索⋯⋯

每当我想起那些潭，眼前就出现一幅天地人和的淡淡水墨画：无垠的天空清澈透明；若有若无的远山葱茏俊美；水波潋滟的草潭深处，一叶扁舟，一袭蓑衣，一只船楫，似乎在一同摇动着潭水，让我滑向故乡的梦境。悦耳的船桨声，摇动记忆的风铃，引发我慢慢地回味⋯⋯

屋内响起清脆的啼哭声，屋外落下洁白的雪花，母亲的脸上滚动着幸福的汗滴。四十年前的平安夜刚刚隐去背影，圣诞的钟声即将响起，我的母亲把我生在了西南故乡潮湿的灶房泥土地上。母亲从地上抱起已经冻得浑身青紫色的我，擦了擦沾着炉灰的眼角，用厚实的被子把我裹紧放在床头，便继续去张罗一个大家族的早饭。

等我高昂的哭声引来爷爷的关注时，他高兴地跑过来掀开我的被角："大孙子，让爷看看。"母亲歉疚地抢过我："阿爸，是个大囡。"爷爷失望地转身离开我,而且竟没有给远方的父亲捎信,也没有给月子里的母亲打米酒,更没有恩赐给我一个家谱排名。我大半岁的时候,远在他乡上班的父亲回乡探亲时才给我取了名字。他没有按家谱排字,也许是因为他对我的前程有种美好的期待,刻意不拘泥于此吧。我不曾问过爷爷为啥不希望长孙女的名字依照家谱排字。母亲跟我谈起这些往事的时候,总是无限感激地说,"幸亏你爷爷重男轻女的思想在你身上表现得特别一些,才让我大囡子从小就养成了争强好胜的性格。要不,怎么就能成为飞出大山的金凤凰呢!……"

母亲说这话的时候,我能感觉到她作为女人,特别是母亲的种种艰辛和坚韧,以及无私和宽容。它们一直在潜移默化地影响着我成长的每一步。

距我家前院不足二百米处,有一个草潭,四周长满了桑树、甘蔗和小桉树,最让我喜欢的是一种叶片呈剑状线形、开黄绿色大花朵的水菖蒲。一年四季,草潭始终被绿色包围着,潭水是油绿的,倒影是碧绿的,甚至鱼儿也会衔起绿色的泡泡。在我的眼中,草潭是全村的"圣水",也是公众的福祉。草潭周围的住家都在此担水吃,离得远的,也会舍近求远来挑水。每逢端午节前后,全村人争先恐后到草潭边来采摘带花的菖蒲,挂在自家门前,说是驱瘟避邪。每到打稻谷的时候,每一家的谷仓都会在草潭边亮相,大大的谷仓装满了稻子,这就是丰收的最好庆典了。

那一天,母亲一大早把闲置几个月的谷仓从阁楼拖拉下来,刚刚放置在池塘边,我就好奇地跟了过去:"妈,我来清洗,您喂猪去吧!""大囡啊!让谷仓在水塘边轻轻吃吃水就好,千万不能放手飘走了。"母亲的话恰恰说出了我的心声,我多希望谷仓载着我,漂向草潭的中心啊!那里有一个小小的湖心岛,我想要去摘那树上的芭蕉啊！

　　看着母亲提着一大筒猪草走进偏房的时候，五岁的我，竟然斗胆跳进谷仓，拿起扁担开始划水。第一桨，我抵着绿塘，远离了岸边，划了几次，谷仓不听使唤，不住地在水涡里打转。无知的我，不知恐惧，还在拼命地划扁担，无法平衡的谷仓，开始不由自主地倾斜了。还算聪明的我，沿着倾斜的反方向，用力地后躺，企图把谷仓压正。没想到后仰力度过大，我跌进了草潭里，还不会游泳的我，张嘴大喊"妈，救命！救命！""咕咚咕咚"呛了几口清水，我晕晕乎乎地下沉了。

　　等我缓慢睁开眼睛的时候，母亲满眼是泪地倒提着我，从肚子向胸口向嘴角缓缓压着水，我呛得泪流满面，不停咳嗽。母亲赶紧把我竖抱过来，一边擦拭着我满脸的污物，一边念叨："谢谢潭神，没有带走我的大囡。"母亲浑身都湿透了，是她跳进深水，游到我身边，把落水的我捞上来的。

　　闻讯赶来的爷爷，瞪着铜铃大的眼，一改平时少言寡语的严肃相，从母亲怀里把我抱过去："他娘，去做点好吃的，祭拜一下潭神。"第一次被爷爷宽阔的胸膛温暖着，我笑着在爷爷怀里睡着了。当我被糯米发糕以及久违的炖肉的香味唤醒的时候，母亲已经在草潭边摆上了小香案，禅烟袅袅地飘着，几碗贡品非常夸张地冒着热气。爷爷把我抱到香案边，示意我像过年跟他磕头一样，面对草潭三拜九叩。我虽然磕头有些发晕，但看到满桌的美味佳肴就直往肚子里咽口水。磕完最后一个头，我操起筷子就要夹肉吃。要是平时，稍微不顺从爷爷的吩咐，他就会拿起身边的任何东西朝我打过来。但那一刻爷爷轻轻放下我的筷子，从怀里掏出一张很"豪华"的黄纸，那上边写了密密麻麻我不认识的毛笔字。我七十多岁的爷爷，腰稍微有一点弯，头发有些发白了。他虔诚地举起黄纸，对着草潭恭敬地拜了三下，将香灰轻轻撒进水塘里，然后又舀起一点带灰烬的水，示意我喝下。我懵懵懂懂地喝了，赶紧夹肉夹菜吃。爷爷还不停地招呼路过的村民，都来尝上一口。

很久以后，我才恍然明白这是我老家祭祀河神的最高礼遇，更是乡人请求神灵保佑平安的最朴素做法。虽然现在已被当作封建迷信破除了，但我不禁无比感念我那不苟言笑的爷爷，他对我的爱，是那种纯朴自然的温情啊！

草潭伴着我又度过了美好幸福的六年时光。我学会了在草潭边狗刨游水；学会了在草潭深处划小船，上湖心岛嬉戏；学会了在草潭四壁近水处挖采折耳根进城卖钱；学会了在草潭泥穴里逮泥鳅改善伙食……那些五彩缤纷的童年生活啊，镌刻进我人生的里程碑，融入我的生命。现在当我面对儿子沉重的书包，面对他写作文时不知如何描写泥土芬芳的烦恼，面对他不知童趣真谛的苦闷，我仍然自豪于我那没有电视，没有广播，不知电脑为何物的童年生活。

离开故土之后，以为要去远方看海，要去碧波荡漾的海上乘风破浪，要去梦想的世界击桨邀游，没有想到，陌生的环境，陌生的人事，陌生的命运，袭击了我们母子。母亲独自带着我们姐弟挑战生活、挑战命运。那时候，最忠实地陪伴我们的还是一汪草潭，以及草潭给我们的生活带来的启示。

距我们居住的平房大约有一里路的地方，又是一汪草潭。草潭四周都是芦苇，高高低低，此起彼伏，浩浩荡荡。春天发芽，披着鹅黄的戎装，夏末初秋开花，芦苇荡中，花絮飞扬，那是她在寻找归属，寻找自己的天地。草潭的水很深，四季有着不同色彩，那是我们清苦生活中的一处乐园。

依靠草潭，母亲带着我，开荒种田，把南方的水稻引进，把许多时令蔬菜经营得生机勃勃。我们收割希望，满足三口之家的物质需求。我们饲养许多家禽，我赶集卖肉、卖蛋，换钱交学费。母亲还在草潭布网打鱼，或卖掉换钱，或送给邻居。

变幻莫测的命运，屈服于母亲的坚韧；寂寥贫寒的生活，教会了我如何承受聚散无常，如何与逆境抗衡。

我常伴着晨光，徜徉在草潭周边读书，没有文化的母亲要求我们姐弟必须努力学习。许多不眠之夜，我坐在草潭畔沐浴着清风，数着潭底的星星。我知道，漫漫人生路，将会布满风雨坎坷，迈过去了，人生又是一番风景。移步易景，生活需要永不放弃奋斗。记得我曾用苇叶编了三只小船，虔诚地在草潭放游，它们常常漂近了潭心，显得自由自在，从来不曾沉没……

当我的文字第一次变成铅字的时候，目不识丁的母亲捧着报纸不停地看呀看；当我领到第一个月工资交给母亲的时候，母亲握着很少能见到的百元大钞，湿润了眼睛；当我出版自己的第一本小说集的时候，母亲全神贯注地一页页翻看，我猜不透她在"读"什么；当我凭借自己的爱好，谋取到一份更加称心如意的工作时，母亲包揽了我所有的家务，帮我挑起了全家的日常生活。我经历的每一步、每一程，都有精神的力量在牵引我的心灵，这力量幻化成一叶扁舟，舞动着有力的船桨，不停地在草潭摇曳……

在我人生的每一阶段，草潭成为我灵魂的依托，随时自由地划动我心灵的船桨。

难以忘记生命中最重要的朋友，我们的相识就是从写关于草潭的文章开始；难以忘记我成为母亲那一刻的自豪，整个孕育和养育的过程，似乎总在琐碎中坚守草潭泛舟的意境，我时刻提醒自己不抛弃、不放弃地摇动船桨，不断创造新境界；难以忘记现实生活的草潭，使我紧握手中坚实的船桨……

说起来，这潭确是生意盎然、诗味十足。童年与青少年时的两汪潭水，成了我一生的图腾。

　　此刻，面对键盘，我眼前是一潭水，一望无际地延伸；那四周的草啊、树啊，一起在成长；只有那叶小舟，载着还在成长的我，不停地逆水而上，船上摇桨的女人，吸纳天地精华，饱览自然灵秀，在与心灵对话的时候，真诚地回眸一望。那无意间的回眸，目光像轻轻的一朵云，荡漾在水中，又像块玉样的白冰摇曳起圈圈涟漪，更像一束沾满晨露的玫瑰沉入了潭底。

　　转过身去吧，继续摇桨，紧握我船上那柄木桨，往返于心灵与红尘之间，愿这潭水永能滋润我爱的和爱我的人们的心田……

## 遥想外婆

外婆的坟，埋在我心灵深处近三十年了，我始终有一种淡淡的哀愁挥洒不去，山水迢迢，相隔千里，我去上坟的日子少而又少，外婆您可曾寂寞？

记得小时候，我总要拿着一个墨绿色的小瓷缸到那口深不见底的老井边去舀井里的小红鱼。正在田里忙农活的妈妈被邻里叫来把我抱起时，她惊恐地哆嗦着，反复向我举起的手掌，在我懵懂的注视中，又反复地放下，终未打在我身上。当晚，收工后的妈妈用背篓装上我，翻山越岭赶到外婆家，向外婆哭诉，表达她的后怕！花白头发的外婆紧紧地搂着我，轻轻地亲着我稀疏的软发："把大囡放在我这儿你放心，一岁多也该断奶了！就算断奶孩子难受，你也千万不能心软，要不你们母女都受罪！待孩子懂事了，你就能给她讲一些道理了。"我朦朦胧胧地听着，好像还不太明白其中的意思。

一转眼，母亲不知躲到哪儿了，外婆把我放在挂着蚊帐的木头床上，她翻出一床鲜艳的薄被，这立刻吸引了我的视线。那被面上有两只"小鹅"，它们互相勾着脖颈，好像嘴巴对嘴巴在说话。我后来才知道，这是鸳鸯，这被子是外婆唯一的陪嫁，她一辈子没有使用过，直到又把它作为陪葬带入坟中……我高兴地在薄被上打滚，

卷一

拼命地摸"小鹅"柔软的羽毛,还想抓"小鹅"身子底下的鱼儿。我长大后常听村人回忆外婆,他们都说外婆不苟言笑,仿佛有太多的苦闷!但那一刻,外婆爽朗地笑着,昏花的老眼里还含着泪水。成年后,得知外婆的许多不幸之后,我总是泪水潸潸。

不知是玩疲倦了,还是想到每晚含着妈妈的乳头入睡的幸福,我开始寻找妈妈。外婆把我搂在怀里,不停地在地上走动,她的两手轻轻地摇晃着我,像小船在浅水中行走,好不自在。片刻的安静过后,是更大的恐慌感。是不是妈妈不要我了?我用小手抓扯着外婆,肆无忌惮地哭喊着。后来才知道,母亲就躲在隔壁,她忍着乳房的胀痛,听着女儿揪心的哭叫,也是泪水涟涟……

外婆的脸庞在我指尖划过的地方,有红色的流动着的水珠,我有些害怕。外婆没有擦拭自己的脸颊,而是把我放在床上,指着我疯狂扭动的身子映在摇晃的蚊帐上的影子:"大囡听话,山神奶奶要来抓哭闹的小孩去看狼圈。狼要吃小孩的。"我一头扎进外婆的怀里,紧紧地贴近她的胸膛,好像藏在了巨大的屏风后,看不见怪物了。我安静地拱着外婆的胸口,拱着拱着就睡着了。

当我后来跟母亲提及这段往事的时候,母亲不相信:"你还不到两岁呀,怎么可能记住呢?"

我第一次独自去外婆家,是四周岁时。那天,妈妈和爷爷都在地里干活,我一人在田埂间百无聊赖地抓蚂蚱,逮累了,便趴在田埂上瞅着水里偶尔游过的小鱼,想要吃鱼的馋虫勾得我直咽唾沫。我一跃而起,向田地深处的妈妈喊:"妈,我去外婆家了。"母亲回忆说,她当时没有听清我喊什么,否则,她不可能放心,让从来没有独自走过一里路的孩子,自己走五十多里山道。

外婆家在泸江边上,我外公和舅舅们一边种菜、种果树,一边打鱼换钱维持生计。我记得外婆来看母亲时,总要提几条鲜鱼。我和母亲去时,她总要张罗给我们做鱼吃。我在村尾的树林边掰了一根长树枝,做成一根打狗棒,拿在手里,走村过户,吓唬狂吠不止的看家狗。当我爬山路,走羊肠小路,满面汗水地出现在外婆眼前时,她正在前院干活。看到我,外婆高兴地放下手里的工具,直往我身后瞧。我知道她在寻找我妈妈,我兴高采烈地说:"外婆,我是一个人来的。我想吃鱼了。"外婆一把把我拉进怀里,上下左右地打量我,见我毛发无损,她眼里笼罩的欣喜是无法掩饰的:"乖乖!我大囡真有出息了,将来一定会比外婆强的!快去河边找你外公,让他别把鱼都卖光了。给我乖乖拿回来吃!"

我一口气跑到泸江边,宽阔的江水一望无垠。烟波浩渺处,渔舟点点。我不知哪一艘是外公的,迎着江风,我有些说不清滋味的怅然若失。浸在江水里的脚面忽然有些痒,低头一瞧,是两尾小蝌蚪在我脚上嬉闹。我快乐地伸手要抓,它们灵活地向深水游去。我追逐它们,由着一份激动,毫无畏惧地向深水抓去。不知是水底有巨大的引力,还是我的双脚被绑上了沉重的磨盘,我无法控制地下沉,耳朵听不见任何声音了。我张口想大喊,更大的水流浸入五脏六腑,我喘不上气……

当我微启双眼时,外婆正流着泪跪在沙滩上拼命地挤压我的鼻孔。见我张开了眼,她一手把我倒提起来,另一只手轻轻捻动我鼓胀的肚皮,向外控水。乱七八糟呕吐了一地,我顿觉清爽,又要张罗吃鱼的事情。外婆把我背回家,她一路脚底软绵绵的,让背上的我感到像乘着云彩在漂泊。那晚,外婆给我做了好大一条鱼,让我吃得走不动路。他让大舅连夜赶到母亲身边送信儿,说让我多住几天。

后来我懂得珍惜自己的时候,才知道是外婆给了我第二次生命。而外婆后来反复地说,我刚刚跑远,她的胸口就开始疼痛,她不顾一切地向江边跑去，正看到一个被水没过的脑袋。外婆说，我是金命，水奈何不了。记得不到 5 岁时，我又有一次溺水经历，我在池塘里玩漂在水上的打谷仓，它反扣过来，把我压入水底，被正好来看望妈妈的外婆捞起。朦胧中，对我与外婆血脉相连的情缘，我多了一份深刻的理解。

一个暮秋的黎明，嗜睡的我早早地醒来，看着身边熟睡的母亲疲倦的面容，我静静地躺着，不敢动。忽然传来的敲门声，在我寂静的心田，激荡出一阵恐慌。母亲警惕地醒来，一跃而起，来到大门边倾听。我跟在她身后，听出是大舅的声音。不知如何，我就在母亲和大舅的哭声里，趴在大舅的肩上上路了。赶到外婆家，听到一片痛哭之声。微微发白的光线中，外婆平躺在一块门板上，静静地，面色苍白，像天空中的一片白云。我一步蹿到外婆身边，紧紧地贴着她的脸颊，冰凉冰凉的："外婆，您去床上睡吧，这儿多冷呀！"四周哭声响成一片，直到外公把我抱开，我狠狠地抓了他一把，为什么要让我外婆睡在门板上？

外公有一丝伤感，这是我从未见过的。他是在后悔没有给过外婆一天幸福的日子吗？外婆比外公大七岁，是外公家的童养媳。与外婆成亲的时候，外公不到十三岁，是家人把他从沙洲上拉回来的。外公是家中的小少爷，被娇宠坏了，一草不拿，寸土不沾。一家子的生活重担落在外婆一人肩上，及至家道败落，外公的脾气不佳，外婆更是为全家的生计绞尽脑汁。外婆去世时，还不满五十三岁，她患有严重的脑出血，却没有人知道。那天，外婆起来得很早，忙完了一大家的早饭，又喂完了猪，想到外公的衣扣掉了一个，就翻箱拿出针线，在缝扣时，永远地闭上了双眼。

外婆去世后，我不再喜欢戏水了，也许心中最安全的港湾永埋在外婆的坟里面了，屹立在孤独的山岗上。我至今不会游泳，也很少涉水。

　　站立在外婆的坟边，任细雨打湿我的脸庞，我摸着坟上的新土，泪水无法止住。近三十年了，外婆，我是第一次亲手给这坟添上一把故乡的泥土呀！在暮色苍茫中，外婆消瘦的面容，依然是我所见的最后的样子。在我心中，外婆永远是我五岁时候的模样。

　　很长时间，我都不知道什么叫死亡。我阻拦着不让外婆入土，但最终，我只有傻傻地坐在坟头发呆，而不知给外婆的坟上香、拔草、添土。几年后，我就开始流浪远方，一去近三十年。今夜细雨绵绵，我在心里对外婆倾诉。外婆，您每日的寂寥，我能知道多少？

## 坟草萋萋，往事依依

从外婆的坟墓这里遥望外公的坟墓，细雨如帘，遮挡着我心痛的眼神；暮色四合，笼罩着我哀伤的心。

外公、外婆的坟相距甚远，这也是家人心照不宣的一种隐痛……

外公生在一个颇有些家底的富裕人家，是家里倍受宠爱的小少爷。他读过私塾，在当地也算是舞文弄墨的文化人。他从小阅历丰富，父辈外出看戏的时候，少不了他。因此，外公很小的时候，就喜爱舞台人物。他的人生竟多少也有了些戏剧性。

外公是戏迷。据说，他年少时就痴迷于一个当地戏班子的红角儿，两人也曾鸿雁传书，互赠信物。最终还是因为社会的偏见，老实本分的家族难以接受"戏子"，棒打鸳鸯，有情人隔江而泣，难成眷属。家里为了拢住外公的心性，把不到十三岁的外公从江边沙洲上捉拿回来，强按着他的头，让他与家中的童养媳——我的外婆举行了拜堂仪式。

外婆从不问外公的去处，在她心里，丈夫是天，自己只有听命和服从。她的任务，就是全身心地侍奉丈夫，孝顺老人，养育子女，并承担起家里、地里的活儿。

外公是不会干农活儿的，他是村里的会计兼文书。写写算算的活儿，除了他，好像没有再能胜任的人。

外公就像现在的追星族一样，追随着戏班子辗转。他自有他内心的苦涩。家里所有的人，都为外婆不争不吵的涵养所折服，但外婆的内心又何尝不苦涩呢？

"文革"开始时，戏班子被解散，外公也被当作"四不清"干部审查，从队干部班子里被驱逐出来，下放劳动锻炼。

不会拿锄头的外公，常常倚锄叹息，是外婆躲过监视的眼睛，替外公耕耘着他的"锻炼田"；外公不会开苗圃育果苗，是心灵手巧的外婆在替他操持；外公不会打鱼，外婆便夜里帮着织网，她常流着眼泪给他轻轻擦拭身体上的累伤。渔船上时常有外婆忙碌的身影。外公终于能较为娴熟地打鱼了，外婆又常常心疼他劳累。外公最后是孤独地守着渔船告别人世的，不知这是不是他表达对外婆的感念的方式，不知地下有知的外婆会不会为此感到幸福？

"四人帮"刚刚倒台，外公的忙碌又开始了。他积极配合组织搞平反工作。他费尽周折到处打听戏班子的消息，归来后很长一段时间足不出户，沉默寡言。外婆一个人扛起家里所有的哀愁和贫苦，不知道怎样去安慰情感失落的外公，尽管外公的秘密只留在他一个人的心底，直到随他入土。

外婆是寂寞地捧着外公需要缝补的衣衫，孤独地告别艰辛和贫穷的日子的。她被埋葬在祖屋后面高高的山岗上，默默地注视着全家的生活，也许她真的放心不下的是不会做家务的外公，谁会给他做饭？谁会给他洗衣？

面对一个残缺的家，外公的手足无措是明显的。两个早已出嫁的女儿远隔百里，如何能指望？两个大儿子已经分家单过，外公只好带着十二岁的小女儿和十岁的小儿子在两个大儿子家分摊伙食。我大舅妈性情古怪，比较吝啬，时常跟外公合不来。口角多了，外公也懒得去了。我二舅妈性情温和，只是做事不太麻利，家里日子较为拮据，外公心疼他们，不忍心时常打扰他们。外公的这些艰难，会不会让黄土下的外婆心痛呢？

许是外婆见外公孤伶而难以承担生活的压力，她托梦给外公，让他再找一个照顾他生活的伴儿。外公在外婆去世半年后，就打算续娶一个在戏院里认识的戏迷。大舅为了维护所谓儿孙的脸面，力图组织兄弟们坚决反对这桩婚事。外公说："是你娘给我托梦了，你去问问吧。"

外公不听任何劝阻，毅然决然地娶回了"后外婆"。小姨和老舅的生活从此发生了令人痛苦的转变，这不能说与后外婆无关。

后外婆与外公有着相同的嗜好，不会干农活儿和家务。也许她对看戏的痴迷，能勾起外公的美好回忆吧，外公跟她一起谈戏、看戏时，未必没有心灵的震颤。

只是后外婆远没有戏剧中的许多令人传颂的女性那么温厚。她说，生活都不富裕，女孩读书没有太多用途。她硬是强迫外公停止提供小姨的学费，让她在家务农。但小姨仍倔强地靠自己打草、喂鸡换钱坚持读书。因了小姨的个性，外婆觉得难以与她在同一屋檐下生活，哭哭啼啼要求外公做主，把小姨分出去，让她单过，又以女孩独自生活让人不放心为由，建议把小舅分过去给她做伴。

十五岁的小姨带着小舅单独生活，他们全部的家当就是一间废弃的小矮房。他们的无助会不会让外婆在地下伤心呢？外公常在深夜不眠时，徘徊在外婆的坟旁长吁短叹，他在请求外婆的体谅。外公似乎不敢面对现实，他远远地凝望着两个小儿女低矮的房檐，泪水悄悄地流淌。

困窘的生活，使考上高中的小姨，再无能力继续攻读。感到缺少父爱的小舅，整日跟别人跑山外，他说自己没有家。

流浪的小舅，有幸偶遇了生命的绿洲。他被外乡的一户人家收留，那家人欲留他做上门婿。刚烈的小舅不愿埋没自己的姓氏，竟然带着人家姑娘回村私立门户，搭起了一个窝棚样的新房。那时，他才十六岁。后外婆没有给他一分钱安家，小两口也没有登他们的门。外公充满歉疚地瞒着后外婆提去两条亲手打捞的河鱼，小舅舅冷冷地说，他自己也会打。外公佝偻着脊背，眼角湿润地走了。

在外公的葬礼上，小舅最自责的就是自己说过这一句话！

小姨想把小矮房让给小舅，自己去住窝棚，却不知她的婚姻大事正在后外婆的操纵中。后外婆的娘家在大山深处，山路蜿蜒崎岖，尽管果林繁茂，但只能靠肩挑背扛将果子运出大山换些零钱。艰苦的生活，让大山的女儿向往着外面的世界。后外婆的侄子从部队转业后，满腔热情地回到家乡，渴望兴建山区，地理环境却难遂人愿，因忙于奋斗，三十岁的人，婚事成了大难题。后外婆独断专行，一定要把小姨远嫁深山，许配给他的侄子。痛哭流涕的小姨是被外公、后外婆强行送进大山的。相差近一轮的年岁，对方又是后外婆的本家，小姨对婚姻的信念，彻底地破灭。外公，您能理解小姨那一刻心如死水的悲哀吗？

幸好，小姨夫是有教养的，他们夫妻共同苦心经营着自己的山坡和农田，相互关心，几年后，把茅草房换成了大瓦房。当小姨想要化解对外公表面的冷落时，外公已经永远地去了。

后外婆患恶疾去世后，外公似乎成了孤家寡人。他不想再去打扰被他伤害的子女们。他一个人撑着一艘孤帆，风里来，雨里去，打鱼卖钱去看戏，去茶馆聊天，也背着儿女们给孙儿们买些零食。衣服脏了，在江里过一下水，捞起来晾干就穿，吃饭更是有这顿没那顿。他似乎很能想得开，人生得意须尽欢，千金散去还复来。

外公一个人在船上独守八年，夜夜涛声做伴，不知他是思念外婆，还是在回味年轻的时光。他几次要求小舅搬回空下来的老屋，小舅拒绝了。在外公去世后，小舅夫妻俩凭借自己的劳动，在窝棚边盖起了两层的瓦房。后来小舅遗憾没有让外公住上一天新房。

外公是孤独地去世的，留给儿女们的是太多的遗憾。外公在船上生活，患了很重的类风湿症，到最后，双脚麻木，难以行走，甚至开始腐烂，但他不曾告诉儿女们。儿女们轮流来请他回家，他坚持不去，孩子们就打发孙儿们把饭菜送到船上，把拆洗加厚的被褥抱到他身边。谁也无法了解外公的固执，他一个人在船上寻找或等待什么呢？或许他内心有太沉重的愧疚。

外公一个人躺在没有系缆的孤船上，走完了六十年的人生风雨路，没有人知道他的遗言，没有人知道他最后的思念，更没人知道他的心灵归宿。

## 泪眼蒙眬的祝福

没有门框的矮房前,青草没膝。屋檐下的一对无儿无女的老人如今何在?每当想起这对老夫妇,我就难以抑制心潮的涌动,直到泪眼蒙眬……

三十年前,我还是一个蹒跚学步的小女孩,最爱到我们家大院西吊脚的这间小房玩耍。屋子的主人在我童年的记忆里是鹤发童颜、和蔼可亲的一对老夫妇。他们的名字不被人们所知,全村人都尊敬地叫他们谢幺公、谢幺婆。这在我们当地的习俗中,表达了对老年人尊重的意思。

谢幺公、谢幺婆家是全村孩子的乐园,他们给来玩耍的孩子们准备地里的鲜果;他们给孩子们讲城里的新鲜事情;他们老夫妻吃饭、说话时相敬如宾,做农活、家务时彼此关爱的情景,直到今天仍留在我的记忆里。

我渐渐懂事后,断断续续地听说了他们的传奇人生。谢幺公是城里的洋车车夫,与大户人家的丫鬟谢幺婆在艰苦的劳动中,产生了真挚的感情。他们辛劳地劳作着,希望早日有一间属于自己的小草屋。

但在兵荒马乱的岁月里,拥有一间草屋似乎也是种奢望。谢幺公在拉车的时候被国民党抓壮丁的队伍拦截,命运要改变的一刹那,谢幺公掏出自备防身的利刃,亲手砍断了自己左手的无名指和小指,昏迷在街头。

夜深了,谢幺婆莫名地心慌、心痛。她必须立刻找到谢幺公。她侍奉的老太太特喜欢她的善良温厚,老太太做主,非要把她许配给还没有男孩的大少爷做四姨太,以了却自己快些抱孙子的愿望。大少爷很高兴。年轻时谢幺婆的美丽是可想而知的。她白发苍苍时,依然腰如细柳,杏眼莹润。谢幺婆想要一份完整的感情,她不贪恋荣华富贵。她必须马上找到谢幺公,想办法逃脱别人对她婚姻的安排。

谢幺婆在冷清凄凉的大街上找到谢幺公,两人抱头痛哭。两人决计远逃。天涯何处可安身?他们往深山里寻找。走到我们村时,两人昏厥在我家后坡下,爷爷他们几兄弟从农田归来,把二人救回家。

爷爷把西院吊脚处的一间杂物房腾出来,谢幺公夫妇住下后,靠他们的勤劳、朴实、忠厚,在我们村一住就是50余年。

记得乡里开展忆苦思甜、控诉黑暗旧社会的传统革命教育活动时,谢幺公夫妇被请到各乡各村做报告。每一次,他们夫妇说得声泪俱下,感动了一批年轻人。我们全村的孩子,没有不为老人落泪的。

谢幺公夫妇没有自己的子女,但全村孩子似乎都是他们的儿女。可以说,没有哪个孩子不爱吃他家的饭。老两口辛苦种植的瓜果,是全村人的公有财产,没有人会去采摘它们,都是夫妇俩亲自送往各家。他们说人口少,吃不完,是全村人给了他们一条生路!哪家地里人手紧张,老两口就会出现在哪家,没有人能拒绝得了他们的帮助,他们是全村人的朋友。很多孩子都爱叫他们幺爹、幺妈。也确实,夫妇俩给他们的爱是博大的。帮助大伙照顾小娃,是夫妇俩最擅长的事情。他们有很多新鲜的故事;他们会城里人的喂养方式;他们还会亲手裁剪漂亮的小孩的新衣服……

我奶奶去世时,我小姑还不到一岁,基本上是谢幺婆夫妇给她伺候大的。小姑说,她虽然不知道自己亲生母亲的长相,但她不缺母爱!小姑一直叫他们幺爹、幺妈。谢幺公去世时,他养育过的所有孩子,都抢着给他摔孝罐。

我们这一辈的孩子,同样享受着他们夫妇的宠爱。我们上学得去几十里外的公社小学。一条路,需翻山越岭,有狼虫出没;另一条路,水道弯弯,泥泞,还得绕远。我们这些不勤奋的孩子,总要找出种种借口逃学。原因之一就是害怕路上不安全。谢幺公夫妇给我们集中起来,上了一堂感人肺腑的教育课,让我们意识到,没有知识只会导致愚昧和落后。我们不愿当睁眼瞎,从此,都乖乖地在老夫妇的护送下风雨无阻地去上学。

令我们嫉妒的是有两个城里的漂亮女孩常常来乡下,给老两口做伴。她们在我们农村孩子的眼里简直像仙女一样美丽,梳着变幻无穷的发辫,系着五彩缤纷的头饰,穿着光彩照人的服装,让我们感到自己是丑小鸭。我们的嫉妒没有持续多久,就被两个美丽的公主识破了。她们像谢幺公夫妇一样,给我们带来了太多新鲜的城里趣事,还有许多在农村见不到的礼物。我们终日害怕这种美丽的幻灭,既担心两个小公主不来,又唯恐谢幺公夫妇舍弃我们,去了城里。

后来,谢幺公在城里的家人打听到了他们的下落,纷纷下乡来请他们回去。听说,谢幺公的叔伯大哥还能在城里给谢幺公找份满意的工作。谢幺公夫妇回城里省亲时,全村人都翘首以待,生怕两位老人不再回来。其实,他们真的希望两个饱经沧桑的老人能在城里享福,但又确实难以舍掉一份真实的亲情。

一个月后,夫妇俩回来了,大家都跟在身后,既害怕他们搬走,又似乎是想帮他们搬家。谢幺公夫妇临时改变主意,决定留下来,跟收养他们的这片土地一起老去。城里的家人很不能理解,时常派人来说服。这两个小公主是谢幺公亲侄女的宝贝,他们是亲人的信使,是爱的桥梁,与我们年龄相当的孩子们结下了深厚的友谊,也是全村人非常喜欢的小精灵。

可惜还没来得及回报他们夫妇,我就早早地离开故土,去远方流浪了。

我时常留意家乡的消息,只是流浪的路途太多波澜坎坷,滚滚的风烟阻隔了相见的渴望。后来听说谢幺公得了重病,被接到城里医治,他在亲人面前谢世,遗言是要把他埋葬在我们村里。孤独的谢幺婆,依然坚持在乡下生活,直到几年前,行动实在不便,难以走动乡下的土路,才被城里的亲人接回去颐养天年……

我在细雨中,站立在谢幺公夫妇的老屋前,一去二十多年,所有的故事依稀漫过眼前,一对平凡的老人,两颗平凡的心,给全村人留下了太多太多感动……

可惜我只能来也匆匆,去也匆匆,时隔二十五年才重返故里相逢,三十个小时都不到,就又要告别了。远在城里的谢幺婆,我不能去探望您老人家了,天若有情,会再给我们安排见面机会的。

祝福您,我近三十年未能再见的老人!泪眼蒙眬中,我仿佛看见您依杖而立。

## 云妹

　　村里人都说云妹有精神创伤,她总是呆呆地望着远方。唯我很能理解她的执着。

　　云妹从小就有极强的洞察力。

　　小姑有一日收工晚了,吃饭时悄悄抿嘴笑了一下。晚上睡觉时,云妹神秘地告诉长她一岁的我:"小姑有心上人了。"那时我才八岁,朦朦胧胧,不知"心上有人"会不会痛。

　　后来,小姑确是肝肠寸断地远嫁了。她与心上人被家长们血淋淋地拆开了。那个年代,家庭出身是衡量男女双方是否匹配的重要方面。

　　云妹也偷偷哭了好几夜,她说:"小姑从此没有心了。"

　　果然,以后的日子里,再也见不到小姑神清气爽的样子了。

　　云妹爱自编自演乡村的趣事。谁家的鸡鸭丢了,主人寻找的种种艰辛,被她讲述和表演得惟妙惟肖,或许她还能帮着寻找到一些蛛丝马迹。谁家田地里发生的小故事,被她捕捉到了,女人都要央求她,不要讲或演。只有我们这群孩子,总爱围着她,听一些令人捧腹大笑的乡村乐事。

　　若是云妹能上学,该有怎样的出息呢?只是当时的深山村野,几乎没有上过学的人。

二婶说，云儿没有读书命，只等将来找个好人家吧。云妹不曾上过一天学，但她居然能写简单的家信。

我考上大学时，她给我写了一封热情洋溢的信，表达了对我的羡慕，还鼓励了我。我谈恋爱时，她写信说，真心难寻，千万珍惜，又说爱是唯一让人伤情的……

我不知道，这时的云妹正经历着巨大的情感打击。

山娃从小就对云妹有份特殊的关照。他上山寻野味，所获的山鸡翎、云雀羽，必编制成凤冠送给云妹；他满山遍野寻来的山果，定会给云妹装满衣兜；割草下地，他也会偷偷地帮助云妹。

山娃弟兄四人，父早亡，老母带着他们开山种地，住着两间风雨飘摇的老屋。云妹常去山娃家，屋里屋外，让山娃家充满温馨。

二婶说："云儿，你不能嫁山娃，你这一辈子上不起学，还不让下一代读书吗？"

云妹说："我们有手，有脑，怎会永远这样呢？"

二叔二婶央求人从城里给云妹介绍了一个工人，骗云妹去相亲时，派人告知山娃，让他早些死心。

云妹满脸气愤地回村了，城里的那个工人兴高采烈，求媒人相跟而来。

在"忘情坡"等待云妹的山娃百感交集。他眼见了城里人的彩礼和欢喜样，倍感伤情。终于等不来被二叔二婶扣留的云妹，他心灰意冷，独自远去深圳打工了，从此音讯渺茫。

云妹苦苦地等，傻傻地等，没有回音……

城里工人把嫁妆送来了，失神落魄的云妹，一股脑把它们扔了满地，焚烧一气。

云妹从此惜字如金，沉默寡言。

云妹第一次被二叔二婶从县城火车站"押解"回来时，只会说一句话："我要找山娃，我要找山娃……"

执着让云妹难以自持。没有山娃的日子，她不知如何继续，与其苦苦地空等遥不可及的回音，不如去寻找他。

再一次，云妹周密筹划，她欢欢喜喜地答应了父母让她相亲的要求；她不知疲倦地忙着农活家务；她更是极尽乖巧地听从父母的教诲……在二叔二婶陶醉于云妹的新气象之时，云妹的第二次出逃成功了。

当她风尘仆仆地找到山娃时，山娃正在一间潮湿昏暗的老屋里，给未满月的儿子洗尿布……

云妹万念俱灰，纵使她能理解山娃的无可奈何，但她却不能任由情感的皮鞭再去抽打那无辜的女人。

云妹在深圳的一年多，几乎用尽了所用的苦肉计来麻木自己。她白天做一些男人都难以承受的体力活，背、扛、装、拉、卸，夜晚又去老年公寓当洗衣工……

云妹领悟到，在别人的天空下生存，终难寻觅到想见的云开日出。她默默地攒下所有的血汗钱，在一个阴雨绵绵的夜晚，没和山娃说再见，就与她尚很陌生的异乡街市告别了，独自回到了生养她的故土。

为什么他乡可以霓虹闪烁，而故乡却一片冷清呢？云妹常常陷入一种必须改变现状的痛苦之中……

因为时时刻刻处于思考中，云妹似乎远离了人群，村人说云妹精神受了创伤。

云妹用她的积蓄和智慧，在我们那个贫困的小山村，办起了第一个水果加工作坊。我们村里的水果，不再因出不了深山而腐烂了。

村里人依然说云妹有精神创伤。她常是一副若有所思的神态，总有一种远离人群的孤独。

云妹至今未婚,她告诉我,她的理想是让全村人不再贫穷,让每个娃都能上学……她的水果加工厂支撑着山村小学的全部希望。

云妹从县里请了一位退休老师在希望小学任教,她也是学生……

## 爱与生命的恋歌

"涛声与海／是缠绵悱恻的情侣／淡看春秋历史／忘却阴晴圆缺／不论天涯海角／不论山高路长／都永远／不离不弃……"

当我还是不谙世事的小姑娘时,任阡陌纵横,我也无法走出江南的深山,从课本中读到这样的诗句,无法想象大海的磅礴,更不知涛声的层次;唯一盼望的,是远在渤海边的父亲能够牵着女儿的手,走出一道道岭,迈过一道道坎,走到海边去吹吹海风,看看海浪……

第一次见到海的时候,是寒冬腊月,水边结了厚厚的冰,没有蓝色,没有浪涛,更没有一望无垠的海滩。远离故土的母亲和我,抱在一起瑟缩,想要带我们看渤海的父亲,把我们扔在泥泞的沼泽边,孤独地听寒风掠过,看冰雪连天……我再也不相信不论天涯海角,不论山高路长,都永远不离不弃的谎言。海,给了我太大的失望。

"钢琴与海／是缠绕不开的摸索／左左右右／深深浅浅／往哪儿进一步／都不能挣脱／涛声依旧／琴声袅袅／为何歌唱／忘却了来时的路／有没有勇气／唱一夜的曲／和着涛声……"

真正触摸到海的时候,我已经走过了青春的懵懂,已经知道寻找自己的精神支柱,已经明白如何锻炼承受失败的能力。我跟真正懂海的知己去听海。夜空那样纯净，调皮的星星聚在一起嬉戏，害羞的月亮躲在云层体会爱情，轻柔的海风悄悄拂动往事的琴弦，在情感的时空慢慢放映海浪和钢琴的故事，那首名为《水边的阿狄丽娜》的钢琴曲缓缓地在沙滩流淌……

从此，常常在涛声依旧的梦中呼唤，美妙的故事中，我日渐苍老的母亲，她的白发，被海涛染黑。

梦醒之后，母亲依然银发如雪，她想，如果能跟父亲去看一次海，今生足矣。我沉默着，心底泪流成河。不论我营造如何美丽的大海送给母亲，都不能替代她缺失的另一半。

爱与生命的恋歌，在母亲花白的鬓角，哀婉地吟唱。因为痛着母亲的痛，苦着母亲的苦，对于赏海，我总有那么一些伤感，无法稀释。

"海有那么深/要深深埋没的/仿佛无数渡不过的河/琴声凄美/无可奈何花落去/水手也无能拯救/自然的航程/或者自我的约束/脚上的纤绳/和钢琴绑在一起/不仅仅身体/最执着的心灵/和钢琴一起沉没……"

母亲是传统的女人，所有人负她，她都逆来顺受，然后再坚韧倔强地行走。争取让儿女成为她在这世界上最大的骄傲和满足，更是她没有自我生活的体现。然而母亲要的并不多，只是一颗相伴一生的真心而已。她无怨无悔，用自己孤独的心灵，在埋藏梦想的心海之底无望地守候……

母亲希望一双儿女都有长久的婚姻，拥有最完整的幸福，她用她的大爱滋润着两个家庭，尽管她个人的幸福不再完整。当我们抱怨婚姻生活缺乏浪漫激情时，母亲沉默地忙碌着日复一日的家务；当我们因为工作的压力，急躁地破坏家庭的和谐时，母亲泪眼模糊地拿出我们少年的照片，只有她一个人带着我们姐弟在田间地头辛勤地劳作。面对知足常乐的母亲，真的会明白幸福其实很简单，就是家人厮守在一起，就是每个人都有一碗粥，就是今生能一直牵手……

## 长白慈母行

有一种爱，营造了人与社会的和谐；也有一种爱，成就了和谐的人类。我从母亲的心灵和大自然的默契中，第一次感受到了人与自然的和谐竟有一种神奇的力量，它能消除人类的苦难，疗治人类心灵上的伤疤。从此以后，我不惜笔墨地去写自然风光，实际是在写我的母亲；我惜墨如金地去写母亲，其实是在渲染大自然的神韵，这是一种和谐之美。

母亲没有上过学，这是她一生最大的痛苦，也是我最怜悯她的地方。她经历了太多的坎坷，幼年丧母，弟妹幼小，继母挑剔，她早早挑起了一个大家庭的农活和家务的重担；中年又遭遇婚变，只有靠包种田地和替人缝制衣物来抚育自己的一双儿女。

但母亲对自然风光的热爱曾令我为之惊讶，一个没有文化、饱尝人生艰辛的女人，竟默默无声地对天光水色喜欢得如醉如痴。

现在母亲老了，老了的母亲的最大心愿是从都市回归生她养她的田园。

我想，也许只有带母亲走出这都市建筑群，让她仍然年轻的心去同山光水影默默交谈，才能带给她多一些快乐。

母亲从电视风光片里看了长白山的景色后，一直念念不忘，不时地同我说起长白山的景色如何美。

忙里偷闲,我终于决定抛开所有的工作,带上母亲、儿子跟着旅游团,前往长白山、镜泊湖踏秋。

巍巍长白山,雄伟壮观的景色闻名中外,那一望无际的林海以及栖息其间的珍禽异兽令人神往。

我们来到长白山山麓,映入眼帘的是广袤无垠的林海:白桦林散发着北方树木独特的气质;红枫树宽大的叶子火红热烈,如呼之欲出的朝阳;柞树、楸树、阔叶松各有特色,楸树身材修长丰润,阔叶松秀造型迷人,柞树肌肤光艳得美轮美奂……正是秋色渐浓的季节,林海呈现出五颜六色的美妙:宝石红、祖母绿、翡翠黄、银杏白……色彩斑斓得令人目不暇接。

母亲变得像个孩子一样,和儿子一起搂搂这棵树照张相片,抱抱那棵树,嗅一下树叶,甚至和儿子一起躺在林间的落叶上看天空。要不是上山顶的越野吉普车到了,她还要躺在那里享受。

沿着蜿蜒盘旋的山路,我们感觉自己像一条游龙在崇山峻岭之间、林海之巅自由地徜徉。从山麓到山顶,我们可以看到从温带到寒带的不同类型的植物。植物的分层非常明晰。

桦树那虬枝、那沧桑、那风采,让我深深地凝视着母亲的皱纹,母亲双眼含着泪痴痴地望着一片片掠过车窗的岳桦林,好像唤醒了许多过往的记忆。我没忍心打扰母亲悠悠的遐思,只是紧紧地挽着她的胳膊。我忘记了摄影,忘记了风景的诱惑,眼前只有母亲那深邃的目光。

按下快门的一刹那,母亲凝重的神色被定格为历史,随即她满足地笑了笑:"听人说,人活着就得有一个好身体加上一个坏记性。"我立刻想到了母亲的一生,她要的很少,却总认为自己得到了很多;拥有的多了,想要得到的就更少了;忘的东西多了,不愉快的感觉就更少了；身体好了，去哪都行了……如同现在，六十岁的老人能健步如飞地攀爬山路呢。

我同母亲、儿子继续往上爬。

当所有的树木瞬间消失，只有满山薄薄的一层绛红间杂淡黄色的毛茸茸的植被呈现在眼前的时候，我知道这是到了苔藓地带。母亲像回到了故乡的山沟沟中，她快步地、轻盈地往山顶上爬，置身于梦中的天池，身临其境的感觉会是怎样呢？

我们沿着布满火山灰的斜坡向人头攒动的山顶爬着。长白山是座火山，天池是这座火山的喷火口。天池周围环绕着十六个山峰作为屏障，这里经常云雾弥漫，并常有暴雨、冰雹，所以它犹抱琵琶半遮面的魅力，千呼万唤难见真面目的神秘是可想而知的。无限风景在险峰，母亲拉着儿子气喘吁吁地绕过沿途坐着休息的人群，迫不及待地向顶峰攀登。

终于隐隐约约看到一大块碧蓝的、莹润的天设地造的美玉了。我们站在两千六百米的高地，俯视海拔约两千一百五十米的天池。天池呈椭圆形，犹如镶嵌在群峰之中的一块碧玉，更像是集万千宠爱于一身的翩翩仙女，温婉地在天地之间神游。那碧水中倒映着朵朵白云，天水相连处，云山相映，云中有山，水中有云，让人有种不知今夕是何年，超然世外的感觉。

母亲简直到了物我两忘的境地，激动得无法表达自己的情感，只是搂着儿子不停地给他指指点点，我则乐不可支地给他们一会儿摄像，一会儿照相。母亲一个劲地说："多拍风景！"还时刻不忘提醒我注意脚底，注意安全。

雾漫过来，恬静的天池立即投入了雾霭。导游怕突降暴雨，急忙催促大家下山。母亲一步一回头地仰望着最高峰，看得出她的恋恋不舍。以我的性格，应该不顾一切爬上最高峰，去体验一种与众不同的感受，我看出了母亲的遗憾，她也在遗憾未能登上险峰。

下山途中，母亲给我和儿子讲了一个她新近从收音机里听来的故事，以开解感到遗憾的我：一个老太太乘船去看望小女儿，路遇风暴，船碰上礁石。在场的人慌不择路，只有老太太沉着冷静地双手合十祷告，临危不乱。船脱离危险后，大家奇怪地问老太太为什么当时不害怕。老太太笑着说："我有两个女儿，大女儿在天堂幸福地生活，小女儿在远方盼望我去享受天伦之乐。如果去了天堂，我可以陪伴大女儿，现在我可以幸福地去与小女儿团圆。"

母亲虽然没有文化，但她乐观地面对所有的磨难，这是命运的馈赠啊！

天池的水从一处小缺口上溢出来，流出一千多米，从悬崖上往下泻，就成为著名的长白山大瀑布。大瀑布高达六十余米，很壮观，距瀑布二百米远就可以听到它的轰鸣声。儿子挣开母亲的牵手，越过一群又一群行人，迈过一个个陡峭的台阶，向大瀑布脚下的潭边跑去。母亲有些着急，不顾陌生人异样的眼神，扯着大嗓门向儿子喊着，一路小跑着，想要追上去。尽管我告诉她慢行，我去追赶，但她总不踏实。等我追到瀑布脚下，儿子已经站在距离瀑布不远的溪流中的礁石上嬉戏玩水。儿子也是被禁锢得太久了，见到水像到了游泳池，恨不得脱衣下水。我并未责备他，高兴地为他拍起照片来。等母亲赶到水边，我又急忙催促她照相，但母亲气喘不匀，还有一点点不悦，始终盯着儿子。我没有体会她的心情，接着拍摄。当我转移视线去拍摄风景的时候，突然听到了"扑通"一声，是母亲落水了，双手举着悬空的没有沾水的儿子。等众人把他们拉上岸边，我心惊胆战地回望水面，暗暗庆幸水深不足一米，并且水流不急。但我突然明白了母亲的不快，教育孩子是随时进行的，我应该在追上儿子的时候，就对他予以教育引导的。儿子不敢闹了，急着帮姥姥找更换的衣服。

此刻母亲脸上有一丝浅浅的笑意,我想她此刻的感悟一定很深刻,尽管她无法用文字表达。

母亲微笑着,四处张望着,我们漫步于前往小天池的路上。

沿着长白山大瀑布往山下走,一路伴着清泉流水的乐曲,绕过满山的岳桦林,经过热气腾腾的长白温泉,我们来到了天池旁边的一个小天池边,它又名长白湖,水也是碧蓝的。而且它非常神秘,只见入口,不见出口。儿子这回老实多了,牵着姥姥的手,缓缓漫步在树林掩映的小天池边,左顾右盼。听导游说,对着小天池的水许愿很灵。我们见到清澈见底的水底沉着许多硬币,儿子突发奇想,从我包中找出几张硬纸,站在岸边教姥姥叠起了小船。当祖孙两人的小船在小天池中缓缓向入口的源头驶去的时候,我看到母亲和儿子同时双手合一,深情地注视着水面,嘴里似乎在喃喃自语……

儿子跑过来告诉我,他许下的愿望是姥姥长命百岁,永远快乐!母亲笑着不语,我猜想她心里装着她所爱的一切,尤其是大自然!而大自然同样钟情于这个慈善的老人!我在心中祈祷,愿母亲永远这样幸福快乐,愿以往的一切不幸都在她与大自然的和谐之中消散、化解……

## 想让母亲天天微笑

许久未见母亲开怀大笑了,就连微笑也多日未见了。多希望母亲能天天喜笑颜开啊!

母亲一生很少笑。为了弟妹们能上学,她过早地担负起了农活和家务,虽然她一生吃了没有文化的亏,但她赢得了弟妹们的尊重和信赖。没有文化的母亲,尝尽了婚姻的苦,独自抚育儿女们读书成才;积劳成疾的母亲,为儿孙们忙碌,她自己总是在默默忍耐……

母亲也有真正开怀大笑的时候:我们姐弟靠自己的努力走上工作岗位时,母亲头上的白发也浸在笑意中;我出书,弟弟出科研成果,母亲满脸的皱纹里也飞出了笑声;我儿子的出生,以至于点滴的成长,都常常带来母亲眼角的笑意……可是近来我同孩子糟糕的身体状况,还有弟弟渺茫的婚事,怎能不让母亲愁闷呢?

一段时间以来,儿子总是住院,难以完全康复,母亲情急中,似乎总在责怪自己还不够精心,其实她已尽了全力。我无休无止地忙于工作,难以被理解,纷乱的人际关系常常搅扰得我体无完肤。万念俱灰中,我想逃避那是非之地,寻一个无人的空间好好清洗自己的伤口。我躲到了家里的病榻上,母亲终日愁眉不展,为我辛苦为我忙,却不知自己教给子女的许多真善美的德行,完全不足以保护他们在现实生存环境中不受伤害。弟弟看淡了许多女孩的表演，迟迟无法走进理想的婚姻，母亲急火攻心，又自知缘分不是急来的……我常责备自己，为何总要让母亲操心呢？

大病似难根治，但我不能永远地躺着，不敢面对生存的环境。我走了出来，外面的阳光有些灼目，迎着它，我居然没有流泪。是该出去走走了。我约了好友，驾车去给我们的母亲购买母亲节的礼物。多日来，是好友陪在我的身边，化解我心灵的郁闷，给我带来温暖和慰藉，母亲由了她，也少了沉重的叹息，她常常让母亲以为她就是我。我们要一起去给母亲创造快乐。在人潮涌动、车水马龙的都市中拨动久已生疏的方向盘，才知道逃避让我不再应变自如，如果我总是一往无前，此时的人潮又怎会让我紧张和惊慌，好友稳稳地坐在身旁，她说，相信自己，不会有错的。把车稳健地停在停车场，我们相视一笑，携手去买礼物。我给母亲买了一件内衣，女儿如贴心棉袄，这是永远不变的情愫。朋友给母亲买了一盆常青的止血藤，我知道母亲深爱这种生命力极强的植物，它枝枝蔓蔓，潇洒自如；它不屈不挠，见土即生；它牺牲自我，为人止血疗伤。

我们接上母亲，一起驱车兜风。母亲见到我们红光满面，眼角溢出了欣喜。朋友一路上谈笑风生，我常常放声大笑，母亲的嘴角一直弯弯的。过一坡道，前面有突然停车者，我急忙刹车，后面的车许是跟得太紧，急停车时，险些与我追了尾。我担忧再启车时，微微下滑的车尾要受损，朋友看出我的着急，下车与人交涉，话语中却满是幽默："对不起，请师傅后退或改变一下方向，前面的司机突然犯了低血糖，需休息一下……"我哭笑不得，后面司机自知理亏，主动后退。前面危险解除，为抢时间，我一溜烟逃离危险地带，还未及上车的朋友接着表演幽默："等等我，我的钱包落在车上了……"从后车镜里，我看到朋友在奔跑和挥手，我和母亲笑得前仰后合。朋友上车，笑意荡漾在嘴角，母亲开心大笑："仿佛又见到了你们无忧无虑的童年时代……"

为何不让母亲天天开怀大笑呢？其实做子女的早该明白：你的每一个感受都牵动着母亲的情绪，你的欢乐，就是她的幸福。

让母亲天天都有笑容，这是我永远的追求。

## 小丫面世

三月十八日,侄女小丫急不可待地早产二十多天,来到这个花花世界!

听到是女孩那一刻,一种真实的伤感萦绕着我——从小所受男尊女卑传统思想的影响,小时候被爷爷重男轻女的阴影笼罩;最主要的是自己身为女人,所体会的种种艰辛,都让我不希望这个孩子是女娃。但她响亮的哭声,像优美的琴声惊动了嘈杂的楼道;粉红的面容,像出淤泥而不染的荷花;红红的小手,无助地抓寻着,那样看了一眼,就约定了我与她血浓于水的感情,真就那样心心相印、无法自拔了。

想要把她立刻搂进怀中,让她有个温暖的依靠。但因为是早产儿,仅仅让家属看了几秒钟,护士就"无情"地把小丫抱进了保温箱。从此,十三个日日夜夜,我只有时时刻刻地挂念,却无法见到她!很多时候,我在睡梦中惊醒,无助地想着,小丫无人问津的孤独和寂寞;更有甚者,担心小丫被人偷梁换柱了。没有小丫的日子,感觉生活那样空洞。

不知道小丫经历了怎样的十三天,当她回到我们身边的时候,特别没有安全感。只要她叼到了奶瓶,就很难把嘴张开;只要有个人抱着她，她就特别乖巧地紧盯着你，生怕一闭眼又被抛弃一样；只要有一点点开门声或者别的动静，她总是要不经意地抽搐一下……可怜的小丫，你一出生就经历了父母、亲人无法保护你的孤独和痛苦，安心地成长吧，你到家了！

给小丫起名字那段日子，是我最快乐、最幸福的日子。我翻阅了多少网页，无从统计；我翻看了多少汉字的释义，更是无法计算。因为给小丫起名，我开始读《易经》，读很多解字的书，开始研究语音、语调。一批批地，我取出了几十个备用名字，让她的父母去挑选、定夺；一次次地，方案被推翻后，我重新拟定。最后弟弟和弟妹决定在王禹兮和王婧漪这两个名字之间选一个。弟弟喜欢大气的、有文化气息的禹兮；弟妹喜欢温柔的、有内涵的、水灵灵的婧漪。在弟弟也喜欢这个名字，又绝对尊重弟妹的意见的基础上，全家给小丫定名为王婧漪，意为女子有才，深邃无垠还波澜不惊。

小丫在全家人的关爱，尤其是他父母的疼爱下，一天天茁壮成长，从出生时的四斤六两到满月时的六斤六两，再到五十天时的八斤九两。丫丫的小脸圆了，小胳膊胖了，小腿特有力气地踹被了。她晶莹水嫩的皮肤，好像透明的葡萄，轻轻一咬，就能浸出琼浆；她百变多样的表情，更是让家人喜不自禁，乐不可支。

丫丫的性子很急，只要饿了，一秒钟之内没有得到奶水，必然会号啕大哭，但她的哭相都非常美丽：粉白的小脸哭得通红，像牡丹沐浴露水一样；小嘴流着口水一张一合，像嗷嗷待哺的小喜鹊，无比可爱！

没有来由地喜欢小丫，一天不见，生活就好像缺少生气了；爱小丫，渴望给她温暖、有爱的生活环境；爱小丫，更希望她受良好的教育，成长为宠辱不惊的英才。

这是多么漫长又艰辛的道路啊！

## 生命的"落草"

一九七八年,我只有八岁。就在这个改革之年,弟弟来到了人世间。

这一年,一向气候湿润的江南变得无比燥热,好像要燃尽残枝枯草,捧出一个崭新的生机勃勃的世界似的。

八岁的我和即将临盆的母亲就在那间低矮闷热、没有充足阳光和新鲜空气的茅草房内。奶奶、外婆都已经去世多年;姑姑们也已经出嫁;父亲在很远很远的北方大港油田工作,无法及时赶回;只有年老的爷爷在田间劳动。马上要生产的母亲,只有把我叫到旁边打下手。五六平方米的小屋内,放了一张仅够我和母亲两人躺下的小木床,母亲平躺在床上,头发被汗水浸透了,上衣像刚刚从水桶捞出来一样。母亲伸出双手把自己的大肚子从上往下推着,张开双腿,非常用力,满脸通红。小木床下,一个木盆里装着热水。床边上,一盒火柴,一把剪刀,一块红布。所有这些都是几分钟前母亲佝偻着腰身,自己准备的。

我握着小手,害怕得浑身发抖,我只是朦胧地知道母亲要给我生弟弟或妹妹了,但我会如何见到他们,确是一个谜。母亲痛苦挣扎,但又拼命咬紧牙关的样子,在我眼前晃动。最让我害怕的是母亲流了很多很多血,我在母亲脸上不停地擦拭,汗水似乎是永不干涸的井水,我无能为力。突然感觉妈妈如释重负一样,她麻利地坐起来,从腿根下抱起一个肉球样的东西:"小囡,把火柴划燃。剪刀给娘……"我哆嗦着做完这一切,母亲把剪刀在我划燃的火柴上烤了一会儿之后,在肉球的肚子上剪了一下,又像做针线活一样娴熟地打了一个节。她用苍白的脸颊,贴了贴小肉球红彤彤的带着血丝的脸,小家伙就拼命地放声大哭起来,母亲脸上露出了幸福而疲倦的笑容:"囡囡,快去田里找爷爷,让他给你爸爸去信报平安,说你添小弟弟了。"

我跑出房间的时候,母亲自己爬起来,把小弟弟放进木盆清洗,又自己收拾床铺……正午的骄阳火辣辣地炙烤我的皮肤,我似乎要被烤焦,举着点燃火柴时被烫伤的手指,更是像伤口上洒了盐巴一样疼痛。跑到村口的时候,听到刘阿婆家屋里屋外哭成一片,见刘大叔脑袋上系着一根白布条,一边放声痛哭,一边在屋后的坟地边挖新坑。不懂事的我,还跑进屋里询问事由。邻居把我拉出来,小声嘱咐:"大囡别问了,刘大婶生小孩难产,大人小孩都没了。"那个夏天,我始终感觉浑身都有疼痛的感觉。我不知道,新生和死亡究竟有多远的距离……

渐渐大一些,渐渐明白了许多事理,也渐渐知道了祖祖辈辈的女人们,她们面对生育时的种种不幸!当时农村的医疗条件实在太差,连一个赤脚医生都没有。

就在懵懂的我还不明白究竟发生了怎样翻天覆地的变化的时候,我们村包产到户了;我们村有了一个能打针拿药的卫生所了;我们又可以上学了,母亲逼着漫山遍野放牛打草的我,背起书包,好好学习……

时光的指针指向一九八八年,高考结束后,我焦急万分地等着消息，无所事事中，回到村里寻找泥土的芬芳，以便能沉浸片刻。回村那天下午，走到村口，看到长我五岁的堂姐坐在由我姐夫赶着的牛车上，向村中心的卫生所奔去，她气喘吁吁，额头浸汗："妹，陪我去生娃！"恍然间有时光回溯的感觉，我紧张又害怕地跟着牛车跑进了村卫生所。穿白大褂的大夫热情接待了我姐姐，把她推进了产房。姐夫要跟进去，不停地念叨："大夫，我老婆有哮喘病，她一紧张一咳嗽就会昏过去，麻烦你们让我进去陪着她吧！"一个笑容可掬的白衣天使温柔地安慰我姐夫："你放心吧！我们的接生技术好着呢！"

好像没有等多久，树上的知了只唱了五首歌，树下的蚂蚁只搬了两回家，村头的铜钟只敲响了一次，我外甥惊天动地的哭声就从产房里传了出来。姐夫跑过去，隔着产房的门大喊："老婆你没事吧？"姐姐被推出来的时候，脸上挂着幸福的微笑："说是打局部麻药了，还侧切了，没有感觉多疼。但我真的不想再生了，咱们就生一个吧？"姐夫抱着儿子，拉着姐姐拼命点头。

姐夫果然信守诺言，成为我们村计划生育方面的典范。

后来，我在外求学，在外工作，很少回村，但家乡的每一点变化总是牵动着我的情感。我跟亲人们互通音讯：从最初的写信到打电话，到现在的网络视频。家乡也常来人看我，从最初三天两夜的慢车，到提速后一天一夜的快车，再到现在两个半小时的飞机。我经常问及家乡每个熟人的生存状态，他们大部分都从茅草房搬到大瓦房，现在又搬到三层楼房了。看病就医方面，他们都有医疗保险了。

二〇〇八年的暑假，我带着儿子回家乡探亲，想让他在农村锻炼锻炼。走到村边，姐夫开着送货的小面包车迎面停下："妹！接晚了，接晚了，不好意思！先送你姐姐和她的一个小姐妹去卫生所生孩子去了。"

见到姐姐时,她特别好奇地问我:"妹,你是城里人,你有学问,你说现在生孩子咋那样讲究呢,想要剖宫产就剖宫产,想要请'导乐'陪产就请'导乐'陪产,还有啥贵宾式分娩,太新鲜了。连咱们这些小卫生所都有这些新鲜事物了。尤其没听说过的是保存新生儿脐带血的技术。我这个姐妹就是主动联系县医院来人提取脐带血后,送到省血库保存的。说是孩子将来万一有啥大病,有备用的。"

这对我来说还真是新鲜事物,我急忙拿出随身携带的电脑上网查询:保存新生儿脐带血即干细胞脐带血的特殊价值,在于它含有造血干细胞,能够用于重建血液和免疫系统,这对治疗白血病和其他与血液和免疫系统有关的遗传疾病有重要的意义。

可爱的家乡,在沐浴了三十多年改革开放的春风之后,在思想观念、生存状态、衣食住行方面都发生了巨大的变化。

我目睹了三十年来农村几代新生命的诞生,一个个小生命降生场景的不同,让人颇有感慨,一滴海水见大海,这一滴水也在声情并茂地赞颂着三十年的进步。在三十多年的历史变迁中,无数诸如此类的浪花,绘成一幅波澜壮阔的画卷。

## 卷二

　　谁在灯下寒窗苦读？女人低眉挽袖，情然立于身后。远处一轮圆月笼纱，月光下的洞箫声若有若无，是谁吹着《三娘教子》？有一些泪珠串成的琉璃珠子放在岁月的抽匣内，会变得比珍珠还珍贵；有一些从灯下飞上远黛的笑，是世间最幸福的笑。

## 儿情母爱

心里慌慌的,总感觉好像要有不幸的事情发生。许多的经历让我怀疑,是命运安排好的呢,还是我有太敏感和脆弱?

家里没人接电话,依照常规,母亲接儿子该从幼儿园回家了。设想了种种的可能,终逃不出一种阴影,惶恐揪心。放下所有的工作,第一次正点到家,所有的房间都没有他们的身影,我急忙奔向托儿所,儿子的教室已经锁门了。我无助地在他们的必经之路上徘徊,心里火急火燎……

刚有儿子的时候,眼里除了小家伙,我不知道自己还有什么奢求,所有的情趣和爱好都搁浅了,似乎生命的全部价值就是儿子。母亲是旧时代的女人,具有极强的奉献精神,不惜一切代价地为我们全家操劳着,把我赶向了工作岗位,她眉开眼笑地看我写文章、发作品。渐渐地,我感觉自己离自我近了,离儿子和家人远了,很多时候,我沉浸在自我的追求和春风得意里,忽视了儿子的早期教育,淡忘了母亲周身的疾病,疏离了太多的家务……母亲总是不遗余力、无怨无悔地忙碌着,她只恳求我多关注一下儿子就行,可我……

清晨上班时,我生怕迟到,儿子偏偏要纠缠我,许是想多缠绵一会儿。他恳求我让他把一个心爱的玩具带入托儿所与小朋友共享，我猜想他是舍不得丢弃那份被同学包围着追看玩具的虚荣，老师已经告诫我要约束他这种无组织、无纪律的个人行为。我执意不让他得逞，我没有耐性浪费时间给他讲道理，只是强迫他必须放弃原打算。儿子完全继承了我的倔强，我越是强拉硬拽，他越是坚韧不拔。争执中，儿子终不是我的对手，玩具被我强留下来。他似乎受了莫大的伤害，这是我当时来不及思索的。他躺在地下打滚，抓挠自己，被我强拽起来，他就捶胸顿足，磕碰自己的脑袋，他为何如此自虐也是我当时来不及考虑的。我被他的抓挠行为弄得极为光火，虽然也有心痛，但我竟然像拎小鸡一样，又捶又打地把他扔进了教室，在他的号哭声里，我一抹泪，蹒跚着离开了。人群千奇百怪的目光撒在我身上，我无力招架。

恍惚间，我被一群人挡住了去路，心似乎跳出了胸膛，全身颤抖着扒开人群，母亲瘫坐在泥地上，泪水纵横，好像奄奄一息。我扑过去，软成一摊泥。母亲如同抓住救命草，嘶哑着推我："找孩子去，从教室里出来就自己跑了，我……"

我不知道我是怎样离开人群的，脑子里只有一个声音，四岁的孩子从来没有单独走过这条路，他断然不会识路啊！孩子丢了，我还能活吗？儿子，是妈妈不好，不要惩罚我好吗？跟跟跄跄地，我无视任何危险地横穿马路，迷迷糊糊地，不放过任何一处角落。当我从一个偏远的犄角旮旯找到缩成一团的儿子时，他一脸伤心的表情："妈妈，你不是不要我了吗？"

我和儿子哭成一团，找着母亲时，有些神志不清的她，一把夺过了儿子……

我不知道，除了亲情，还有什么是我放不下的。

# 儿子十岁

## 悬悬的孕育

有人说女人的生命中如果没有孩子的存在,那么她的生活将失去阳光的色彩,她的日子将因为没有主角而散乱;有了孩子,女人的生命轨迹会因此而迅速转变……

为了一个神秘生命的垂青,我和先生在婚后五年精神和物质都有所储备的情况下,开始诚心渴望一个天使的降临。小胚芽在我毫不知情的状态下入驻我体内,并不断改变我的身体状况。发烧、流涕、呕吐、咳嗽这些典型的感冒症状出现在我的身上,我开始大把吃药而不见好转的时候,我们才突然意识到这是对幼小的生命犯了严重的错误。我们难以取舍:所吃的药大多有副作用,万一孩子四肢不全或智商低下,父母如何承担孩子一生的不幸?但如果舍弃,我的高龄,以及四年前为了学业而放弃第一个生命后寻医问药迟迟难再孕的痛苦经历,似乎让我没有了再放弃的勇气!何去何从难以抉择。我不断地咨询医生和翻阅各类医书,孩子在九十天的时候突然超前地有了第一次我能感应的胎动,那感觉像小蝌蚪在小溪的水草间自由自在地嬉戏,像春风轻轻地拂过面颊,像小时候迷路突然听到妈妈的呼唤。我不再犹豫了——这是孩子想要直面父母啊!

十月怀胎难以进食、浑身浮肿都没有难倒我,小生命总是在我特别无助的时候在子宫里跳舞。他的小手一推我的肚皮,我就知道该坚持什么;他的小脚丫一踹我,我就明白希望在哪里,尽管我知道前方有太多的未知!

还没有到预产期,十月二十三日晚七点肚子开始疼痛并见红,我感觉神圣的时刻要降临了,不免兴奋和紧张。但老公在百里外的油田工作,那时正在井上会战,我不想打扰他。母亲患有高血压等多种疾病,我不忍心惊动她。我做了一个天真而理智的决定:不打扰任何一个亲人,明早上班后再去医院,如果顺产在家也无妨,如不顺再拨120。我在心里不停地跟小家伙商量,一定要等到最亲的人赶到才降生,以示隆重!一夜无眠,"享受"着小家伙的拳打脚踢,忍耐着一阵又一阵的剧痛,内心恐慌,万一有意外如何处理?

十月二十四日早上八点通知完丈夫和母亲,独自忍痛走到医院妇产科,大夫询问情况时,我还笑呵呵地回答。大夫正色道:"回去吧,当你哭都哭不出来时再来!"我听话地去赶集了,两分钟一阵剧痛,搅得我恨不得马上蹲下来,或者有一张舒适的床躺上去,要不挨一刀立即把孩子取出来,那时我预感到马上要生产了!我忍着剧痛走几步蹲一下地蹭到医院已是午休时间,毫不惧怕地,我又蹭回家吃午饭。当丈夫安排完工作,从百里外的单位赶回家时,我已经痛苦得不能行走,只能在地板上爬行了。先生坚持要打车去厂医院,我固执地坚持一步一蹲地走了六里路挪到了医院,准确地说是一个厂卫生所,条件简朴到只有两个病房、六个病床,一个妇产科大夫、一个助产护士。

## 悬悬的诞生

蹭到医生面前，满脸堆笑、额头渗汗地给她描述了目前的状况。妇产大夫似乎已经视生育为平常的事情，她例行公事地给我检查完骨缝开启的情况后，把我收入了待产室，并嘱咐还要继续走动，以达到十指开全，自然分娩的要求。我言听计从，巴不得马上见到孩子，尽管没有间歇的疼痛折磨得我抓得床栏杆嘎嘎作响。傍晚五时，十指开全的我被推进了产房，不论我如何用心并竭尽全力地配合医生的手势和口号，孩子都难以顺利地出来，我已精疲力竭，却还在苦苦奋斗。我知道，除了义无反顾地生下怀了十个月的骨肉，我别无选择。旧时许多生产的女人没有走出鬼门关的恐怖镜头，蒙太奇似的出现在我眼前，那时只想痛痛快快地生下孩子，对于死似乎也无所畏惧！我拼命地用劲并扯着嗓子大喊："我要开刀！我要剖腹！"这时站在产床旁边的丈夫眼见脑袋露在外面的婴儿面色已发青，他声音颤抖地央求："大夫！救救我老婆孩子！"我在恍惚中听到天籁之音缓缓响起："再加把油吧，孩子，奇迹马上就会发生！"真的是产房外切切盼望的母亲吗？当年她生我是在寒冬腊月的一个飘雪的黎明，她一个人忍着剧痛把我生在灶房的柴火堆上，亲自摔破锅台上的瓷碗，用碎片割断了联结我和她的脐带。这种伟大的母爱和母性令我永生难忘！我耗尽身上残存的力气，把自己幻化成高山上的雪莲，不停地搏击风雪！忽然间我感觉自己在下沉、下沉。不！绝不！我的孩子不能掉下去，我拼命地扬起双翅不停地划动，不停地飞翔，抓住了，抓住了顶峰的巨石，我身体无比轻盈地、稳稳地重回高峰傲视低矮的群山。我知道我的孩子成功地脱离了母体，如释重负的我想沉沉地睡去，恍惚间听到似乎是大夫的惊叫，听到啪啪啪打孩子屁股的声音，听到丈夫焦急呼唤的声音。我努力睁开双眼，不知哪儿来的力气从产床上坐起，瞪着被一个大夫倒提着的，还在被拍击屁股的浑身青紫的婴儿：我的孩子为什么不哭？有护士过来推我躺下："你的侧切伤口还没有缝线。"我推开扶着我的手，执拗地叫着："孩子为什么不哭？"

像做梦一样，有一个美丽的白衣天使从门外飘然而入，她麻利地接过孩子，在孩子的嘴巴上按动几下，俯下头给孩子做起人工呼吸。被吓呆的护士和大夫慌忙推过氧气瓶，给孩子套在嘴巴上，直到看见孩子能挥胳膊抡腿了，我还是没有听到他的哭声。我被按在产床上缝合伤口，精力不足的我仍在寻找着孩子的声音。迷迷糊糊中，我被推回了病房，孩子呢？不知承受着怎样的煎熬，又经历了怎样漫长的等待，当我感觉天真的要塌下来，我再也接不住的时候，丈夫簇拥着抱着孩子的母亲，后面跟着护士，走进了病房。我终于抱上了出生两个多小时的儿子。小家伙水嫩光洁的肌肤，像山间的溪水泛着耀眼的光芒。宽宽的非常凸出的额头下，一双乌黑的大眼睛不停地左顾右盼，高鼻梁下红红的嘴唇偶尔吧嗒一下。我连忙把乳头塞进了儿子的嘴巴。"他还不会吸吮，你也没有乳汁。"护士爱恋地看着婴儿，"好帅气的小弟弟，听说险些……不过他真有福气，救他的赵莎菲大夫本来早离开了妇产科，本来今晚不当班的。"丈夫叹气，说："等孩子脱离危险后，我就没有找到赵大夫，想当面道谢都要再找机会。"全家默然，只有不知疲倦的儿子睁着大眼睛应接不暇地"招呼"着前来道贺的亲朋好友。整整三天，儿子不哭不闹地张望着这个陌生而神奇的世界。

于我，于儿子，生命都是神圣的开始，磨难、历练、成长是其中最平凡的音律。

## 悬悬的"抓周"

儿子的诞生，在家里引起了强烈反响！爷爷奶奶说大难不死，必有后福，这小子将来必有出息！亲朋好友也说，有其父必有其子，青出于蓝而胜于蓝；我在经历了这番劫难之后，觉得只要儿子健康向上地活着就是我的成就！至于将来，还是在于培养，但我还是想知道儿子的爱好会是什么，突然就想到了抓周。

抓周这种习俗，在民间流传已久。它是小孩周岁时举行的一种预测宝宝前途的仪式，也算是第一个生日的庆祝方式。它与产儿报喜、满月礼、百日礼等一样，同属于传统的礼仪。但在儿子满一百天的时候，我实在按捺不住紧张、兴奋与无法出口的担忧，打算把抓周和百日礼合二为一，以给自己一种暂时的释然。

在腊月二十三小年那天，从医院回家后，我心里总有种隐隐的痛，儿子拉肚子十天，不论吃药、打针、输液，他从来不哭一声。那天有个手法欠佳的护士扎了七针，才在孩子脑门上固定了输液针头，血滴渗出来的时候我泪流满面，儿子却无动于衷，睁着眼睛到处看。每一个经过的人，他都盯着，用目光追逐着，就是不掉眼泪。难道他感觉不到疼痛？该不会有啥毛病吧？我心里怕到极点，但不敢说出来。

傍晚的时候，屋外响起了此起彼伏的鞭炮声，好像是给儿子的百天营造喜庆的氛围。我在客厅明亮的灯光下，在圆形餐桌上放了墨水、宣纸、唐诗、算盘、钱夹、汽车玩具、锄头玩具等，正要给孩子洗手，把他抱上桌子任其抓取，母亲说再来一串钥匙和一块手绢吧，我就顺手把兜里的钥匙和手帕放在了桌子上。丈夫说："你们放的都是有讲头儿的好东西，这不是自欺欺人吗！"他不由分说地从厨房里拿出了碗筷，"这才是孩子真正需要的，这才是真实的生活，不要让孩子不食人间烟火！"我轻声嘟囔一句："没有情调。"我把桌上的东西重新排放了位置，让儿子便于抓到我想要的笔墨书本。我把儿子放在了桌子的中心位置。

面对围绕在他周围的各类东西，小家伙的小手不停地够东西，又总是不拿起来。我握着照相机，盯着儿子的手，心里呼喊着：抓笔呀！抓书呀！儿子的小手从书和笔上边划过去，不再专注！我心怅然。天呀，儿子的小手在锄头上停留了，想要握住拿起来，我的心提到了嗓子眼，这可如何是好！如果又回到了我爷爷奶奶的生活状态中，如何谈得上长江后浪推前浪呀！好在儿子又见异思迁了，他推开锄头，直奔他每天都想摸的饭碗，那倒不错，民以食为天嘛。丈夫脸上露出美滋滋的笑容！我按下了相机快门。但儿子又把饭碗推开，狠狠地抓起了那串沉甸甸的钥匙，又用上另一只手要把钥匙环套上。我拍了几张照片之后，见他没有放下的意思，就想帮他拿下来，让他再抓取另外一件，最少三件，我好按照排序推断他的爱好。小家伙就是不松手，一直攥着，示意他再抓，他就是不理睬所有人，自己玩起了钥匙，左右摇晃，听着金属发出的声音，身子也跟着扭动；不停地摔到桌上，再拿起来，瞪着眼睛看着钥匙掉到桌子上不同的样子；又认真地把钥匙一把把地分开，挨个儿在其他东西上转动，想要做什么的样子！

"坏了，将来不会是神偷吧！"还没有成家的弟弟毕竟脱不掉孩子气，说话没轻没重。母亲狠狠地剜了弟弟几眼："没正形，掌管钥匙好呀，会挣钱，会存钱，会花钱！""好了，大家吃饭吧！将来这孩子能当财政部部长，这是他妈妈最想要的结果！一场游戏嘛，图个乐呵！"丈夫把桌子上的东西收拾了起来。

"不，钥匙可以打开心灵之门、知识之门、财富之门，我儿子将来绝对好钻研、好琢磨，善解人意，又能拥有知识和财富！"我抱起儿子拼命地亲吻。其实抓周的核心是对生命的祝福，反映了父母对子女的舐犊深情，具有家庭游戏的性质，客观上也检验了母亲是如何带孩子、如何对孩子进行启蒙教育的。现在想来，它给我们家带来了许多快乐和美好的记忆，而且我真的感到，儿子后来的许多爱好似乎都跟钥匙有对应关系！

### 悬悬的文字热情

每一天，我都感觉到孩子在成长：衣服又短了，头发又长了，会翻身了，会坐着了。只要他应该会的，我都会认真地不遗余力地去教他。责任大于天，母亲有义务成为孩子的第一任启蒙老师。

从儿子九个月开始，我每天晚上反复给他读一首唐诗，不厌其烦，从未间断。最初他含着我的乳头磨牙，不予理睬。慢慢地，他开始盯着我的口形，我一旦停下来，他就闹腾。后来，他用手抚着我的嘴，自己在那里咿咿呀呀。学理科轻文科的丈夫取笑我："别对牛弹琴了，他成不了李白，还是顺其自然吧！"母亲也劝："你们小时候就会玩泥巴、捉小鱼，还打群架，长大后不也挺好的吗？"我知道他们是心疼我，但他们不了解现在的教育趋势，我无法让自己没有压力。

事实胜于雄辩，儿子加油呀！在儿子一周岁生日那天，他穿着红夹袄，头戴红寿带，倔强地甩开我的搀扶，晃晃悠悠地站了起来，摇摇摆摆地迈出了他人生的第一步！"妈妈，快来看，孩子会走了！"我激动得眼含泪花，母亲从厨房跑出来，笑得嘴巴很久都合不拢。儿子脖子上套一个小皮鼓，一边歪歪扭扭地在地毯上转小圈，一边拍打着鼓肚，嘴里还嘟嘟囔囔嘟。"嘴跟着脚，只要会走，马上说话就利索了。"母亲话音刚落，儿子嘴里就蹦出了几个字："报得三春晖。"我激动得简直要昏过去，我紧张地念道："慈母手中线……""游子身上衣。临行密密缝，意恐迟迟归……"儿子一字一句地背着，虽然吐字不太清楚，但开门进来的丈夫还是惊呆在门口，甚至忘了脱鞋，忘了像往日那样叫一声："儿子，爸爸回来了！"

全家人异常兴奋地开始向儿子轮番轰炸。我拿出教过他的唐诗，和丈夫抢着给儿子开头。只要我们说出第一句，他就会抢过去机械地背完。

第二天正好是周末，为了奖赏儿子的争气，当然也为了犒赏我这个母亲，一家人开车前往北京八大处公园游玩。深秋的北京，到处层林尽染，鸟儿不停地歌唱，儿子放开他姥姥的胳膊，拒绝他父亲的肩膀，歪歪扭扭地在林间小路上徜徉，一会儿摇摇小树枝，一会儿摸摸绽放的花蕊，一会儿望着鸟儿飞去的方向踮起脚跟。一阵山风骤起，一阵乌云涌来，一阵秋雨磅礴而下，丈夫赶紧把儿子扛在肩上，我急忙把雨披给儿子罩上，母亲还不忘再给他们父子打着伞。孩子第一次不听话地在他父亲背上又踢又闹："更上一层楼，更上一层楼！"我顾不上给自己穿雨衣，一把抱过儿子，拼命地亲吻他，转身向山上爬去！丈夫急了，声音提高了八度："别让孩子冻着了，再感冒了又不知怎样心疼了！""我儿子会用唐诗了，我儿子会用唐诗了！"我像祥林嫂一样不停地唠叨着，母亲跟在后面，丈夫一个箭步蹿到我前面抢过孩子："太任性了！将来别把儿子教坏了。"他转身向山下大踏步走着，任凭儿子在肩上哭闹。孩子扭着身子，朝身后的水流大声喊着："飞流直下三千尺，飞流直下三千尺！"丈夫说话的声音已经变得温柔："好宝宝，回头爸爸带你去看真正的瀑布。"

从北京归来，我趁热打铁，给儿子录了一盘磁带，他竟能背诵一百零二首唐诗。

后来儿子上学的时候,学校要求三年背诵完的一本唐诗,他识字还不全,就全部会背诵了。从一年级写周记开始,他的作文总是在学校广播室被宣读。一年级第二学期的时候,他捧着学校颁发的优秀通讯员的荣誉证书,不屑一顾地说:"啥时能得到天津市的就好了。"后来儿子的作文总被老师当作范文来读,他还被老师选为领读课文、作文的特席代表。

终于在三年级的时候,他的一篇《那一夜,我长大了》获得了天津市纪念抗战征文一等奖。即将小学毕业的时候,为了纪念自己的小学生活,他自己编辑校对了文稿,自己写了序言、后记,自己设计了封皮、插图,并用电脑打印出了自己的《雏燕文集》,这本文集被老师收藏,作为以后师弟、师妹们的读本。

一把钥匙可以打开多把锁头,对文字的理解能力是做任何事情的基础,但愿儿子在文字上的天赋,可以在人生的许多领域给他帮上大忙。当然,仅仅靠感悟是远远不能应对人生挑战的,只有不断地发愤图强,不断地超越自我,不断地挑战困难,才能慢慢长大!

## 悬悬的音乐之好

儿子刚会爬的时候,常常循着厨房抽油烟机的声音,兴高采烈地钻进厨房,拿出锅碗瓢盆排在地面上,用筷子敲击发出各种声响,然后喜滋滋地转动身子跟着摇摆。那时我很惶恐,生怕他将来成了大师傅,终日受油烟之苦。

在他一周岁的时候,正热播电视剧《水浒传》,片尾曲《好汉歌》天天被他挂在嘴上,他常常旁若无人地张口就吼。我才突然意识到:儿子是不是喜欢音乐呀!很随意地给他播放一些儿童歌曲,渐渐地，他都会模仿了，我一下子好高骛远起来，特别想让他学习一种乐器。于是我开始不停地咨询，不停地调研究竟哪种乐器更适合他，而且是家庭经济能够承受的。

在儿子五岁的时候，有一次我带他去一个朋友家玩耍，谈到兴头上，我没有听到儿子的任何音响，突感蹊跷和不安。众人慌忙出门，跑至院里寻找，院门大开，不见孩子。我当即腿脚发抖，蹒跚地跑到院外，还是没有儿子的身影，我急得眼泪流了出来，颤抖着声音不停地呼唤着儿子的乳名。恍惚中听到了钢琴的声音，我不自觉地更提高了唤儿的声音。一家院门打开了，一个长发飘逸的美丽少妇探出头来："是不是喊一个叫悬悬的五岁小男孩？"我红着眼睛噙着泪跟了进去，儿子正托着腮帮子，安安静静地坐在一位留着长卷发的男钢琴老师身边，看着一位年龄跟他相仿的小女孩专注地学习钢琴。儿子的痴迷让我不忍心责备，但一架小三角钢琴的价格及四十分钟一堂课的昂贵费用让我望而却步，我起码还有理智，儿子将来绝对成不了莫扎特那样的音乐家，选择一种经济实惠的乐器让他有点音乐修养足矣。

就在我与钢琴即将擦肩而过的时候，五岁半的儿子上了小学，学校离他曾经误入的钢琴老师家很近，儿子每天放学都自己跑到老师家去看别的孩子上钢琴课。这样一个月下来，我不能再无动于衷了。我跟儿子谈，我给他三个月时间，如果他接受能力强，又热情不减当初，我就投入成本让他学下去，否则免谈。三个月下来，儿子学会了三册简易钢琴教程，而且通过对比，手指明显长于同龄的孩子。我毫无怨言地兑现了我的诺言，只希望儿子坚持不懈地练下去，技多不压身，艺术还能帮他修身养性。后来我的工作发生了巨大变化，由原来轻松自由的宣传岗位变成了兼任新闻网络编辑、记者、主管。工作上的劳顿奔波，使我放弃了对孩子的严加约束，加之钢琴学习的难度在不断增大，儿子的进步很慢很慢，也失去了最初的热情。我采用胡萝卜与大棒子相结合的方式，明确告诉他：做任何有意义的事情切忌虎头蛇尾，有始无终。学习如逆水行舟，不进则退。如今儿子在艰难地攀爬，我只有鼓励他不能放弃。

儿子又有了学唱流行歌曲的爱好。社会上刚流行一首歌，只要符合他的胃口，适合他的音域，他反复听几遍就敢大大方方地哼唱，不论什么场合。用他的话说，想唱就唱。儿子八岁时，学校举办新春歌曲海选。他从上千名选手中过关斩将，获得参加决赛的资格，终因上课过分调皮捣蛋而被老师严罚，取消了决赛资格。儿子由此变本加厉地大唱特唱：给同学排练节目必以唱歌为主，自编自导小品也不忘给自己一个又唱又说的角色，在家自己填词作曲随意唱，来回答家人的问题。我偶有推不开又适合孩子去的场合，必带着他去卡拉OK一把，以给我壮壮门面。

但我深知，儿子在拈轻怕重地选择个人爱好。他对高雅音乐和流行歌曲的取舍，一如许多现实的成年人一样，他在不知不觉地浮躁。如果他小小年龄就倾向于选择无须付出太多艰辛也能获得许多掌声的路，那么作为母亲，我有责任让他从现在开始必须明白：只有脚踏实地、不畏艰难地追寻到的成绩，才不会是水波溅起的浪花，经不住时间的考验。人生比无意间抓起一串钥匙要复杂和沉重得多！

**悬悬的竞技冲刺**

"当圣火第一次点燃，是希望在跟随；当终点已不再永久，是心灵在体会。不在乎等待几多轮回，不在乎欢笑伴着泪水，超越梦想一起飞，你我需要真心面对。让生命回味这一刻，让岁月铭记这一回,超越梦想一起飞……"当这激昂的旋律超越时空,不断撞击我的脑海的时候,儿子在运动上,特别是跑步上表现出的坚韧和耐力,深深地触动我柔软的心灵。儿子很小的时候就常跟着我和丈夫外出。只要条件允许,家长都愿意带孩子饱览壮丽山河,行万里路,读万卷书。从儿子四岁开始,每次外出跋山涉水,总是儿子牵着我走。他跑得快,爬得高,常让人心惊胆战。

儿子的好动,让我吃尽了苦头,所以我常常给他泼凉水,总是违心地告诉他,德、智、体全面发展,体育是放在最后一位的,只要有个好身体就行。但儿子在运动方面取得的成绩还是让我无比骄傲,其中还有心疼和略为苦涩的味道。

在儿子四年级的时候,学校给我发了一份烫金的聘书,聘我当家长委员会的委员,另外还有一封邀请函,请我去参加学校的春季运动会。我有些不知所措,以为学校要拉什么赞助,我一个小小的职员,何德何能?对学校有何贡献?紧张之际,我强打精神问班主任,我能为学校做点啥事情呢?老师兴奋地说:"你儿子相当优秀,从一年级开始就是全班的运动骨干,现在也算全校的名人,他将参加三个比赛项目,还要代表全体运动员在开幕式上讲话呢!你是我们学校唯一邀请的家长代表!"

骄傲欣喜过后,我感觉欠儿子的太多,忽略他的也太多。坐在开幕式的主席台上,我有种不劳而获的惭愧,是儿子的努力为我争得了许多家长梦寐以求的荣耀,我却总是跟他唱反调,甚至打击他的积极性。儿子大步流星地走上主席台旁边的发言席,大大方方地向主席台敬礼,四目相对的刹那,我感觉儿子是那么潇洒飘逸,那么活泼有朝气。还未等我给他一个鼓励的眼神,他已经转身向台下近两千名师生敬了队礼!突然间我有种莫名的紧张,万一儿子尴尬地卡壳咋办?我握紧的拳头攥出了细汗。谁知儿子却沉着稳重地朗读着,充满激情地号召着,他大方得体地加入手势,目光炯炯地与台下互动着,我才发现真正没有见过世面的是我!

我还没有来得及感谢学校对儿子的培养,儿子已经站在一千五百米的起跑线上!看着那一圈二百米的圆形跑道,我又开始紧张:七圈半,不跑糊涂也要跑傻了,不禁为儿子再次捏把汗。发令枪响,几个孩子健步如飞地冲在了前面,儿子不慌不忙地稳步跑在最后,三圈下来,儿子还是垫后,甚至有落伍的嫌疑,我以为儿子体力不支,心中不安地祈祷,时间快点过吧,让儿子跑完好好休息一下。四圈下来,儿子渐渐加速,还没容我心里稍稍宁静片刻,儿子在第六圈又加快了速度,当他从距我五六米的地方跑过去时,我能清晰地听出他沉重的喘息声。我突然间有想要流泪的感觉,何时让儿子受过这等煎熬?心疼过后,我还是执着地希望他义无反顾地坚持到最后。看到他前面有五位选手,我也有种淡淡的失落感。最后半圈,儿子像突然受了鞭子抽打一样,爆发出了冲劲,他以百米冲刺的速度,超过了一个、两个、三个,眼看第一名马上要触红线了,儿子像一阵风一样蹿到了他身边,最终以微弱的劣势屈居第二名。我跑过去,想要搂过儿子好好给他擦擦汗,但儿子奔到取得第四名的小朋友身边,把他拉出人群,气喘吁吁地说道:"你别难过了,运动既是公平的,也是残酷的。毫厘之差就是不同的待遇,但你还有机会,把情绪调整好,你不是还参加了二百米的比赛吗?……"我心里受了很大触动,这真的是在家娇生惯养的儿子吗?不管三七二十一,我把儿子拉过来,给他擦汗,给他吃巧克力。儿子接过巧克力,转身又给了那个同学:"一起加油,咱们都还有项目呢!""这个小朋友已经跑得不错了呀,怎么还闷闷不乐呢?"我有些奇怪。"因为只有前三名才能上领奖台,他这就错过了……"突然间觉得儿子长大了,他的善良、他的宽容、他的纯真都不是大人容易理解的,自以为成熟的大人们其实在不经意间失去了太多美好的东西。

紧接着,儿子过关斩将,相继获得六十米、二百米的冠军,我实在担心他体力不支,不忍心让他再跑了。儿子的一句话让我不得不承认自己的狭隘:"妈妈,我必须为我们班的综合成绩再努力呀!"学校将孩子培养成了一个有责任感的学生,作家长的也要言传身教,不能使孩子无所适从。我暗自忍着泪,默默地陪着儿子。

后来,儿子成了全油田小学生的短跑冠军,他开始梦想进少年体校,进国家队,进奥运赛场,甚至放下所有功课,去超越梦想。得到大部分同学的支持后,他有些得意忘形。他们班里的同学在写《我最想克隆的偶像》这篇文章的时候,所有女生及大部分男生都把儿子作为"偶像",听到语文老师给我描述这种情形后,我和学校同时开始对儿子做漫长的疏导工作。我理解儿子面对体育比赛的激情,更佩服他在运动时候表现出来的精神状态,以及他对体育的痴迷和执着,但我依然盼望他把这种精神融入文化知识的学习中,哪怕是艺术爱好上,脚踏实地慢慢成长。任何"速成"都不能让孩子真正健康地成长,按部就班的学习生活是我们能给孩子的最好的礼物。

现在儿子也在慢慢地培养其他方面的爱好,只要投入了,只要耕种了,只要握住了手中真正属于自己的钥匙,总会找到能够开启的那把锁。

我现在最欣赏的歌曲就是《超越梦想》,希望自己能与儿子一起飞!

## 悬悬的演技痴迷

儿子刚会说话的时候，喜欢模拟各种动物的形态和叫声；两三岁的时候，喜欢拿腔拿调地朗诵唐诗；再大一些，就模拟表演动画片里面的角色。

"曾经有一份真诚的爱情摆在我的面前，我没有珍惜，等到失去的时候才追悔莫及，人世间最痛苦的事情莫过于此。如果上天能够给我一个重新来过的机会，我会对那个女孩子说三个字：'我爱你。'如果非要给这份爱加上一个期限，我希望是，一万年。"我感动得热泪盈眶，以为里屋的电视又在播放《大话西游》，那经典的台词，周星驰特别的声音，让人久久回味。蹿到电视边一看，却是新闻频道！儿子得意忘形地盯着我傻笑。

"哈哈！我是没有眉毛的动感超人！"蜡笔小新低沉沙哑的声音从儿子的小嘴里惟妙惟肖地传出。我有些发呆，没有想到小家伙能够以假乱真，糊弄我的视听。

我激动地又找了几组最近影视剧里流行的台词让他模仿，激动得恨不能马上把儿子送到少儿影视中心去历练。片刻的头脑发热过后，我冷静下来，知道在母亲眼里自己的孩子永远是最棒的，也许在专家眼里这些只是小儿科呢！

以后，学校只要举办文艺表演，儿子必然要成为主角。儿子上五年级的时候，在迎新春联欢会上，他自编、自导、自演的歌剧小品《新警察与小偷》受到全班同学的盛赞之后，在全校很郑重地公演了几场。许多熟悉他的老师和朋友建议我找找人，让孩子去报考少儿艺术院校，或是干脆去参加"幸运之星"的海选，尽量不要浪费孩子的天分，要投其所好地培养孩子的专长。

我知道儿子的致命弱点——做事情总是虎头蛇尾，粗心大意，缺少耐性，缺乏一种执着精神。我们母子达成协议，在生活和学习上，首先要克服这些毛病，然后才能设想将来的成功。儿子以自己的经历为蓝本又创作表演了一个小话剧《小马虎新生记》，把全家人感动得一塌糊涂。甚至有几个漂亮女生，经常来我家，想要跟儿子共同创作，一起演戏！

儿子的单纯，让我哭笑不得。他满脸通红地问我："妈妈，你还记得经常到咱家的小帆吗？""记得！非常聪明，钢琴都过九级了！"儿子愤怒起来："她说喜欢我，尤其喜欢看到我跑步时候额头流下的汗珠，酷毙了！这不是笑话吗？我出汗的时候，身上都有腥味，我自己都不好意思！"我默然良久，不知如何对儿子开口。这份纯真的友谊，发生在不到十岁的孩子身上，这是多么美好的事情，等他们慢慢长大，即便用心去模拟，也难以再现如此动人的一幕了。

"那你是怎么回答的？"我柔软的心灵深处淌着一条清澈的小河。儿子沉浸在自己的想法里，又傻傻地问我："妈妈，是不是有人喜欢我，将来就要跟我结婚？"我乐得前仰后合："你知道什么是结婚吗？""就是两个人天天在一起，她像妈妈一样管着我学习，我要挣钱养着她！""小男子汉，这不是你现在考虑的问题，等你长成大男子汉的时候，这些问题躲都躲不过。妈妈问你，你一岁时候玩的拨浪鼓，现在还玩吗？""早不玩了！""对了，你在慢慢长大，每一个阶段都有值得你珍惜和追求的事情。你们长大之后就各奔东西，各自追求自己的前程去了，会不会漂洋过海、天各一方都难说。""吓死我了！这就好，只要不像蜘蛛精一样缠着我就行！"儿子双手合十，仰望屋顶，"阿弥陀佛！逃过一劫，终成正果！八戒，拿袈裟；悟空，启程！"他学着动画片《西游记》中唐僧的语气。

不到十岁的儿子，背着沉甸甸的书包踏入了中学的大门。因为自作主张报考了管乐特长班，他进校后的第一件事情就是接受天津音乐学院的老师的挑选，选学乐器。据儿子讲，老师看完他的口型后，说他适合学习圆号。儿子特别喜爱萨克斯，据理力争。老师说："你表演一下吧！"儿子空手套白狼，做出空抱萨克斯的姿态，用唱谱的方式，摇头晃脑，如醉如痴地"弹奏"了《回家》的几段旋律，硬是把老师的情绪调动起来了。老师激动地说："你可以学习萨克斯了。"

现在儿子除了应对繁杂的功课，闲暇时间总是被家人或者朋友唤来唤去，眉飞色舞地表演萨克斯演奏。也只有在吹奏自己最爱的曲子的时候，儿子的神情里才流露出幸福感。但这样的时候，随着学业的日益紧张而越来越少了。

从社会到学校，再到家长，都希望给孩子创造宽松的学习环境，让他们自由自在、无忧无虑地成长。但千军万马过独木桥，依然是沉重的现实，谁能不对孩子作应试培养，让孩子成为试验品，主动从独木桥上掉下去呢？所以孩子们书包的分量注定有增无减，孩子们五光十色的童年回忆越来越稀有，孩子们自由想象的空间在不断减小……

看着仅仅十岁的儿子背着与他的年龄不相称的大书包，听着儿子抱怨没完没了的作业，想着小小少年总是在奢望，取消高考多好，每个人都能选择只做自己最热爱的事情该多好，我只有告诉儿子，踏着时代的脚步，跟所有同龄人相比，一天不学习已经落后了。

儿子不会体会得太深，好在他还是听话的孩子，知道在老师和父母的督促下，他的任务就是不停地学习，不懈地努力！

十岁的儿子，因为要"赶考"，被迫渐渐学着放弃他痴迷的爱好；十岁的儿子，并非最热爱学习，因为要"赶考"，不得不默默地承受；

十岁的儿子，还有很多机会，很多钥匙可以握在自己手中，但机会也不再是玩具样的钥匙了，未来会如何？慢慢走下去，走下去……

## 松鼠回来了

邻居家有只活泼可爱的小松鼠,身着灰白和金黄竖条相间的连衣裙,棕黄的长尾巴威风凛凛地抖动,令人心旌摇曳,爱不释手。邻居欲将它送给我三岁的儿子。

自古有"君子不夺人所爱"之说,我婉言谢绝。

某日,邻居说小松鼠被送人了,我顿感可惜,方流露真心。邻居惊讶:"前几日,我是诚心相送的呀,它也是别人强给的,我实在是养够了……"

原来是一场不深不浅的误会。

小松鼠就像一个梦的片段,常常萦绕在我和儿子的心间。

"妈妈,小松鼠真的回来了!"拨开梦境,小松鼠闪着明亮的眼睛,向我投怀送抱,滑稽极了。

邻居笑曰:"朋友养腻了,正要送人。我就把它要回来了。"我和儿子倍加珍惜小松鼠的失而复得。

怎么也不相信,与小松鼠"同甘共果"的儿子,会失手揪掉它的一寸尾巴。玩得兴起时,儿子抓住了小家伙的尾巴,不承想,小松鼠没揣摩透朋友的心思,竭力挣扎,鲜血浸了出来。那寸断尾,深深地刻在我们的心里。

受到了太多关爱，小家伙坚强地挺过来了，但又一次刻骨铭心的疼痛，让我后怕，我决定给它寻找生路……

儿子手里抓着一截血淋淋的断尾，在小松鼠凄惨的嘶叫中，他还在喋喋不休地痛斥："你怎么可以咬我，我只是想逗你玩！"

给小松鼠的断尾处敷了云南白药，我彻夜难眠，这件事让我发觉人的可怕。人与动物之间不论有什么屏障，终究是人的残酷占了上风，为何这种人性的弱点在一个不谙世事的孩子身上都如此淋漓尽致地体现出来。

在儿子无微不至的照料下，小松鼠再次以惊人的毅力死里逃生。在儿子的忏悔和哭声中，我把小家伙送给了同事。

我以为小松鼠从此走出了我们的生活，我们少了一份牵挂，会多一些自在。没想到，小松鼠与我们之间的感情纠葛是注定的。

受人之托，我与儿子去邻楼一位老人家取物。一进门，儿子就欢呼雀跃地叫起来："妈妈，咱家的小松鼠！"

那触目惊心的断尾，那出自我的双手的小笼子，那怯怯的让人心疼的眼神……

老人说，小松鼠是她从垃圾堆里捡的。儿子自作主张，从要把松鼠送人的老奶奶那儿把小东西领了回来。自此，小松鼠结束了流浪生涯……

## 精灵的祝福

"无论时光如何绵延,让真情永远;无论世事如何变迁,让宽容永远;无论咫尺还是天涯,让美好永远;无论快乐还是忧伤,让祝福永远……"在键盘上敲完这些文字,泪水模糊了双眼,视线定格在电脑旁边儿子送我的生日画作上,有一种想要默默流泪、静静倾诉的感觉……

儿子出生时候的情景仿佛还在眼前,转眼他已经是十岁的大男孩了,一米五八的个头,穿四十二码的旅游鞋。他不再扎进我怀里,学唱《找朋友》的儿歌;不再环绕于我的膝前,细听《农夫和蛇》的童话故事;不再跟我形影不离,爱唱《世上只有妈妈好》……许多时候,他厌烦了我的唠叨,总在动画里片寻找快乐;许多时候,他不希望我在他身边,只沉溺在电脑游戏中。他常常盼望我夜以继日地加班,三天两头地出差,这样就没有人盯着他写作业了,他不在乎被老师留下补写……

我总在深深地自责,不这样忘我地投入事业,不这样超负荷地工作,我不同样能展示自己作为优秀母亲的卓越才能吗,为什么非要在工作上被认作所谓的"女强人"呢?有教育家说,任何事业上的成功都不能抵消教育孩子的失败。我谈不上事业多么成功,但教育孩子已经有失败的迹象！每每伤感的时候，儿子无规矩的种种烦恼事总是在眼前放大，他不自觉学习、不努力锻炼自己的意志的各种事横亘在我心头，让我难以释怀……

这时，我总要想到我的母亲。她一个人含辛茹苦地靠包种耕地、替人织毛活、做苦力零工，独自把我们姐弟养育成人。她没有文化，却把我们姐弟培养成大学生；她不会过多表达自己的情感，却教会我们最珍贵的情感是自尊；她从不抱怨命运多舛，这铸就了我们乐观向上的性情……

母亲给我最多的是传统女人善良而坚忍的熏陶。据母亲讲，我从小到现在都没有让她过于操心的事，也许是由于母亲将我培养得太独立和自信吧！这又让我无数次地遗憾，为何儿子小小年纪会让如此我心力心力交瘁？是我在教育他的过程中没有付出艰辛，却想着收获的喜悦吗？在儿子身上，我真的是固守着真情，忘却了宽容，只留下忧伤的记忆吗？

儿子的画作是我有记忆以来，收到的唯一一份量体裁衣的作品。这幅画上，圣诞老人、圣诞树似乎是几百年来约定俗成、束缚人们的创造性思维的模样，但圣诞老人布口袋里的礼物千姿百态，任由儿子想象，它鼓鼓的、若隐若现，都是我平素所喜爱的东西，尤其是书本，被儿子画得相当有深度和厚度。儿子是希望妈妈在他眼里是一本厚重的书呀！让我无法忍住眼泪的是，那个圆圆的、有层次感的生日蛋糕上，错落有致地插着燃烧的生日蜡烛，醒目地写着我的年龄。为了工作，为了各种责任，为了许多朋友，我真的在忘却自我，包括这特别的日子。被泪水模糊的视线顺着天空飞翔的小鸟，停留在那比我手写的字体还帅气的一行大字上：祝妈妈生日快乐！大大的感叹号被设计成墨滴的样子，颇有艺术感！更有趣的是儿子不忘显示自己的"博学多才"，还加上了英文"Happy birthday to you"。

　　真想一把抱住儿子，像小时候那样将他抛向半空再接住，但我的衰老是无法与时间抗争的，儿子已长至我的眉眼之间，我抱他已很费力了。我只能在电脑前默默地表达我的感受，尤其是对儿子突然间的成长所生出的无奈，以及今后自己关于孩子的教育的思索。

　　当心情还无法平静的时候，当平安夜的钟声即将响起的时候，当我出生的时辰马上要到来的时候，我将自己关在书房，很神秘的、悄无声息的儿子又像云彩一样从我身边飘过去了，如圣诞的精灵一样，给我留下了终生难忘的礼物——献给妈妈的生日之歌：

> 妈妈，在这美好而温馨的世界里
> 有您和我的欢乐。
> 妈妈，在这美好而温馨的世界
> 有您和我的忧伤。
> 妈妈，是您从小把我养到大。
> 在我眼里，
> 您是一台不知疲倦的时光机，
> 把我从嗷嗷待哺的婴儿
> 抚育成茁壮成长的小树。
> 在我眼里，
> 您是一床温暖的棉被，
> 在我需要的时候，
> 您无私奉献温情。
> 在我眼里，
> 您是一只辛勤的蜜蜂，
> 把我执着地酿成可口的蜜

妈妈,
我多么希望,
在这美好而温馨的世界里
只有您和我共度
那美丽而充满欢乐的时光。

  我鼻子一酸,揽过儿子,眼泪滴落在他脸庞:为什么共度好时光的人里没有爸爸呢?虽然我理解他爸爸为了工作舍小家而顾大局的事业心,更理解他因工作地点遥远而只能周末(常常是无法正常休假)回家的工作热忱,但我最理解孩子的感情世界里父亲是一片空白的感受!用他曾经跟我说的一句话来讲:我们班同学、老师都没见过我爸爸,我爸爸为什么总不在我身边呢?任何教育家都难以让一个十岁的孩子去想象、理解成人的精神境界!
  他父亲抛下正在做着的平安夜晚餐,激动地跑过来,夺过诗,津津有味地读出来,脸上的笑意渐渐凝固,最后放下,转向厨房,一边做饭,一边抹泪……
  年幼的儿子无法理解父母胸中的波澜,也许平安夜真正不平静的该是对孩子推卸了太多责任的父母吧……这也许是儿子的礼物真正折射的内涵吧!

## 成长的烦恼

写下这个题目时候，眼前浮现的是美国一部经久不衰的电视剧佳作，它是一本很生动的相册，记录了一群孩子成长中的一切，更是为人父母的心路历程……

作为母亲，刚孕育小生命时，除了欣喜和盼望，也担心孩子是否会健全；孩子刚出生时，母亲除了满怀成就感和惊喜，也担心孩子是否会聪明；孩子能跑能颠、能说会道的时候，见证他成长的烦恼的过程，更是我体会生命况味的过程……

十岁以前的儿子，给我更多的是自豪和骄傲。我可以不停地挑战新的工作岗位，而不用操心他的衣食住行，我吃苦耐劳的母亲，给了我和儿子最无私的呵护和照料；我愿意废寝忘食地工作，而不用为儿子的教育着急，小学生基本没有作业，而且他的功课的成绩总是全优；我更可以忘我地沉溺在爱好之中，不用费心引导孩子的品行，我相信言传身教……唯一让我烦恼和费心的是，儿子基本每月都要感冒，甚至每个季节都要住院，这时候我会责怪自己忽略了孩子，但只要走出医院，我仍一如既往地忙碌着自己的事情。

不到十一岁，儿子上了初中。六年级的儿子，突然间沉重的书包，突然间冒出来的喉结，突然间高声大嗓对我的顶撞，才让我不得不正视：儿子成长中多了不少烦恼。这才让我多了些许自责，多了更沉重的责任，多了一往无前的勇气……

"妈妈，活着没有意思。我想死。"一个还不满十一岁的孩子，怎能说出这样的话？我不寒而栗。

我以为在全年级年龄最小的儿子在学校受了委屈，以为他跟同学打架吃了亏，以为他看了啥恐怖片，甚至以为他故意危言耸听，想要引起母亲的注意，但我大错特错了。儿子痛苦地推开了书包："妈妈，我不想活了，作业太多，我总是写不完。"

通过跟老师沟通，我才知道，活泼多动的儿子，是体育场上的精英，是萨克斯表演的骨干，还是班级的生活委员，但他最大的缺点就是上课坐不住，还有不少小动作，学习上很懒惰，不主动回答问题，更不认真完成作业。又向他在班里的几个好伙伴了解了一下，只要马不停蹄地奋笔疾书，每天只需一个多小时就能完成家庭作业。

那一次，我跟儿子进行了长达两个多小时的沟通，最后达成了共识。小学五年，儿子快乐幸福地度过了童年时光，我给他选择的是培养特长爱好的小学，开放式教育，基本没有家庭作业，更没有小考、月考、期中考试，只要期末好好复习两天，考试都能取得"双百"。但现在不一样了，进入了初中，爱好是绿叶，学习成绩是红花，不能再天天玩耍了，必须收藏爱好，潜心认真地努力学习了。

从无忧无虑地哼唱歌曲，无拘无束地参加运动，乐不可支地辗转于各种联谊会，到中规中矩的学堂生活，儿子的生活是从天堂到地狱，他的痛苦我非常理解。经过真诚的交流，我认为儿子懂道理了，他会很快投入新的学习生活，我依然忘我地忙碌着……

进入中学的第一次月考，在四百四十多名学生中，儿子考了全年级第七十七名，非常吉利的数字，儿子今后的人生该呈现上升崛起的趋势呀！我以为儿子转变角色很到位，自然没有了为他的学习而操心的烦恼，仍然像疯狂的赛车似的，拼命地工作着，为了工作和爱好的完美结合，为了追求成就，为了那些被追逐、被仰视的虚荣……

期末召开家长会，我坐在五十几个家长中，认真听班级老师讲评。前五名中没有儿子，前十名中没有，前十五名中还是没有，我有些坐不住了，老师念出的名单是排在全年级前一百名的学生。儿子已经落后了许多。虽然老师还在表扬着儿子的体育特长，还在说着他助人为乐的一些事情，但我已经没有了倾听的热情，如果学习不重要，学校也犯不着月考，犯不着张贴前一百名的红榜，更不会取消一些课外特长班。

我狠狠地把儿子抓过来，拍出成绩表，以为他会自惭形秽，但他一梗脖子："排在我后面的同学多着呢，人家不活了吗？"我被噎得差点昏过去，气得向他举起了巴掌："怎么可以如此不求上进？"儿子不服气地紧紧地抓住了我的手腕："为啥你除了学习成绩，就不关心我别的？""因为你要参加鲤鱼跃龙门的中考、高考；因为没有知识，就没有前程……"不容我说完，儿子叫起来："我就羡慕人家国外的孩子，不用死读书。考不上大学，我可以去捡破烂儿，也能好好活着。"我咋会教育出这样没有上进心的孩子，难道他破罐子破摔了？我还没有说出更多的反击、说教的话，儿子已经破门而去了……

我像被猎人打伤的小鸟一样，无助地抽泣着。那时候，我多需要一个肩膀来依靠，但一向强势的我，从没有让家人感觉我会需要靠着谁的臂膀去哭泣。而这伤我又让我无法生恨的，竟然是我最亲的儿子。哭着哭着，我竟然开始检讨起自己的错误来。我真的是忽略了对孩子学习习惯的培养，真的是忽视了他的心灵需求，真的是该好好为孩子的身心成长而付出了。

跑出去的儿子，先是为躲过体罚感到庆幸，闲逛之后终究担心母亲，但还是怕被毒打，就"聪明"地跑到了我朋友家，到她家搬救兵，被护送回来了。

与儿子长久深谈之后，我原谅了他这次忤逆，也让他认识到了自己的错误，他表示要好好学习。但每次月考成绩还是不如意，我沉溺在工作的成就中，偶尔痛苦之后，还是没有时间顾及他。

改革大潮风起云涌，按照总公司改革方案的部署，我所在的油田公司与另一集团公司合并，媒体功能重复了，相关部门必须合并成一处。我顺应改革发展的需求，放弃了我自己苦心经营了八年之久的新闻网络中心，选择了另外一项陌生的、需要慢慢熟悉的工作，并且从主要负责人变成了主任科员。飞速奔驰的火车突然急刹车，再好的心脏都难以承受刺耳的紧急号令啊！没有翻车的我，一脸轻描淡写的样子，把悲伤留给自己，不愿意让他人看到我流泪的眼睛。

这也是我成长的痛苦。尽管明白世事无常、无法预料，靠个人力量无法改变，尽管工作变动强加给我的，我必须理解和服从，尽管我不得不放弃所有的辉煌和成绩，必须兴高采烈、任劳任怨地接受新的挑战，但痛定思痛，我悟出所有依靠社会和他人认可而来的成绩，顷刻之间也可以被全盘拿走，而那亏欠家人尤其是孩子的自责，让我无法释怀。

我只有一笑了之，收藏过往的一切，重新寻找自己的工作定位，重新开始对孩子的教育计划。

在跟孩子进行心灵对话的时候，我痛苦地发现孩子不喜欢学习，是因为他无法克制自己喜欢玩耍的惯性。他从小就是以玩耍为主，轻松地得到想要的所谓荣誉，等到以学习为主的时候，才发现自己已经不会学习了。一堂课坐四十五分钟，他很郁闷，稍微做点小动作，出点小洋相，得到的不是令他难堪的惩罚，就是被请家长。要做没完没了的家庭作业，他很痛苦，已经会的，还要反复抄写，很浪费时间，不会做的，又懒得琢磨。要预习，更是难上加难，一是应付完当天的作业已经很晚了，挡不住瞌睡的干扰，二是没有兴趣去做……

找到了症结，我先跟班主任和任课老师进行了沟通，希望老师们加强课堂约束，提高孩子的课堂听课效率。但我明白，师父领进门，修行在个人，关键是鼓励教导孩子遏制自己的懒惰和随意。所以在家里，我开始了漫长而痛苦的拉力赛。每天，我看着他写作业，他稍微走神了，我立刻将他牵回来；他情不自禁把玩起纸和笔，我马上没收；他坐不了几分钟就想起来溜达，我又要制订他学习和休息的时间表。我真的感觉比监督辅导刚刚入门的一年级新生还难，也真正明白了老师们上课的辛苦。老师面对五十多个学生，往往只能"杀一儆百"，这样才能维持课堂的正常秩序。我必须拿出足够的耐心慢慢引导儿子。

那些日子简直是我在上学，儿子虽然很反感我的约束，但还算听话，虽然偶尔反抗，但学习效率确实有所提高。两个月后就见到了效果，那次期中考试他又挤进了年纪前一百名。儿子有些飘飘然，吵着要去唱卡拉 OK 庆祝。在歌厅，儿子立刻活跃起来，在我听来是如此陌生的歌曲，他却挥洒自如。两个小时下来，二十多首歌曲啊，他唱得声情并茂，有模有样。周杰伦、林俊杰简直就是他顶礼膜拜的太阳神。没有了他们，世界在他眼里一文不值。我感觉到了为人父母的悲哀，更感觉到了孩子的单纯和盲目。耳膜和心脏不堪重负，我逃出了歌厅。跟儿子交流的结果是：我不反对他唱任何人的歌曲，但他必须认识到，世界很大，需要接受和学习的事情很多，比如最直接最现实的学习问题，一定要拿出痴迷歌曲那样的热情去投入。儿子无可奈何地摇了摇头，哪有这样有趣的学习啊！

儿子在备受煎熬、毫无兴趣地被动学习着。我以为几个月的陪读已经让他养成了自觉学习的习惯，便慢慢放松了面对面看着他作业的"刑罚"，任由他自由支配写作业的时间，没有想到的事情还是发生了……

第一次，我好奇地想推门进去看看，结果门被反锁，我无法进去。经过我的苦心引导，他答应作业完成后自然开门任由我检查。这样一个月下来，每一次完成作业的时间比我面对面监督时长了一倍多，成绩更像蹦极似的急速下滑。还没容我找原因，他已经主动承认错误，考试题目太简单，他掉以轻心，粗心大意所致。他请我给他机会，他一定力挽狂澜，奋起直追。

恰在这时，我的工作又有所调整，我全面接手整体的宣传工作，个性所致，我又是拼命思索和学习，力求很快适应新的工作岗位。当然因为悟性所限，写作公文材料一类稿件，常常弄得我精疲力竭，想要管理孩子的学习的愿望难免落空。孩子的成绩每况愈下，鱼和熊掌不可得兼，我甚至冒出了放弃工作的念头。

因为连续加班，这一晚我早早躺下，儿子很关心地问我的身体状况，我强作无事，嘱咐他自觉快速地完成作业，抓紧休息，之后就昏昏入睡了。半夜醒来，我习惯性地推了推儿子的房门，忘记插门的儿子，正沉溺在打打杀杀的电脑游戏中，所有家庭作业都还没有动笔。那一瞬间，我才明白了自己的无知，怎么就没有想到每晚他究竟用了多少时间在学习上呢？当一个孩子还不懂得约束自我、抵御诱惑的时候，当家长的咋能撒手呢？

我没收了他的电脑，没收了他的手机，没了所有可以上网的学习机，恢复了面对面的监督学习。与此同时，儿子开始无缘无故地冲我发火，开始找碴儿与我对抗，开始放学后不回家……

我终于在一家小卖店里的网吧找到了沉溺于网络游戏的儿子。

我强忍住撕心裂肺的疼痛,没有大声指责,没有粗暴痛打,扔下十元钱给老板,转身离开。儿子像个跟屁虫似的,大气不敢出地跟在我身后。到家后,他立刻要打开书包学习,我示意他合上书包。思想问题不解决,他是无法专心学习的。

儿子写下了平生最深刻的检讨书,并痛下决心,再也不进网吧、游戏厅。

在相信儿子做出的承诺的同时,我知道,我需要负责的事情更多。他成长的烦恼又何尝不是我成长的烦恼呢?只有我有意识地了解、经历、感知儿子内心世界的成长,才能提高自己的警惕性。少年在成长过程中不仅仅是接受阳光的照耀和雨露的滋润,还要面临风雨的考验!那么在风雨来临时,我们该如何去面对?

我和儿子都在生活中学习成长,都在历练中体味酸甜苦辣,都在成长中学习体会生活的真谛。面对生活,面对成长,面对未来,我希望儿子收获最宝贵的财富,那就是笑对风云,喜看春秋。

## 回望奥运田径开幕赛

偶然翻看旧日照片，不经意间生出了许多惆怅……

那是有关二〇〇八年第二十九届奥运会田径比赛的记忆片段。从天津到北京，平时驾车最多也就三个小时，在奥运期间，因为一些因素的制约，我们改乘城际快车。城际快车虽然仅仅用了二十六分二十六秒就到达目的地，但前前后后还有坐汽车、倒汽车、坐地铁等环节，直到找到奥林匹克公园附近的宾馆住下，竟然用了十多个小时。如果不是为了热爱体育的儿子能够目睹奥运风采，我这个"运动盲"是断然不会如此折腾的。

第二天是八月十五日，我们早早地去鸟巢排队，车水马龙、人山人海、彩旗飘扬、群情振奋……我希望儿子能够记住这终生难得的机遇和经历。经过近两个小时的严格安检，我给儿子带的矿泉水、零食都被没收了，我的润肤水也险些保不住。我们终于慢慢接近了鸟巢……

鸟巢以巨大的钢网围合、覆盖着九点一万人的体育场；观光楼梯自然地成为结构的延伸；立柱消失了，均匀受力的网如树枝般没有明确的指向，让人感到每一个座位都是平等的，置身其中如同回到森林；把阳光滤成漫射状的充气膜，使体育场告别了日照阴影；

整个地形隆起四米,内部作为附属设施,避免了下挖土方所耗的巨大投资。鸟巢是一个大跨度的曲线结构,有大量的曲线箱形结构,设计和安装均有很大挑战性,在施工过程中处处离不开科技支持。鸟巢采用了当今先进的建筑科技,全部工程共有二三十项技术难题,其中钢结构是世界上独一无二的。鸟巢钢结构总重四点二万吨,最大跨度三百四十三米,而且结构相当复杂,其三维扭曲像麻花一样的加工,在建造后的沉降、变形、吊装等问题正在逐步解决,相关施工技术难题还被列为科技部重点攻关项目。儿子无精打采、心不在焉地听着我的介绍,目光游离,我不知他的所思所感。我感觉非常失落,也许我所期望的永远是他不想要的。他希望绝对自由,是那样单纯和无知。我不知怎样让他明白一个母亲的心思。

从外观上很难感觉到鸟巢入口的存在。它被设计成隐藏在钢结构内部,紧靠斜型钢构的斜梯,斜梯高低长短不一,每个斜梯最终到达各个看台的入口,每个楼层的斜梯都能直达底层。也就是说,一楼的观众直接走底层进入,楼上的观众爬直通楼上的斜梯。鸟巢的斜梯多达十二组二十四个,遍布场馆的每个方向。按照门票的指引,我们很顺利地进入了鸟巢。找到座位后,田径赛很快开始了,我体会了一种从未有过的豪情。

二〇〇八年的奥运会寄托着中国人的梦想,同时也承载着世人美好的愿望。四周每个人的表情都是庄严而又充满激情的。每一组的预赛结束,不管是哪一个国家的运动员荣获小组第一,每一个观众都会跟着大屏幕上的引导,自觉自愿、充满感情地加入此起彼伏的人浪。这应该就是和谐的博爱吧!

最激动的时刻应该是见到百米飞人亮相。世界纪录保持者博尔特、世锦赛双冠王盖伊、前世界纪录保持者鲍威尔都在当日的预赛中亮相。远看着他们英姿,期待着中国选手出场。中国"眼镜飞人"

胡凯也参加了百米预赛。胡凯的个人最好成绩是十秒二四。与胡凯同组的选手里，美国选手中当属多克·巴顿成绩最为突出，他的个人最好成绩是九秒八九；另外，英国选手蒂龙·埃德加也在本组中占有一定优势，他的个人最好成绩是十秒零六。每小组前三名选手和十名成绩较好的选手将进入晚上进行的第二轮比赛中。很遗憾，胡凯屈居第四名，他将参加晚上的第二轮比赛。晚上看电视转播的时候，胡凯和鲍威尔一组。第二轮比赛结束，胡凯竭尽全力，仍落在小组最后一名，他的奥运征程至此结束，但胡凯可能是中国奥运军团里心态最放松的人。对他来说，参加奥运会只是他的人生经历，金牌对他来说是太遥远的事情，他甚至想着奥运会后要赶紧完成自己在清华大学的学业。

跟儿子谈及这些的时候，他并不搭话。我不知道，看了这样激动人心的奥运会，儿子为何如此冷静？也许他了解中国从"东亚病夫"到今日的体育强国，其间多少人付出了多大的努力？也许他明白什么是真正的奥运精神？鲁迅先生说过："优胜者固然可敬，但那虽然落后而仍非跑至终点不止的竞技者，和见了这样竞技者而肃然不笑的看客，乃正是中国将来的脊梁。"但愿如此吧！

看着二〇〇八年八月十五日在鸟巢观看田径比赛的李逸凡同学的照片，我思绪万千……

儿子的身体在茁壮成长，从出生时的五十厘米到现在十二岁的一米七，其间的酸甜苦辣，我心自知。真希望他的思想也跟身体正比例成长；真希望他一直热爱体育，并将体育精神努力贯彻于每天的学习历练之中；真希望有一天，是儿子带我去参加我喜欢的活动，并且不厌其烦地为我讲解。

## 写给孩子

孩子：

你好！想给你写封信的愿望，在心里沉淀了许久。可爱的你、青春的你、叛逆的你，是父母心中永远的牵挂。

孩子，坦率地讲，我是欣赏你的，一如欣赏自己的杰作。即使没有血缘关系，我仍会欣赏你，因为你身上有许多闪光的东西。你最大的特点是有着与生俱来的善良。世事如烟，凡尘滚滚，你心中存有一片净土。你对大自然充满爱心，小时候在采油二厂，你才三岁，见有人摘花，有人践踏草坪，你气得跳脚，喊着爸妈去制止。看到书上有砍树的画面，你对我说："树会痛苦！"你敬重一切生命，哪怕是微不足道的生命。家中有蛾子飞，厨房里有蚂蚁爬，我常会拍打，你总说："它们也是生命，它们的爸妈会心疼。"4岁时，你和姥姥散步，救了一只翅膀受伤的小麻雀，你捡回来，天天给它换药、喂食。后来，柔弱的小鸟还是死了，你哭得很伤心，还把它掩埋在楼下的一棵大树下，再有其他小鸟飞过，你都会以为是死去的小鸟复生了。妈妈欣赏你这高贵的品行。每一次，不论是在繁华的街上还是偏僻的小巷，只要看到乞丐，你必然会把自己的零花钱留给他。汶川地震的时候，你捐出了自己所有的压岁钱。妈妈认识一位领低保的阿姨，有一次她病了，你强迫我必须带她看病、买药，还要帮她照看孩子。儿子，妈妈为你骄傲。

孩子，你的另一个优点是爱好广泛。刚会走路的时候，你随手拿到的冰棍棒、纸夹等，都能变魔术似的，被你制作成有模有样的工艺品。心灵手巧的你，一直到现在都是动手能力很强的，剪裁折叠、做化学实验等，都是你的强项。你五岁半的时候，突然狂热地喜欢上了钢琴，五本小汤姆森的钢琴练习曲，只用了两个多月就弹奏得滚瓜烂熟。钢琴五级证书，你仅仅用了半个月就考取了。到现在，只要是喜欢的名曲，你听几遍就基本能如醉如痴地弹奏。最让父母自豪的是，上六年级时，根本不会吹萨克斯的你，仅仅拿了几次乐器，仅仅能吹响之后，就能照着乐谱，随意吹奏大家即兴点播的乐曲了。上七年级的时候，你参加天津市教育局举办的萨克斯演奏大赛，还得了个二等奖。说起跑步，不论短跑长跑，都是你的强项。小学四年级时，你荣获了整个大港油田小学组二百米的冠军。那时候，我在人群中为你呐喊，听到许多人夸你是"飞毛腿"，是"巨无霸"。那种自豪，是我一辈子享用的精神财富。当然，唱歌、写作、演双簧、篮球、足球都是你的爱好。小学、中学期间你参加各种比赛得到的荣誉证书，都被妈妈珍藏着。正值青春的儿子啊，你是最棒的，全家的生活因为你而更加精彩。

时光荏苒，白驹过隙，转眼间，中考来临。孩子啊，你却不折不扣地迎来了逆反的青春期，每一次激烈的碰撞之后，每一次苦口婆心的劝说之后，每一次肝肠寸断的哭泣之后，孩子，妈妈还是想说，我对你不是要求，而是希冀。希望你有铁一般的意志。你特别聪明，但意志稍缺。与一般孩子相比，你意志够强了，但对于你要做的毕业功课来说，对于你将来要做的事业来说，还不够。你说不喝可乐，果然就不再喝。考试遇挫后，你也屡次发誓不玩游戏，不看球赛，不踢足球，但常常挡不住它们的诱惑。这就是说，小事尚可，中事不够，大事更不够。对此，父母有责任，我尤有责任。我从骨子里不愿让你吃苦，甚至见不得你吃苦。我总想为你创造条件，这也是一种变相地在孩子身上找回自己的表现。聪明是一种财富，意志是更大的财富。聪明人办小事，坚强者办大事。战斗中最难坚持的是最后三分钟。儿子，记得你跑一千五百米时的雄姿吗？拿下五十米、一百米、二百米的冠军后，所有心疼你的人，都不愿让你再跑了，但你还是气喘吁吁地站在了长跑跑道上。第一圈还没有下来，你就已经累弯了腰，踉踉跄跄地落在最后了。那时候，爱惜你的老师和同学，虽然都在给你加油，但他们都希望你为了身体，放弃算了。但倔强的你，依然在跑着，眼看还剩二百米就到终点了，你还跑在最后，大家为你坚持到底而拼命地鼓掌。你好像突然服用了兴奋剂一样，像脱缰的野马，像离弦的利箭，像闪电似的奋勇前进，终于，你还是第一个闯断了红线，取得了冠军。儿子，那是一座丰碑，在那所学校，在大家的心里，你是胜利的象征，你是不可逾越的。孩子，一定要坚持，越不能坚持，越要坚持，黎明前最黑暗，胜利前最绝望，成功前最渺茫。坚持住，你就会迎来黎明，迎来胜利，迎来成功。

鹰翔蓝天，渴望苍穹：燕雀以居于农家屋檐下为快乐；高尔基笔下的海燕以搏击大海为快乐。展翅的雄鹰以苍穹为坐标，俯视高山流水。你的人生等待着你自己去选择。如果你甘愿做燕雀，你只能畏惧苍鹰的袭击；如果你只想娱乐游玩，那么你可以永远在幼儿园待着吗？孩子，妈妈觉得我们每个人的人生其实也应该像登山：有多少信心，有多大能力，就能做多大的事，登多高的山。不想要登得多漂亮，只想登多高就是多高的人，可能永远看不到无限风景在险峰的奇观；随心所欲，从哪个方向开始，就不求上进地朝那个方向盲走的人，也许永远在山脚徘徊。儿子，妈妈相信你，拿出你不服输的性格，拿出你始终向上的精气神，意到脚到，脚到心到，心到成功到，让每根草、每棵树、每朵花都随你的心跳、呼吸而起伏吧，你会登上人生的高峰的，生命只有一次，机会不会再来！给生命一个真诚的微笑，你将拥有温馨和煦的阳光，开阔幽静的原野，蔚蓝高远的晴空，还有生命中最激荡人心的凯歌。

孩子，希望你理解父母的期待。如果以后我们对你要求严格，希望你谅解，严格并不是不爱你，只是激励你上进的一种方式；如果以后我们给你的压力太大，希望你不要抱怨，只是因为我们想让你比别人好；如果以后我们让你有什么不满，希望你可以讲出来，让自己轻松些；如果以后我们责备你，希望你不要哭泣，要知道这是对你的错误的纠正；如果以后有什么不顺心的事，希望你不要气馁，要勇敢地面对。

孩子永远是父母的心头肉，父母永远是孩子的避风港。孩子、父母是永远相连的人，谁也无法把谁割舍，这是上天赐予的最神圣的缘分。

## 履赋屐韵韶华吟

这该是一首心灵长诗，每个字都是父母与你的滴滴汗水凝成，也许堪比文学泰斗的情诗。

这该是六千五百七十幅画面组成的成长的长卷。迄今为止，我看没见过用心血与灵魂绘出的如此细腻的画卷。

难以截取长诗的一段献给你，难以分取长卷的一部分对你展示。因为你就是父母的一首长诗，你已经写出了十八章；因为，你就是父母的长卷，六千五百七十幅画面你已经卷起，正在润笔构思长卷的延续……

你的诞生，是希望与憧憬的诞生，也是一个家族的未来的诞生，所以，你母亲把分娩的剧痛带来的哭声变作了笑声。父母把艰辛、劳累、疲倦，以及欣喜与烦恼这种种情绪与情感，化为对你更真切的关心和疼爱。

这首长诗，这幅长卷，有你的张张面孔，或嬉笑，或微笑，或严肃；有你的千姿百态，或躺，或坐，或立，或跑。这里包含着你多少天真、顽皮、聪颖，多少欢乐、烦恼，甚或痛苦……

但这首长诗，这幅长卷，最后面深藏着的是父母，深藏着我们多少不必言说，你却深知不忘的诗与画……

愿你永生珍藏这本相册。成人礼意味着你翻开了人生最壮观的页面，从今开始，家事国事天下事，事事入心；爱心诚心进取心，心心载道，因为你已长大成人！

祝贺你，逸凡！祝福你，儿子！

母亲再献你一首长诗：

在我的痛与笑之间，你勇敢地来到了这个世界。

你稚气的眼睛像两潭清水，父母的爱像方舟，时刻在你的水面上。

你娇嫩的生命像朵蓓蕾，你所有的芬芳都储藏在花蕊里。

生命就像远方传来的音乐，那声音越来越清晰美妙。

跃动的生命充满聪颖和生机，把蜜汁抹进了母亲的心扉。

唐诗的韵律与宋词的韵味变作了你的腔调，你诗化了你的生命。

早已走进校门的你成了年龄最小的学生，你稚嫩的双腿开始攀登知识的阶梯。

随着羽翼的丰满，你的思维也在更显灵聪，这种灵聪应该是你生命里的玫瑰。

你生命中必然会有一段最调皮的时光，那正是那朵玫瑰在吐香。

你很注意自己的感觉和别人对你的感觉，你能感觉到我们对你的爱像春天的阳光那般温暖、新鲜、清爽。

钢琴声里跳跃着你向往的音符，自编的剧本与获奖的作文初显你对人生的认知。

你在生命线上"三级跳"，你在进取中犹如千米长跑，我们曾为你鼓掌，为你自豪。

乐趣是美德另一个动听的名字。珍视集体荣誉感成为你的品质，为了学校乐队，你放下钢琴，拿起萨克斯。

一个孩子血液里有种鼓舞他上进的动力,这是他,也是他的家族的幸运。

　　努力,努力,努力让自己的青春放出光彩,什么是青春的光彩呢?

　　时光让你越来越英俊,男人的特征让你觉得自己长大了,母亲的心却变得更缜密了。

　　思考与叛逆,反思与磨砺,引导与母爱,让你渐渐走向理性。

　　加冕的年岁,意味着你迈出郑重的一步,朝着自己的希望和父母的希望大步向前!

## 分别时刻

终于到了分别的时刻……

看着你——我还不到二十岁的儿子，矫健而高挑的儿子，一步步走向了安检通道。那几十米的距离，不由自主地让我想到了一幅幅唯美的画面：你三个月会翻身，五个月会爬，七个月会喊爸爸妈妈，一岁能独立行走，一岁两个月能背诵唐诗；三岁上幼儿园，因为不爱被约束，总要用生病来反抗；五岁半上小学，开始喜欢钢琴，喜欢运动，喜欢演讲。你在自己热爱的领域曾获得那么多荣誉。

回忆中，儿子的身影还不太高大，如今这一米八五的大个儿，要漂洋过海去求学。你越走越远，我却有些害怕你回头，我知道我的眼睛有些模糊，回忆的浪潮打湿了记忆的礁石……一点点长大的儿子，身材越来越挺拔，篮球、足球、萨克斯都是初中四年的最爱。那首世界名曲《回家》，你吹奏得如醉如痴，《斯拉夫女人》还荣获了天津市艺术节的一等奖。每次运动会礼仪队出场，抱着萨克斯的你，在我眼里是最潇洒的。那时候你还喜欢旅游和摄影，在呼伦贝尔大草原你举着大相机拍摄的情景，在我心里总是挥之不去。你有一幅《渔歌唱晚》的摄影作品还发表过。

马上要进行安检了，你在回头向我挥手告别，快一百米的距离，你是不会看到我眼含热泪的,我微笑着踮起脚尖向你挥手,眼泪还是不听使唤地掉了下来。泪光中,我一下子想起你高一时参加运动会,首战荣获跳远冠军,再战又得长跑亚军、短跑冠军,体能消耗已到极限的你还要连续作战参加接力赛,最后为了班级荣誉倒在了赛场上,胯骨撕裂的疼痛也没能让你掉一滴眼泪,但妈妈我泪水涟涟……此情此景,让我深信不疑,儿子你是好样的,你有自己的奋斗目标,你会为自己的成功奋发图强,不惧风雨……过完安检通道,儿子频频地回头向我示意,让我转身回家,我知道你看不到我的泪水在面颊狂奔的表情,所以我高举双手向你摆动,好让你在转角看不到妈妈的时候,记住那双手。犹如你高三时候参加天津市中学生乒乓球大赛,那场八进六的决赛中你球技大爆炸,接二连三扣球反攻得分,把东道主选手逼得节节败退,东道主啦啦队甚至对你有了攻击性的起哄,但你稳扎稳打,不急不慌不乱,又赢得了主动权。当你喜得第六名的时候,我欢呼雀跃,不仅是那一刻,应该是从你出生开始,在妈妈心里你就是最棒的!在任何条件下,你都能厚积薄发,能适应环境,能勇往直前,取得决定性胜利。犹如你的高考,经历了那么多坎坷,你在最后三个月奋起直追,在考场上沉着应战,在大家都说数学难上加难的时候,你一脸笑容地走出考场。对于你的高考成绩,父母是满意的,虽然你对自己的要求高,总是耿耿于怀。父母知道你永远对现状不满足,永远是要通过奋斗改变命运的强者,父母为你骄傲,为你自豪,更会成为你的坚实后盾。你的背影马上要消失在安全通道的拐角时,我看到你再一次回头,高扬起了手臂,我知道你看不到我的眼泪,所以我尽情地任别离的泪水决堤,忘却了这是大庭广众之下……但恰恰这一瞬间,我好像也看到儿子低头摘眼镜抹眼泪的动作了,可能你以为在转角,妈妈没有看到。很庆幸我是任由眼泪纵横,没有去摘眼镜,没有去擦,所以这么远的距离,儿子不会感觉我在哭……但儿子说得对啊，他不是去逃难，而是远渡重洋去求学啊。再大的风雨，再大的浪，儿子都能学会奔跑！

自信人生二百年，会当激水三千里！儿子，父母为你的自信和自强喝彩。大一的课程那么难，你能因专业课成绩好而挤进全系前百分之十五；考雅思那么苦，你能坚持下来并考出好的成绩。因为你不想要一种一眼能看到底的生活，所以你选择留学深造，选择挑战陌生，选择别样人生，父母佩服你的自信，相信你的选择，深信你会奋斗出与众不同的生活。

自强不息，厚德载物。儿子，父母知道在你今后的求学过程中，会有很多困难，要先过语言关，也要过寂寞孤独关，更要过每门功课的争优关，好在你有奋发图强、勇往直前的品格，更有脚踏实地求学做事的毅力，如梁启超所言："君子自励犹天之运行不息，不得有一曝十寒之弊，学者立志尤须坚忍强毅，见义勇为，不避艰险。"父母也希望你能以"厚德载物"的胸怀与同学团结协作，当然更要严以律己，宽以待人。如梁启超所言："君子接物，度量宽厚，犹大地之博，无所不载。责己甚厚，责人甚轻。名高任重，气度雍容，望之俨然，即之温然。"即使在国外求学，父母也希望你深刻领悟中国传统文化的重要内涵，培养一种健全的人格！

身心健康者常年轻，无负于人者常富有。有健康的身心才有未来。让自己身心健康，保持合理的规律生活，这是自我修行的基础；保持健康身心，这是对自己的义务，甚至也是对社会的义务。幸福的首要条件在于健康的身心。说这么多，就是希望你好好锻炼身体，认真学习健身方法，练就好身体，还要有积极向上的心态。这样你就会战无不胜，攻无不克，就会更让父母放心！妈妈相信你会是身心健康的好孩子。面对不良环境的诱惑，你要保持良好的心态，有自制自控的能力，想家的时候去锻炼身体，孤独的时候去锻炼身体，学习累的时候去锻炼身体，健康的身心就是你一辈子的财富和资本！努力，加油！

　　是雄鹰，就应搏击长空；是猛虎，就应呼啸于山林；是蛟龙，就应遨游于大海。儿子，今日是你的全新生活的开始，用你自信、自强、自尊、自立的性格去实现你的人生目标吧！用你自强不息、迎难而上的行动去实现你的人生理想吧！用你健康的身心、聪慧的头脑、善良的作为，去与你美好的明天牵手吧！父母永远是你身后最美的风景……

## 卷三

　　春花明月，市井人烟，谁能嗅出一缕淡淡的幽香？拂一下水袖，理一缕青丝，从少女到少妇，那幽香便是不易被发觉的心香，那是经过生活磨砺的人才会有的香。这水袖便也拂动了茅舍内的茶香，拂去了闹市的嘈杂。

## 今夜多梦

今夜月凉，总有一种若有若无的酸楚，似乎什么都抓不住，好像是梦散落了……

一位交情深厚的密友，突然间香魂远逝，任我百般呼唤，万般呢喃，却从此阴阳两隔。昨日的欢声笑语犹在耳畔，震颤心灵。

今夜有梦，不知何处相逢，能再牵一牵手，任泪水横流，沧海桑田，不知能否有旧梦重圆的一刻？

今夜相邀，是一个断了音讯许久的故友，握一握手，离别的日子升高了思念的温度，我任泪水肆意流淌。

今夜有梦，抚平那些别离的痛楚，融入这短暂的相逢，笑对来日漫长的守候。

今夜相守,母亲的笑,轻松愉悦;今夜相守,母亲的话,润物无声。终日忙碌，常有心灵的空白，少了亲情的感受。往事浮现于眼前，其中总有母亲步履艰难的身影，这身影铿锵有力地敲响沉默的钟。

今夜有梦，愿岁月洗去母亲脸上的风尘，还她一头青丝，恢复她年轻的窈窕身材和以往的健康，让她重走一回人生路，多一些自我。

今夜相拥，儿子的手，柔柔地抚摸我的愧疚。不经意间，三岁的孩子已会用筷子吃饭,自己穿衣,短时独守家门,还会兴高采烈地打扫卫生……

今夜有梦,梦想儿子真正长大,梦想儿子在过一种真实的、平凡的生活,梦想儿子会一个人坚韧地赶路。

今夜有梦,多梦的今夜,是否有你,是否有我……

## 杜鹃花开时

在我的书桌上,摆放着一盆具有特殊意义的三色杜鹃花,它开得正旺。

"杜鹃啼血"的神话传说,在不经事的少女时代无数次感动了我。那时,我所有的梦想似乎就是奢求遇见一位痴情男子,然后无怨无悔地做他永远的新娘。渐渐长大的女孩,不再爱做梦,莫名其妙地变得淡泊,认为平凡、琐碎、宁静才是真实的生活。一个美丽浪漫的情结就此悄悄地封存于心底……我只想拥有一棵杜鹃花,将它作为一种图腾去纪念。

在许多年的忙碌中,似乎这也是一种妄想,浅浅淡淡的,生活似乎不需要梦。一次偶然的机会,我看了一次花卉展,有熟人执意送我一盆杜鹃花,我惶恐着,坚决不接受,心里空空的,似乎缺少一种心灵共振的情愫——孤寂时,没有倾诉的冲动;想见沙漠中的绿洲,却只看到几棵杂草。

从此总像有一种心魔纠缠,我总是想着自己想要的杜鹃的花色、花型,以及拥有时的心境。其实,我从未向任何朋友谈起过,这似乎注定拥有激情的日子遥遥无期,如果我自己去买一盆,又好像有太多缺憾。

一段时间里，心绪凌乱，接二连三的心灵创伤难以愈合，没完没了的无绪忙碌让我终是难以支撑，我孤独地躺进了医院。看窗外小鸟盘旋，听门外脚步匆匆，触病榻床单冰凉，心灵一片枯黄，不是秋天，落叶却厚实地堆满心房。有一阵馨香扑面而来，以为是梦中走进了大观园，惬意地张开手臂，却不愿睁开双眼，生怕梦境破碎。有一片花瓣落在脸上，我轻轻拾起，忍不住好奇，睁眼想看清楚它的颜色。满目绿叶婆娑，粉红、鹅黄、雪白三色杜鹃花竞相开放，花团锦簇却不矫揉造作，花叶相托，连理相依。穿过它的身影，你的目光在抚慰着一个小小的生灵，抚出了我满眼的泪水……

## 为谁而歌

"三人行,必有我师",我把你们两人都当了我的师兄。的确,不论在工作上、学业上、人际交往上,你们都以人品和个性深深地感染着我,无声地净化着我。

以从未有过的轻松、愉悦、单纯,我们走过了许多年轻的岁月,我们一起蹚过了荒芜的盐碱滩,在那寸草不生的荒原里,树立起了我们生命中的第一棵采油树,我们一起扛起了厚重、无声的原野夜色,用我们的心灵去碰撞那地层深处黑色的、黏稠的琼浆。也许都为了固守一种无声胜有声的默契,我们一起看日升月落,一起静候荒原上的星空,一起倾听钻塔的轰鸣、采油井的清唱……

终于,你们认为到了我该出嫁的时候。嫁妆由你们两人选择。如果可能,能否嫁给石油,共圆咱们志同道合的梦……

你们不约而同地捧着两件旗袍,放在我的眼前。你捧着的那件是纯白色的,映着若有若无的荷花花苞;他捧着的那件是乳白色的,也有若隐若现的图案——那荷花,欲言又止,不知想诉说什么。

我想说什么,你俩用目光制止了。

"先试他的。"你建议。

他的表情由欣喜变得难以言喻。我穿着乳白旗袍的身体,由轻松变为轻喘,像五彩衣被套上了八戒的身体,那力度让我明白:他梦中的女孩像白鸽,秀美灵巧。他为谁而歌呢,这是梦与现实的差距吧!为谁而歌,就应有谁去应和……

穿上你的"荷之旗袍",我如荷茎,亭亭玉立地衬托着宁静的苍穹,那田田的莲叶,那嘹亮的蛙鸣,那含苞待放的荷苞,像在诉说一种和谐,一种古朴,一种无时不在的关注……这就是我时时渴望,又时时躲藏,不敢迎接的,你的执着吗?

八年来,这件洁白的旗袍依然合身,一如你的感觉:我还是从前的我。

他的乳白色旗袍后来也挂在了他的娇妻的衣橱中。

他们俩还是无话不说的好朋友。

## 今冬雪绒花相伴

入冬的第一场小雪眉飞色舞地飘舞着,丈夫陪我一起去商场购置羽绒服。

一款适合自己的羽绒服能展现女人的雍容俊美和高雅,装点着冬季。

羽绒服色彩纷呈,千姿百态,轻薄而温暖,见之即暖人心。

在琳琅满目的商场里,在眼花缭乱的挑选中,我几乎迷失自己。喜欢的,太昂贵;略看上的,又是大街上的流行风款,稍欠个性;"情有独钟"的,又难寻觅……

他见我失去了挑选的激情,才不急不慌地指出一件供我欣赏。那羽绒服是青白色的,像古典的瓷器,不失雅致,样式极其普通,甚至有些随意,半大夹克式,坡肩,稍束腰,像一碗白水,非要焦渴得不行了,方觉其朴素实用。一问价格,恰好与我刚领的稿费等额,难得的机缘巧合,那就留作纪念吧!先生眉开眼笑,不用再耐着性子陪逛,何乐而不为。

我初穿那件羽绒服,感到简洁大方,不失为一种愉悦。两天后,身上冒出了细细的白色羽绒,寻其根源,羽绒服周身毛孔舒张,羽绒便顺着毛孔往外钻。

我又去找商家，商家矢口否认卖过这件衣服，寻其店内，确无此种存货。遗憾当日没坚持要发票，才留此后患。

没有结果的争论，好像让我有失风度。我回家，跟丈夫较真，他淡笑："把绒毛当作飘飞的雪绒花，岂不美哉，有"雪绒花衣"相伴，当不会忘记旧日情怀。"

这样一说，我不禁哑然失笑。无论我走到哪里，都会有美丽的雪绒花相伴，今冬该是个美丽的冬天了。

## 这个冬天我懂得了……

一个刚从万籁俱寂的夜幕中苏醒过来的早晨,一切清新得像安徒生笔下美人鱼生活的深海,湛蓝、美丽却又遥不可及,洒下来的阳光有如希冀之光。我的人生在一段不知终点的路上行走,我不知道前方有何风景,只能踏上这段旅途,就像鲁迅的《过客》中的那位过客。

张爱玲大概是个懂得生活的人,她在《天才梦》中这样写道:"我懂得怎么看'七月巧云',听苏格兰兵吹 bagpipe(风笛),享受微风中的藤椅,吃盐水花生,欣赏雨夜的霓虹灯,从双层公共汽车上伸出手摘树巅的绿叶,在没有人与人交接的场合,我充满了生命的欢悦。"假如你经常为昨天而懊悔,为明天而担忧,那么读了张爱玲的《天才梦》后,也许会大有改观,因为那些载满了期待的日子都将变得永恒……

常常会莫名地感动,为我所看到的美丽,它不单单是眼前疾驶而过的美丽。

我要告诉你,风很漂亮。

英国诗人华兹华斯曾说:"一朵微小的花对于我,可以唤起不能用眼泪表达出的那样深的心思。"如果你的心能如诗人那般,如果你能放下俗事的烦扰,享受大自然孤清的写意,静静地坐在风中,便能自然而然地感到身边的美丽:伴着风在天空中扭动身躯肆意舞蹈的风筝,打着旋儿划出一条弧线的落叶,任由风袭、安然守候的长长的石椅……

我告诉你,微笑很美丽。

也许你有过这样的经历:蛋糕店的服务员将预订的蛋糕送上门来,衷心地对你说"祝你生日快乐",来自陌生人的祝福会让你无比愉快,满溢祝福的脸就是一张美丽的脸。

我告诉你,赞美也很美丽。

在雨雾弥漫的天气,连空气都显得压抑,同事来访,赞美你的衣服好漂亮,夸你眼光好,此时你的心情即便是在这种坏天气里,是不是也好得很呢!

若你的心是美丽的,你一眼望去,触目所及都是不容忽略的美丽……

生命的旅途中,不可避免地会有幸福、遗憾、成功、失败……无论哪一种人生,最重要的莫过于永远不要放弃希望,相信自己并善待别人。

爱默生说:"生活是一辆永无终点的公共汽车,当你买上车票后,很难说你会遇上什么样的旅伴。"

有人说:"和你一起笑过的人,你可能会把他忘掉,但是和你一同哭过的人,你却始终记得。"我想说,给予你鼓舞的人,同样终生难忘。

头上的天空蓝得没有一丝瑕疵,冬月的阳光难得如此温暖,柔柔地洒在身上,让我想起盛开的向日葵,而回望之际,树下的落叶让我明白,凋谢也是真实的。

这个冬天让我想起许多许多,快乐、忧愁、惊喜、意外……我开始懂得，人生的路上，不可以一个人来去匆匆，不可以因擦肩而过而让彼此陌生。其实芸芸众生都期望得到充满关爱的人生，并愿意为此付出。

一段遥远的旅途，叩首感谢上苍恩赐的生命。

## 玉女情缘

古人常说，君子无故，玉不去身。

与玉结下不解之缘，源于一些扑朔迷离的情结。

三十岁生日的时候，我出版了自己的第一部小说作品集，算是给自己的青年生活一个总结。人到中年，从女人的心态来说，多少有些惶恐。最要好的朋友，送我一块翡翠，说是精致女人才配拥有。这给了我一点点安慰，凝神细看，晶莹剔透的一块玉，泛着青白色的光泽，形似一只玲珑的玉净瓶，瓶肚里飘着几丝碧绿的翠根。尤其精美的是若有若无的瓶环，与瓶身连为一体。我爱不释手，恨不得马上戴上。朋友说她叫平安瓶，是在一家道行很深的禅院里请的，赠予我，就是希望我今后的人生平安如意。但一旦佩戴，最好不要让它无故离开身体。

它与我所有的挂件不同，我把朋友的一片真心毫不犹豫地佩戴在脖颈上了。

因为偏爱，我常常把它放在手心把玩；因为它是朋友的心意，我常常深夜与它交谈；因为戴的时间久了，它渐渐成为我身体的一部分，我不想与它再分离。

在北京长安街上行走的我，突然就感觉脖子上轻了许多，慌忙中触摸，只有残留的已经断开的项链圈。我像一个失魂落魄的孩子，沿着来路迷茫地低头寻找。人来人往的路上，行人脚步匆匆，或许它已经破碎，或许它已经成为他人所爱，或许它选择了悄悄隐藏，抑或它也喜欢大都市的繁华，不愿意再随我回归宁静？既然缘分尽了，我也只能强忍忧伤，黯然神伤地离开京城，回到常年工作生活的油城。

一个寒风凛冽、冷雨绵绵的中午，没有任何先兆，我乘坐的小车与迎面疾驰而来的货车相撞。当撼天动地、震耳欲聋的碰撞之声穿透耳膜，我感到自己被一股巨大的力量甩出去了，还来不及抓住一根救命稻草，我的头颅就重重地撞在一个无比坚硬的物体上。蓦然间，大脑断电，眼前一片黑暗，我顿时落入了无边无际的黑暗中……

不知过了多久，当我从变形的车门中，扒开破碎的玻璃，伸出脑袋向外张望的时候，路上交通已经堵塞，周边围着一大群人。大家看我的眼神很像看鬼怪，非常惊恐，甚至有人下意识地后退。

事后听知情人介绍，我们的小车被货车撞出十余米远，又与停靠在便道上的一辆越野车相撞，而两次相撞的位置都是靠近我坐的位置的车门，所以我能活着算是奇迹……

从鬼门关走了一回，我莫名地有些宿命感，常常告诫自己，我本善良，我本有形！既然上天没有收回我，我就要更加善良地对待一切。

得知平安瓶遗失两天后发生的这一切，密友又送来一个昆仑青玉雕刻的平安瓶，并像巫婆似的告诉我，玉是护佑平安的，这在历史上是有记载的；此事故绝不是巧合，好在我有玉缘，今后我必须更加珍爱身边的玉石。

于是，我又佩戴上做工精细、晶莹剔透的平安瓶，为了这一份沉甸甸的情意，为了不负知己的祝福，为了一种深厚的玉石文化，为了赏心悦目……

我戴着平安瓶出游西欧，朋友反复嘱咐，不许玉石离开身体半寸。由此，平安瓶简直成了我的一个器官，我总是不由自主地去抚摸它。

穿越茫茫云层，着陆于意大利首都的机场，我轻轻松松地取出行李，打开旅行箱，换上能让我健步如飞的旅游鞋，想要好好体味一下异域风情，感受那浓郁的文化气息。当晚入住酒店的时候，首先奔去卫生间洗涤风尘。那透着18世纪画风的洗漱间的地板和墙面的瓷砖，深深地吸引着我。忘情地欣赏之后，我低头想要捧水洗脸，清脆的玉石和坚硬的瓷砖相碰撞的声音就在那一刻刺耳地响起。我马上条件反射般地用手去抓取我的平安瓶挂件，白金的项链圈又断裂了，挂件掉在了瓷砖上。我心疼得一屁股坐在地上，眼泪不由自主地滑落。毫无疑问，挂件绝对会支离破碎，我不忍也不敢去面对我的过错，坐在地上没有约束力地痛哭起来。同屋的付大姐闻声跑进来，看这情景，立刻明白了原委。一路上，大家没有少拿我的虔诚开玩笑。她静静地蹲在地上，帮我认真寻找，不知过了多长时间，于我时间是凝固的。她突然惊喜万分地喊了起来："没有碎，没有碎！真的没有碎！……"我迫不及待地夺过来，上上下下、前前后后、左左右右地查看着，生怕这是幻觉，又放在灯光下仔细观察，生怕有裂痕，它居然安然无恙。

在没有值得信赖的项链圈之前，我再不肯将它置于在危险的境地，这一路，我把它放在随身的摄影包里，几乎寸步不离。但之后十余天，几乎天天都有蹊跷的事情在我身上发生。明明下飞机即能打开的密码旅行箱，莫名其妙打不开，大家苦思冥想，用了三位数的排列组合，费了三个小时打开了，密码居然莫名地成了掉落平安瓶的日期。西欧各国的交通秩序一向很好，在人群密集之地的过道边，行车都是谦让行人的，但莫名地就有一辆刹车失灵的车冲向人行道，我被朋友们推开的时候，还不知发生了啥事情，此后几天大家总要把我放在人群中间，不许我靠近马路边。我的一个新购置的索尼相机，大家非常喜欢它，争先恐后地排队用它照相，它也确实不辱使命。但就在行程的最后一天，它刚刚照完所有人的合影，突然就失去了所有功能，等到回国，它又莫名其妙地恢复了所有功能……

我们一行人将登上回国的飞机的时候，我突然神经质地想从马上要托运的行李箱中拿点东西，鬼使神差似的，密码箱的密码又错了，我突发奇想，该不变成了今天的日期吧。我一试，果然，而且那天是"911"一周年纪念日。我下意识地从摄影包中拿出平安瓶，紧紧攥在手中，大家都不再调侃我的虔诚，一切都在不言中……

回国之后，忙着做被旅行耽误的工作，忙着应付不得不去的饭局，忙着督促孩子做积压的功课，就真的把西欧之行的神秘忘记了，更忘记了被搁置在摄影包的平安瓶。一次外出采访，我背起摄影包就走。采访工作结束后，一起与朋友在一个极具地方特色的小饭馆吃饭，因为有着共同的工作性质，因为长时间没有相聚，我俩自然聊得热火朝天，聊得忘了周遭的一切。突然，我无意识地终止了我们正在热烈争论的话题，莫名其妙地喊了一句："我的包呢？"朋友惊愕地望着我的嘴角，下意识地站起来，眼见一个衣冠楚楚、风度翩翩的男子从我身边无比自然地拿起了包，她不由自主喊起来："他跑到楼梯口了！"我俩不由分说地冲过去，男人慌忙地丢下包，逃之夭夭。

我捡起失而复得的摄影包，悲喜交加地拿出了平安瓶，紧紧握在手中。我知道它时时刻刻在提醒我——它在守护我。朋友一个劲埋怨我，包里放那么多现金干啥？身份证、工资卡怎么能一起放在包里呢？她惊恐地告诉我，我突然间站起来喊的时候，她看到坐在我旁边的男人正在从容地拿包，不了解真相的人会以为我们是一起吃饭的，那人太优雅了。那一刻，我真正相信了玉有灵性，相信了物与人的心灵感应。我只说了一句"我再也不离开你了"，让朋友感动又觉得莫名其妙。

从此我真的就把平安瓶佩戴在身上，尽管我又添上了买玉、求玉胜过买服装、买化妆品的嗜好。但不论我买了多么喜欢的玉石挂件，也只是把玩，都不曾替换我所佩戴的平安瓶，我不清楚这份执着源自什么，是那永远丢失不了的友情？抑或是一种永远无法粉碎的质地？依稀在苍穹漏洞之年，女娲补天之际，为了能让梦想与俗世完美接合，我远远地目睹女娲将五色石精心研磨。期待能有一天，坚硬的五色石顿消冥顽之性，漫漫石粉弥漫于大地之上，金光闪耀，亘古不变，受天地之灵气，纳百川之行神，沐花草之仙蜜，蕴精华之质，显奇光异彩。

"君子比德于玉。"那份晶莹剔透，那份温润玲珑，那份美轮美奂，让我不断瞻望和寻觅，与那各类玉石倾心交谈，细细地研磨、锤炼自己的那块"玉"。

## 我是自己的情人

情人节前一天，一起工作的同事就在商家哄抬玫瑰价格之前，跑到天津花市选购去了。知道他们的激情还燃烧在九百九十九朵玫瑰上，我才恍然明了，自己的激情跟年龄已不成正比了。我们同为二十世纪七十年代生人，我为何淡了这份"情"呢？

于是做了一个很有人情味的决定：我来掏钱，让这位同事代劳，给我们办公室的五名同事各买二十朵玫瑰，意在双双对对，和谐默契。当我拿着自己赠送自己的玫瑰时，内心掠过一点淡淡的伤感：青春年少时，曾被不知名的爱慕者送来的玫瑰惊吓过，曾为精心维护的一种真情感动过……岁月如水，尽情流淌，波澜壮阔过后，潺潺细流也是一种状态，但我绝不希望是一潭死水。

所以情人节这天也在静静等待，偶尔也回味过往的激情，甚至渴望意想不到的惊喜。打开电脑，铺天盖地的玫瑰花满屏幕挥洒，这是至纯至真的朋友们的玩笑和祝福；手机短信不停地提醒我，还有一些远在天涯的朋友真诚地惦念着我；只是，我还在潜意识里等待一束带着露水的玫瑰神秘地降临……

当我知道等待会让自己心神不宁的时候，好像年轻的激情又在体内躁动了。我不喜欢守株待兔地等待一种充满偶然性的结果，更难以承受等待的痛苦。于是我喜欢想象和创作的细胞膨胀了。我背起相机，拿起自己给自己买的玫瑰开始寻找……

我在初春的盐碱地上行走着，寻找着一种创作灵感：渴望找到没有被春色感化的雪花，走出一串长长的脚印，脚印里扔下片片玫瑰花瓣，再把一枝玫瑰扔在路的尽头，竖构图拍摄一幅题为《寻找爱情》的作品。踏破"铁"鞋无觅处，春雪难觅，略责备自己的麻木，为何对前两天那场大雪视而不见呢？生活是时时刻刻需要激情和想象的呀！麻木会让许多灵感一闪而逝，这是无法弥补的。我在软泥边缘行走，在荒草深处寻觅，终见一平方米左右的薄雪，这块雪地已经不洁净了，纯洁是难以表现了，我在方寸之间开始立意：一枝玫瑰埋在雪花中，表现爱的神秘、含蓄；玫瑰又被摆在冰雪上，表现爱的直接、单纯；凌乱的脚步，丢弃的玫瑰花瓣，路的尽头一束含苞待放的玫瑰，表现爱的曲折和艰难……忘记了初春的料峭寒风，忘记了时光的流逝，忘记了额头的皱纹和心绪的复杂，我沉浸在自己的快乐中，像在读一本自己的书，像在欣赏自己年少时的写真。自爱其实是很博大的呀！当你学会如何成为自己的情人时，心里的一些小沟小坎会变得微不足道；自尊、要强、踏实、上进，会是你的"护身符"。"我是我的情人，像玫瑰花一样的女人……"哼着《你是我的情人》，我感到非常惬意。

突然就有电话打扰了这份宁静，我猛然间回到了工作角色，干脆利索地处理完几桩公事之后，很难再回到原有的创作轨迹上了。真想躺在雪地上，或者坐在这儿独钓寒江雪，眼里好像起了江雾。

丈夫的电话不期而至，他问我为何不回他的短信，所有海市蜃楼的幻想都消失了，我回到了现实生活中。

打开短信，淡淡一笑——生活如此多情，岁月却不等人！丈夫说："认识你是一个错误，娶了你又错一步，生了儿子才改正错误。

现在想找一个情人,肯定大错,唉……还是找你吧!这么大岁数了,可不能错了,包括思想的动向!"我从数码相机里倒出照片,慢慢地沿着感觉打造意境。在网上发布了一幅图片《玫瑰与爱情》。玫瑰与爱情,有时是那样相似。它们都很美丽,当人们真正得到了,却发现它们满身都是刺,爱得越深伤越痛。它们都没有保质期,你不知道哪一天,它们会突然烂掉。也许有人宁愿爱情是一盆养在家里的花,每天都可以看着它成长,也许它并不美丽,但它很长久。哪怕是期待,也是一种欣慰的感觉。你可以精心地培养,期待花开的那一天。

那时的花朵才最美丽;那时的爱情才最圆满,你说是吗?

## 给自己三十岁的礼物

"芦花如絮，远思悠悠，往事无尽，乍起心头。牵绳如藤，难锁红杏，一缕清风洗去春愁，似碧水半池风吹皱，桩桩往事也堪回首。任你杜鹃夜深啼血，窗寒风冷绞绡全透，我愿乘风随云归去，红霞落处桃源依旧。可否应笑天外小客，香扇轻扑流萤太瘦。喜读新书墨存余香，雪落无痕谁人读透。金石篆刻方寸虽小，茅屋还我儿时燕喉。只恐青萍无根漂去，铅粉施珠愁肠难消。莫来劝我人生路远，独站溪头翘首……"

给自己三十岁生日的一套写真集赋上这首小令，这也是一个女人三十年人生沧桑的注脚。

想着拍摄写真时的感动，那幸福不亚于盼望一段美好的姻缘。平生第一次化妆，新鲜、好奇、兴奋，又怕不认识自己。拍婚纱照时，因为一份浪漫和平淡的生活追求，拒绝化妆，拒绝奢侈。二十世纪九十年代中期五十元一组的婚纱摄影，至今依然散发着俭朴的气息，只是我不知道，我的固守和执着是否能真正被人理解，若有解其意者，一人足矣。

这次化妆，也是伊人之见，追求"新我"的感受，有心灵相约的情节设计，该无写真的遗憾了。共穿七套服饰，那种种心绪留在了希望永不褪色的胶卷里。变换的七种头型，让人从蹦蹦跳跳的女孩看到了银发如雪的老妪，有那种一生相随的情缘，一世相伴的知己，身为女人，该满足了。尤其是穿着苏州的手绣旗袍，配着两条长长的辫子，那年代，那婉约，怎么能一览无余地写在照片上呢？好在这种感觉是我一生的向往和追求。

给三十岁留一份不老的记忆，该是多么无瑕的幸福，毕竟红颜不永驻。

正因为容颜难驻，才渴望拥有一颗永远不被社会淘汰的年轻、进取的心。

三十岁以前，没进过一次美容院去包装出一个似是而非的我；没靠拢过是是非非，去泄漏灵魂的纯洁；更不曾做作地扭曲过自己，这也许源于一种年轻的自信，唯我独清的信仰。而这份自以为是的灵感，又不自觉地发酵出了一些源自心灵的文字。许多人说做文字工作的人要耐得住寂寞，而我却感觉玩文字很潇洒愉悦：凡我之文字皆是信手拈来而已。所以三十岁以前的文章，注定没有太令人满意的深度和功力，也暂且称其为文章吧！

那么三十岁以后呢，又该是一个新的起点吧？

南方人很注重过带"十"的生日，意在祝福"十全十美"。记得十岁时，一向"重男轻女"的爷爷破例杀了两头猪，为我办了三十余桌的生日宴。那一年，我从大西南的山沟沟里迈出稚嫩的脚步，蹒跚着走向了陌生的大港油田。情感的变化，求学的艰辛和坎坷，在许多同龄人看来，不堪回首，但我倔强地闯过来了。二十岁生日时，我走入了偏远荒僻的工作环境，平生第一次拥有了一架普通的135型相机，并无一人相随地照了一整卷北国的风雪。我明白生活不仅仅是胶片里呈现出来的东西，更需要我的感悟。所以我在不曾拥有婚姻时，渴望一种真实、平淡的生活，那蹒跚的足迹和深深浅浅的脚印，留给回忆和今后的作品，这也是自己对于不辜负青春的承诺。当我把笔尖触进茫茫荒原，在上边执着地行走和坚强地品味生活时，我知道这里是我终生的栖息之地，是我永不能放弃的港湾。有太阳照耀我的生活，照耀每一个平凡的角落，人生的不如意又有何惧呢？三十岁生日时，我为自己献上了小说选集《雪落无痕》。这于我还算是一份特殊的生日礼物吧。人生总是在不断地经历和进取中完善的，祝贺我，也祝福我吧！

年年岁岁花相似，岁岁年年人不同。明天的我，明年的我，若干年后的我，应该不断地完善自我，应该不为人生的遗憾而悔恨吧。

也许这才是我该向往和追逐的目标吧！

## 不能说出的秘密

"秘密是关不住的怅惘／和海洋和森林一起／弥漫在潮湿的天空／那些年少的照片／是天籁之声／一切来自内心最圣洁的角落……"

那一天有些特别，本来晴朗的天空突然下起了绵绵细雨，如丝如线，缠绵悱恻，有些像情人的眼泪。我莫名地有些害羞，这个年龄的女人，已经活得非常谨慎，怎会有如此心境？不经意间翻看办公桌上的日历，原来苍天也在为牛郎织女而惋惜，为他们一年一度的相会落下了喜悦激动的泪水。

中国的情人节，对我来说并不是特别的日子。我漫不经心地翻看着几个工作邮件，同时在走神儿，寻思着是否要早退去菜市场采购晚餐的菜肴。就在要退出邮箱的时候，一封新的邮件带着一朵云彩的标识飘然而至，题目是《年少的记忆》。

轻点鼠标，那些推销产品的广告漫天飞舞，没有直接删除，而是选择点开，这已经是无所事事的表现了。里边只有一句话"献给同学二十年聚会的礼物"。不由得在意起来，高中毕业二十周年的聚会在即，我始终犹豫是否要参加，那些年少的时光，对我而言更多地意味着辛酸、封闭、自强不息，还有许多美丽却被时光冲淡的故事……

点开附件，是一组老照片。照片泛黄，画质粗糙，甚至还有个别的裂纹，没有经过任何现代技术的美化，这样方显岁月的久长，情意的真诚。现代高科技的许多障眼术，搞得有些东西，甚至情感真真假假、假假真真，弄得原本简单的事情面目全非。

打开第一张照片，竟是初中毕业合影。那一张张单纯的笑脸啊！数学课代表睿智明亮的眼睛在老照片中依然放光；英语课代表活泼爱笑的样子还是光彩照人；副班长深沉的面容，掩不住少年的壮志凌云；还有你，不用寻找，就能一眼看到，那样显著的位置，曾是多少同学羡慕的。你是所有任课老师的自豪和骄傲，你是学校对外竞赛的撒手锏，你被巨大的光环笼罩着，让所有想要接近你的同学显得那么黯淡无光，因此，我强迫自己不当陪衬，离你远远的，独来独往！

但我无法避开你的视线，如同你无法躲闪我的视线。那是一种心有灵犀吧，每次你攻克让全班同学束手无策的一道难题时，每次你站在讲台替老师领读时，每次你意气风发地演讲的时候……目光与目光不由自主地互相寻找，充满了支持、鼓励、信赖。而我给予你的，却多是可望不可即，高不可攀，我高傲而不含蓄地躲避了。

还有一张照片是全班合影后，你提议少数几个班干部和课代表拍的小合影。你就目光炯炯地注视着我，不由分说地站到我身边来。不知为什么，我那样害怕你的靠近，是怕心的距离的遥远？还是自己无法把握的情谊？抑或我根本不敢奢望真实美好的友情？我慌忙躲避了，没有给任何人理由，更没有考虑你的感受，满脸通红地跑开了……二十年后的今天，当我看着你们青春灿烂的笑容（当然你不是那么自然），我深深地难过了，那些年少不再来的光阴啊，我怎么就甘愿傻傻地错过了呢？

不愿意跟任何一个同学交往，这和我特殊的家庭背景有关。父亲寻求自己的幸福去了，只有母亲———一个没有文化的农村妇女，默不作声地承担了所有伤痛，她依然种地养畜，依然做苦力杂活，她的奋斗目标是独自把我们姐弟抚育成人。从母亲艰辛的劳作中，从母亲含而不露的巨大心灵之痛中，我对天下男人有那么一种高傲而不屑的态度，我也不愿意跟同学来往，以保守我的家庭秘密……

"还有那徘徊辗转的裙裾/一次又一次路过/却走不出整个森林/它靠着海/夜里数着潮汐/那些不肯将息的眼睛/闪着光的身影/海不是蹚不过去的距离/如果呼吸/是纯真自然的畅快淋漓/那么生命/原来的样子/那么本真/如一个水手/一个钢琴键上的水手/在优美的乐声中导航……"

有那么一次，我借了一辆自行车，要在放学的时候去很远的粮店买粮食，那是一家三口存了几个月的粮票才有的细粮啊！但不知是自行车旧疾复发，还是另有隐情，我放学后从车棚里推出自行车，竟然车胎瘪瘪的，行走艰难。因为家里没有自行车，我对它的性能不是很了解，木然地推着它，寻找修车的地方。你就这样巧合地出现了，大大方方地接过自行车，仔细查看，那细长明亮的眼睛，让我心旌摇曳。我不敢过多凝视，更不敢与你对视，我知道，我喜欢，但我不能，也不敢。你胸有成竹地抬起头，麻利地支好自行车，眼神热切地盯着我，语气却那么温柔："是气门芯被拔了。你在原地休息一会儿，我马上去买气门芯，再借一个打气筒。你一定等我，等我啊……"话音未落，你已经跑出很远，生怕我等得太久似的。一刹那，我眼里似乎含着泪，我不愿意被感动，不愿欠别人的人情，尤其是你，我不敢靠近，我想要自尊，不论学习上、生活上，还是其他方面，我不愿意让你看到我的不如意。我毅然转变方向，走自己的路，寻找自己的解决方法……不知道你凭借何种推断找到我的，当你气喘吁吁地俯身帮我装气门芯，给自行车打气的时候，我一直不敢直视你的目光，甚至不敢多说一句话。你把自行车交给我的时候，那白皙的双手冻红了，油迹斑斑。没有一句谢谢，我慌忙逃走了，怕别人说三道四。毕竟是二十世纪八十年代初，人们的思想还没有从男女授受不亲的观念里彻底解放出来，我怕我们的接触被流言蜚语放大评判，更怕自己会把持不住而感动，在你面前落泪。二十多年前那个寒冬的傍晚，永远镌刻在我心灵深处，任时光蹉跎，光阴荏苒，那种没有被世俗玷污的纯洁情谊，总是清凌凌地摇曳在红尘的喧嚣之中。

"穿越尘世的羁绊／穿越时空的约束／横渡茫茫海天／游弋于无垠的苍穹／驶向浩瀚的未来／似琴音的跌宕／每一寸光阴／每一个音符／都有自己自由生长的声音／回旋遨游／将所有的情感撒向大地／便能看到／破壳而出的／生长的铺张……"

高高的摩天石，赭红色，映着淡淡的春光，有几缕树影摇曳，那件橘红色的衣服那样亮丽，那少年老成的表情中写满了忧郁。这张照片，就是十六岁的我，就是那挥不去的记忆，我已经知道发送老照片的你了。为什么总是忘不掉呢？二十多年了，我逃避的结果，在这些老照片上，却那么真实地再现着……

那是高一时，我人生中第一次春游，缝制那件衣服的钱，还有旅游的花销，都是我开荒种菜、拔草养鸡、赶集卖菜卖蛋，捎带着捡拾破烂儿零零散散筹齐的。母亲没有工作，靠种地、做手工活儿抚育我们姐弟，我不忍心雪上加霜，这样奢侈的活动，我怎能忍心再向母亲伸手？但我知道我的渴望。从初中到高中，依然在同一个班级的同学少之又少，而我们却那样无可回避地又在一起……其实，真的怕错过一起出游的机会啊。

那次去的是盘山，我对北方的所谓名山刮目相看。虽说早就听说"早知有盘山，何必下江南"，但亲眼看见后才发觉它确实跟我故乡的青山绿水截然不同，它是那样坦荡而雄浑。但我在它坦荡的胸怀中，却不敢坦白自己的真情实感。

我逃开了，远远离开同学们，爬上了一条尚未开辟的山路。我在荆棘丛中前进，在石群中翻越，孤独的我，需要一种与众不同的游览方式。所谓路，不就是人走得多了，才成为路吗？我不愿意夹在众多游人之中，欣赏所有人都能看到的风景。

我像灵猴一样在山石中攀缘，像山猫似的在草丛中轻盈飞走，我的心像天上的白云，那样自由，那样惬意。遥望前方，有无限风光在险峰；举目四顾，莫名有种深深的孤独感，如果有你同行？不！不！你是所有同学的偶像，他们一定众星捧月地呵护你。我有些脸红，怎么可以想不属于自己的情感？怎么可以管不住自己的心灵？我有一种怅然若失的感觉。

真的就听到你呼唤我的声音，我以为是梦境，不敢应答。我低头走自己的路，加快速度攀爬，还是你的声音，那么温柔又具有穿透力："你慢点，等等我们啊！"我激动地回首寻找，坡下的草丛中，你兴高采烈地向我挥手，班主任刘老师手里举着一台老式的135型照相机，还有三名魁梧的男生跟在身后。我知道自己犯了无组织无纪律的错误，一定是老师带同学们来找离队的我了。我有些抱怨你了。若不是你多情，谁会想到我？若不是你带大家来找我，怎会破坏我的宁静？若不是……还在我思绪万千的时候，刚刚大学毕业的刘老师非常有创意地向我举着相机狂拍："非常美，万绿丛中一点红，又居高临下，能征服一切！带着我们大家一起走吧！条条山路通山顶，咱们看到的风景应该是最美的……"

那么懂学生心理的一个老师，我终于明白他为啥那样受同学们的尊敬和喜爱了。我们一起攀登到山顶，刘老师用相机给我们几个同学留下了永恒的一刻。那张照片上，我俩依然保持了一定的距离，巨大的"摩天"两个字占据了照片的显要位置，就为了去摸摸那两个字，我爬得最高，很自然地避开了离我最近的你。照片上的两人的距离永远无法拉近了，其后近二十年，我们竟然彼此没有音讯，那真的是我的错吗？

春游回来不久，母亲病了，她倒在了田埂上，那一跤险些让我们家三口人的日子跌进更恐怖的深渊。母亲被确诊为心脏病，不能劳累和情绪化。幸好我发现得早，将她送进小诊所，以后母亲总要将救心丸揣在怀里。我从此更是田间地头，家里家外，多多替母亲分担重活儿，但我怎能代替她去承受情感的失落？我想过退学，我想过去向父亲讨说法，我想过靠自己的劳动养家糊口……坚强的母亲只有一句让人回味无穷的话："想要我好好活着，你们两个孩子必须好好读书。等你们有出息了，再去找你们的父亲。"

那时，我一边玩命地学习，一边干所有能干的活儿，让母亲稍微轻松些。常常在夜深人静的时候，听着永远不知疲倦的缝纫机的声音，我不知我该怎样去体谅一个情感受伤的女人的心。男人，你们究竟想要什么呢！

可能是过于劳累，也可能是心灵负担太重，那段时间我上课常常走神。直到一个跟我关系不错的女生推心置腹地跟我诉说她的心事的时候，我才知道，你一直都在我身后，那么痴傻地凝望，那么无助地不敢接近，那么在乎地无能为力……女生说，你在乎我的每一个动作，说你的目光从来没有离开过我。她劝我，要么在乎，要么放弃，不要弄得大家都难受。我受了侮辱一样，狠狠地告诉她，我不在乎！我根本没在乎过！以后，我强迫自己不要正眼看你，当我们的目光不由自主相遇的时候，我甚至故意装作傲慢，满不在乎。

那天，老师发考试卷子，走到失神落魄的我身边的时候，很自然地把一大堆试卷给我，让我发给同学们之后，他再讲解。发到你那里的时候,赫然的满分又深深刺痛了我。我如果不好好学习,和你之间将是更远的距离。我不敢看你,装作不屑地把卷子扔在你的书桌上,还没等我抽手,卷子底下你的手,不由分说地握紧了我的手。我立刻魂飞魄散,满脸通红。天啊!你疯了,要是被别人看到……我心惊胆战地狠狠把手撤回来,慌忙中,有一张纸条滑落在地上……

从此,再也感知不到那时时刻刻的关怀,再也看不到青春明亮的眼神,再也没有单纯美丽的记忆了。

文理科分班的时候,你去了理科。两年后,你以油田第一的成绩跨入了中国知名的高等学府,后来留在了国内有名的一家大公司任职。这都是最关心你的那些女同学告诉我的。

"每一寸光阴 / 每一个音符 / 都有自己 / 自由生长的声音 / 一棵树融入一片森林 / 能更加明亮 / 一条小溪汇入一片海域 / 更会波澜壮阔 / 当我学会从生活阅历中 / 提取人生精华的时候 / 二十多年的青春岁月 / 已经是额头的几绺青丝 / 激情岁月情浓淡 / 风雨人生路漫漫 / 何当笑谈青春事 / 行走当下不言悔……"

# 二十载烟云今又聚

"思念深切／常对轩窗／往事依稀／想那青葱岁月／读书处／谁想华发／恰同学少年／笑语常相接／去岁二十载烟云／容颜已改当与谁说／问几曾凝眉伤别／答时有回味时有歇／今朝梦醉何处／网上诗赋／当年同学／风尘一瞥／自是朦胧小小课桌／梦中几次相聚首／清影荷香飘。"

写下这首小令时，离开校园已经二十载，那些风华正茂的记忆啊，让人挥之不去。

二十年前，当我们背起行囊，离开朝夕相处三年的高中老师、同学、母校，各自向远方启程的时候，也许有一些无法释怀的情结，或许有一些不能言说的惆怅，抑或有一些没来得及实现的愿望，我们对离别不曾有过这样深刻的感悟。但分别后的二十年风雨人生路上，我们走过了山高水长，收获了潮涨潮落，感悟了点点滴滴。在班长的倡议下，大部分同学在为二十年再聚首而努力着，期待着……

在老A建立的八九届二中同学群中，猜测那些别开生面、浪漫唯美、幽默风趣、雅俗共赏的网名背后，究竟是哪一曾经熟悉的面孔，真的非常开心有趣。当对照真实姓名表，回忆一个个同学的时候，往事萦绕心间……

看到"勿忘我"这个名字,很难想象少年时候脸儿白净、性情温柔的她,已经被病魔折磨得右胳膊不能抬起。她在网上的时候,只是眼含热泪地看着同学们聊天,已经很难再敲击键盘打字了。那种撕心裂肺的痛,是害怕命运的捉弄,还是痛恨命运的无情?想到刚刚送走阿蒋,我心中更是五味翻滚。记得离校十九年后的那个元旦,我去慰问公司的特困户代表——阿蒋,见面的一刹那,怎么也难相信,她就是我少年时的同学。那曾如花似玉的脸庞已经浮肿,那曾婀娜多姿的身材变得枯瘦,那满头青丝已经"凋零"成光头。见到我,她满眼是泪。

从她的单位了解到,她丈夫不负责任地跑了,投入别的女人的怀抱,还不给孩子一分抚养费。她一个人带着孩子,即便得了不治之症,依然不要单位的接济,依然把大家捐给她的钱拿出来给单位置办办公用品,依然快乐地做着自己的本职工作。

那次我告别的时候,她笑着送我很远。她说,命运不会待她不公的,她会坚强地挺下去的,女儿还需要她呢!

没有想到,那就是永别。春节慰问的时候,她已经离开了这个让她牵肠挂肚的世界,她的女儿成了孤儿。她的遗愿是把自己的身体捐献给医学做研究,尤其是她的眼角膜,她活着的时候就已经答应了要捐给一个已经失明的孩子;她把自己的积蓄也捐赠了。单位因为有这样的员工而倍感光荣。

想要好好看看"勿忘我",带着她一起参加同学聚会,在一切都来得及的时候。但我不忍心看到她被疾病无情折磨的样子,看到她在寒风中凄美地微笑,那种不甘心、不屈服的坚持,尤其令人心痛。因为无法让当年所有的同学都能参加聚会,我的心里颇不宁静。世事难料,人真的能完全掌握自己的命运吗?

"心灵鸡汤"闯进了视野,她还是那样快人快语、雷厉风行的性情，让我无论如何都要放下手中的活儿，立刻看看她为同学聚会专门创作的小品，必须提出修改意见。她的真诚和爽快让我很感动，还有什么比纯真的友谊更重要呢？

正看着，她突然来电话了，说要改节目，小品里面有些尘封的记忆，就让它沉睡吧，永不打扰更好。她要创作男女生共同参与的诗歌朗诵，并且要求我一定为二十年聚会创作一首主题诗。

"心灵鸡汤"是我从小结识的朋友，她聪明美丽，敢说敢做。大学毕业后，她在国企里面做了几年，感觉放不开手脚，干脆扔了铁饭碗，自己当了董事长。在女同学里面，她是唯一的企业家。整天忙着挣钱的她，还有那份闲情逸致为聚会创作，真是性情中人啊！同学的友情应该是最没有功利性的吧！那些真实的感动，够用一辈子了。

真正让我收起所有往事的束缚，放下没完没了的工作的负累，扔下钢琴考级的孩子，兴高采烈地奔赴聚会的是"梅子"。"梅子"真的是那种甜甜腻腻的女生，外形美丽动人，尤其那漂亮的眼睛像乌梅，明眸善睐，说话声音温柔得像春天的细雨。如果我是男生，一定会娶她。这是上中学时，对她的第一印象。后来每一次考试她总是名列前茅，她那种表面风雨不惊，内心可驰马行船的风度，深深激励着我。她是我们那届唯一考上清华大学的女生啊！毕业后，她留在清华大学任教，这是我梦寐以求的人生理想啊。

"梅子"在网上安排，让我一定参加聚会上的演出，而且给我分配了全程录像、照相的任务，会后还让我编辑刻盘。她太了解我了，友谊可以默默地珍藏，不动声色地在内心深处悄悄地散发清香。但为同学聚会尽一份微薄之力，是我无论如何也不会拒绝的事情了。看来"梅子"教授永远都会是我的老师了。

这是命运使然，还是记忆的巧合？二十年前，我们青春年少，在"小鸟在前面带路／风儿吹着我们／我们像小鸟一样……"的稚嫩歌声中畅游盘山。青春的记忆，任多少个二十年弹指一挥间，终究不会黯淡。二十年后再聚首，又在盘山脚下，在走过那么远的路程之后，我们又那么自然地相约、相遇、相知……

大部分同学是毕业后第一次相见，从五湖四海赶来。矜持了一小会儿之后，大家开始寻找曾经的记忆，慢慢聚成小队，开始回味，开始抒情。短短的一个中午，跨越了二十年的距离，每一颗相心灵，纯净地、透明地、自然地舒展……

联欢会从下午两点开始，由"风""秋水""顶住""无心柳"四位同学主持。一连串抒情的回忆把大家带回到学生时代。一曲《知心爱人》是被一对在学业上最有成就的毕业于清华的才子佳人演绎的，博得一片喝彩。"刀笔吏""老张"这些理科的高才生们竟然把高中时候写的诗歌完好地保存着，配着非常和谐的音乐，他们充满激情地吟诵。时光回溯，那些青春灿烂的日子啊，好不自在！"风"独奏的一曲洞箫《春江花月夜》把高潮迭起的氛围推向顶峰。他演奏的这首曲子意境优美，旋律流畅，正如他的性格"中正平和，清微淡远"，此情此景，让同学们更加崇尚自然，寄情山水，希求"天人合一"、返璞归真。

"《春江花月夜》让我们陶醉于音乐的氛围之中，乐曲中饱含的情感是那样丰富，那样真切，让听者的整个身心都呈现出一种敞亮的状态，让我们主动、生动、自然地感悟，捕捉音乐的内涵与妙处，将画意、诗情与对宇宙奥秘和人生哲理的体察融为一体，创造出情景交融的意境，从而在深层次揭示生命的意义。同学们让我们珍惜缘定的情分，将友谊进行到底，将事业和生活进行到底……"多煽情的主持词啊，思绪还没有跳出来呢，"蕙质兰心"和"紫雪儿"的双人舞又闪亮登场，据说她俩是为了这次聚会特意排演的，而且专门置办了行头。

太极拳表演、小品、歌曲联唱、男女对诗……多才多艺的同学们让我目不暇接。真到自己上场了，我还是有些紧张。

那首《致同学们》是为二十周年聚会特意创作的诗歌，在淡淡的《天空有时会下雨》的乐曲中，慢慢展开："曾经有一阵欢声笑语／我以为那是你，是他／是我可爱的同学们／曾经有一阵夜雨临窗／我以为又淋湿了青春的梦境／曾经有一缕风／一缕风把我记忆的门窗／轻轻关闭／但你们／你们还是从缝隙／跻身而进／涌成我眼眸深处／最真实的风景……／怎能忘记／怎能忘记啊／那快乐临风／烦恼隐匿的日子／我如水的情怀／常为往事／荡起年轮样的涟漪／每一个／每一个／与我擦肩而过的人／都曾让我以为／是与同学你邂逅／一次次擦肩而过的／萋萋芳草／映入眼帘的／是校园内的季节轮回／今日天高云淡／一线云霓／今夜一粒星辰／一声箫笛／把二十年离别／二十年离别的风尘／夹进我的诗集／却收拢不起／落叶纷飞的思绪／世事纷纭／红尘落落沉沉／思念如钩／聚散依依／把同学的情谊／酿成一杯杯陈酒／醉成彤云满天／醉红了一扇扇心扉／却醉不倒／醉不倒／二十年前的记忆……"

时间好像出现了一阵空白，相信同学们如我一样，还在过往里无法自拔。当深情款款的掌声响起来的时候，我遥望远方的朋友，感谢他给我选择了《天空有时会下雨》的旋律，他非常懂我。

"跟着感觉走／紧抓住梦的手／蓝天越来越近，越来越温柔／心情就像风一样自由／突然发现一个完全不同的我……"《跟着感觉走》的旋律刚刚减弱，此起彼伏地，男生们又不甘示弱地高唱《真心英雄》："不经历风雨怎么见彩虹／没有人能随随便便成功／把握生命里每一次感动／和心爱的朋友热情相拥／让真心的话和开心的泪／在你我的心里流动……"

最后所有同学都走上台齐唱《年轻的朋友来相会》:"年轻的朋友们 / 今天来相会 / 荡起小船儿 / 暖风轻轻吹 / 花儿香 / 鸟儿鸣 / 春光惹人醉 / 欢歌笑语绕着彩云飞 / 啊,亲爱的朋友们 / 美妙的春光属于谁 / 属于我 / 属于你 / 属于我们二十一世纪的新一辈 / 再过二十年我们重相会 / 伟大的祖国该有多么美 / 天也新 / 地也新 / 春光更明媚 / 城市乡村处处增光辉 / 啊,亲爱的朋友们 / 创造这奇迹要靠谁 / 要靠我 / 要靠你 / 要靠我们二十一世纪的新一辈……"

二十年后再聚首,前尘往事记心头。世事变迁情不悔,清影荷香洁自留。

## 生活的玫瑰

送儿子到学校门口，返回时看见了有卖玫瑰花的小摊位，几个男人和女人在买花。

心里突然飘过一缕淡淡的惆怅，觉得自己是一朵没有绽放就凋零了的野菊花。走过水晶婚，又将步入瓷婚，似乎没有了仍该有的浪漫。

办公楼里，在我正跟唯一的知己通话的时候，象征着此情不渝的二十朵玫瑰花飘然落在我的案头，我激动地连忙向他致谢，花店的送花人一头雾水。

关上门后我想，是不是不懂浪漫的老公被别的女人提醒，特意给我的惊喜。我也确实在期盼着他为我送来一束花，他在我的心里很重很重。尽管手上有此生对我最尽心的一个朋友今天送我的一束意义非凡的玉花，但同性朋友再好，也难以替换我心中的那份期盼。

读完花束间那张卡片上的留言后，我也一头雾水了。美好的祝愿，真挚的感情，像涓涓细流浸入久旱的干裂土地，像洁白的云彩自由自在飘在广阔的荒漠上空，像温馨的烛光摇曳在停电的夜晚……落款是一个自称学生的人。

打电话将我有限的称得上哥们儿的朋友感谢了一圈，还是没有找到送花人。突然间，我觉得自己非常俗气，可惜了送花人给我的悬念和惊喜。但不管咋样，还是要感谢送花人，让我收获了自信，收获了激情，增强了要给予别人更多的奉献信念，不然，人家怎么会称师又送花呢？

傍晚，我躺在床上欣赏着那束玫瑰花，这时电话没完没了地响起，是一个不熟悉的号码，真不想接，但最终还是拿起电话。对方第一句话就是："妹子，是我，十八年了，你还怨我吗？"

我的声音颤抖了："李姐，这些年你们过得好吗？"我眼前浮现出十八年前我们姐妹醉酒的情景，那是我人生中第一次，也是至今唯一一次喝酒的经历。

电话那头沉默了将近一分钟，忽然哽咽道："你李哥已经进去十多年了，还有八年的铁窗生活……"

十八年前，我、李姐、李哥因为各自不同的痛苦经历走上了相同的工作岗位，同病相怜，我们成为互相慰藉的好朋友，彼此倾吐生活的失意，工作的烦恼，也希望靠不懈的努力改变贫苦的生活。在他俩卿卿我我，将大好时光浪费于儿女情长的时候，我用功学习，很快通过考试从劳务工转正成为合同工，而他俩只要为爱厮守，不在乎将来怎样……

李哥的父母强烈反对，要生拉硬拽地分开他们。李姐借酒浇愁，向我诉说，任凭我如何百感交集地劝说，她就是抱着酒瓶不松手，一边哭诉，一边喝酒。我气不过，又心疼她伤身体，一把夺过酒瓶，把剩下的一半全部喝光后人事不知。

我后来调离了临时工的岗位，又不断地上学，不断地挑战新的工作岗位，慢慢地没有了他们的消息，只知道他们冲破层层阻碍，结合了。

"为啥进去？你不是说只要有爱情就可以幸福吗？"我努力将

自己从回忆中拉出来,鼻子酸酸的。

"当时应该听你的,应该像你一样多学些文化,当时要是……"

李哥李姐婚后不久,火山爆发一样的激情渐渐消退,锅碗瓢盆的不和谐音成了主旋律。两人都没有稳定的工资收入,孩子的出生又大大增加了支出,双方父母都是需要接济的村里人……李姐不得不等孩子满月后就辛苦地做小凉菜卖,还要给别人打零工。李哥心疼老婆,又没有挣钱的真本领,曾痛苦地用烟头烧烫胳膊,也曾用小刀尖划破胸口,后来就糊里糊涂地被当地的一个犯罪团伙利用了,非法贩卖原油。犯罪团伙落网后,李哥也锒铛入狱,被判有期徒刑二十年。

"你们母女现在过得如何?我咋样能帮助你?"泪水打湿了我的眼眶。

"不用,不用,最艰难的日子都过去了,我自己做点小菜卖,还给人家做钟点工,收入勉强能够补贴家用。我生活的目标就是好好培养孩子,让她受最好的教育。我每个星期都去看他,我告诉他,我和孩子永远都是他的家。

"妹子,这些年我故意不联系你,是因为我明白自己选择的路必须无怨无悔地走下去。他给过我最美好的感情,我没有理由不等下去。我今天突然打扰你,是想要麻烦你,听说你写书了,书中还有关于我和你李哥的事情,我想替孩子向你要一本,孩子特别喜欢文字,我们的重心都是她。"

我连忙应允,并且已经在心中开出了长长的书单,我有责任给未谋面的女孩提供更多的帮助。至于李姐,我真的想偷偷地赠她二十朵玫瑰花,不留下任何痕迹,她的生活更需要花香……

她每天都生活在有情有义的日子里呀!也许是她的再次出现使我真正找到了玫瑰花,桌上的玫瑰花只不过是一种情调与浪漫,是把现实生活艺术化了的一首小诗；而真实的玫瑰花该是生活之花，有白的，有红的，有黑的，有蓝的，有紫的，被生活赋予各种颜色的玫瑰才是真正的人生玫瑰，不经现实生活洗礼的玫瑰花会很快枯萎。

## 明天是否依然爱我

"午夜的收音机 / 轻轻传来一首歌 / 那是你我都已熟悉的旋律 / 在你遗忘的时候 / 我依然还记得 / 明天你是否依然爱我 / 我早已经了解 / 追逐爱情的规则 / 虽然不能爱你 / 却又不知该如何 / 相信总会有一天 / 你一定会离去 / 但明天你是否依然爱我 / 所有的故事 / 只能有一首主题歌 / 我知道你最后的选择 / 所有的爱情 / 只能有一个结果 / 我深深知道 / 那绝对不是我 / 既然曾经爱过 / 又何必真正拥有你 / 即使离别 / 也不会有太多难过 / 午夜里的旋律 / 一直重复着那首歌 /Will you still love me tomorrow（明天你是否依然爱我）……"

每次听到这首经典老歌，思绪总要飞回遥远的青春年代！

那时候，为赋新诗强说愁，也确实常常会为自己的身世，梦想的破灭，情感生活的多变而忧伤。那时的我多愁善感，思绪万千，日记成捆。

所以，最爱听的这支歌，常常在夜深人静的时候，无数次在心底重复：明天你是否依然爱我……

如今，二十多年过去了，再回首，依然是那刻骨铭心的旋律和歌词：明天你是否依然爱我……

也许真正让我懂得爱的真谛的，是这个真实而感人的故事——

那时候，最爱唱、最会唱这首歌的阿利，超级吸引人！他长相酷似童安格，还能弹一手好琴。当他如醉如痴，一边弹着吉他，一边深情演绎这首歌的时候，他身边总会围着几十个女生，甚至男生也百听不厌。后来单位不论组织啥文艺活动，他都会被推上舞台，渐渐地，演唱这首歌成了他的保留节目。在所有的文艺演出活动中，这好像也成了压轴节目。

当偶像阿利跟小龙女进行着如火如荼的爱情拉力赛的时候，一群女人伤了心，但她们还是喜欢听他唱歌。很多人知道，他的女友小龙女当然是长相绝美，气质超脱。

大凡看过金庸小说《神雕侠侣》的人，无不为杨过和小龙女惊心动魄、催人泪的下爱情落泪。也许正是因为这样一种情结，所有喜欢阿利的人，都无怨无悔地喜爱他的小龙女，并且真诚祝愿他们终成眷属。那时，大家真的明白了啥叫"绝配"，真是郎才女貌！这是不同的人对他们两人这份感情的共同感受。

阿利和小龙女还没有完婚的时候，我就调离了那个单位，一走二十多年，总是向熟悉的人打听他们的消息。前几年，一直是的好消息：他们情投意合，举案齐眉，喜得贵子，家庭和睦，凤凰于飞……好像从来没有听说两个人红过脸，拌过嘴，真是不食人间烟火的神仙眷侣啊！

后来，我数次转换工作单位，不停地适应新环境，不停地忙着人到中年的杂事，孩子的功课尤其让人操心，渐渐地跟很多老同事、老朋友疏于沟通了，也就没有了阿利和小龙女的消息了。但我知道，他们是我看到的最相敬如宾、相濡以沫的天生一对了。

这一天，大雨瓢泼，电闪雷鸣。我和下基层调研的检查组在宾馆门口的廊下候车，商量着是否改变原计划。就在那时候，一双似乎熟悉的眼睛在我面前晃动，看样子，他也在犹豫是否跟我打招呼。

我盯着他，他的眼神还是那样忧郁而"抓人"，似曾相识，但面容非常憔悴，甚至苍老、沧桑，身体异常瘦弱，有些佝偻。我们对视了一会儿，仿佛跨越了二十多年的时光，终于，我打破了沉默："你是阿利？"

他腼腆地轻轻点头，我伸出手去，习惯性地按照工作交往的礼节握住了他的手："小龙女好吗？"他的手在震颤，随后滑了出去，无力地下垂着，他说："她已经走了六年……"

还没有来得及多一句话，他的车来了，他急忙上车，消失在雨幕中……风雨交加中，所有美丽的记忆已经无法再完美地串联。

好像一个梦，我感觉有些不真实，不敢相信，不愿意相信，我找出了许多曾经在一起的朋友的电话，开始慢慢拼接过去的日子……

八年前，小龙女得了很重的病，阿利倾其所有，四处求医。每一个日子，他都陪在她身边化疗的时候，在小女龙想要放弃生命的时候，甚至最后生活不能自理的时候……阿利无怨无悔，寸步不离。小龙女微笑着支开阿利去接孩子来看她，他们没有见到最后一面，但他的岳母告诉他，小龙女希望他再找幸福，不要再守着她了。

六年来，阿利拒绝所有异性的接近，甚至改变了自己爱唱歌的嗜好，只是默默地工作，默默地守着自己残缺的小家，尽心地抚养儿子。

我不知道阿利还能坚守多少个六年，但"明天你是否依然爱我"的主题，他诠释得最经典。

也许当我们暮年回首的时候，我还要去问问依然独自坚守的阿利，他是如何用一生去解读这首歌的。

卷四

记得绿罗裙，斜阳依窗，纤弱女子情牵采油井场。那井台下的青苔，那流光韶华的溢彩流光，却都是城里人难得一读的曲水流觞。

## 从容地，你来了

从容地，你来了，似春风拂面，给油城绣出一片欣欣向荣。

铿锵地，你来了，像编钟声回荡，敲响世纪的梦想。

你来了，你来了，我们的采油人，每一个日出，你都点燃希望；每一个日落，你都手捧智慧，描绘明天的阳光；每一个年头，你都播种汗水；每一个岁尾，你都收获甘醇……

采油人，你来了。你来了，采油人。

在油海的浪涛里，捕捉你矫健的身影；在穿越地层的旋律里，聆听你雄浑的心声；在荒原，在采油站，在奋斗之路上，到处都有采油人铿锵的足音……

不善谈豪言壮语，不迷失于都市霓虹，不追逐红尘喧嚣，采油人，你是一条长流不息的大河，充满力量，无言地践行着自己的使命。

## 情感低语

昨夜寒星闪烁，我坐在采油树旁，望不尽月光下的野草，抽油机滑落视线，错落了时光隧道。

夜色中缥缈的思绪，依恋着一个解不开的情结，我将情感托付给你，深信不疑。

梦想四季常青，汹涌奔腾的石油河上镌刻着美丽的誓言，祖祖辈辈在荒漠上渴望绿洲。

盘古开天时，就踩下这深深脚印，让我慢慢诉说，女娲的心灵烙印。

静静地回味石油人的日子，风霜中写满坚韧。

你曾银装素裹，我也曾在冬夜倾听你天籁一样的沉寂。

遍布荒滩的采油树，是期待你的一颗颗心，这一群石油人，把理想植进了你的心灵。

你我有一种情义，付出和得到都悄无声息，像雪花袅娜在奔腾的河流上，像野花绽放在万紫千红的季节，像烛光映衬着漫天星光。

我们都有一种感动，从来不需要附加语言，就像绿叶和根对彼此的承诺。

所有的荣耀，所有的激情，所有的情绪，都在原油喷涌的刹那中。抛弃闹市的灯红酒绿，让我们这些女人回归自然，只源于对你最深的信赖。

夜露凝成浑圆的玉珠，多少不眠的夜晚，我期待目光碰撞出的火花，如同鸿雁锦书织就的光彩。

多少次抓住你的手，抓住了亿万年的沧桑，我愿穿过光轮与你并肩而行。

石油人都想与你同行，紧紧拥抱着采油树，丈量好你我的步履。春天总是脚步匆匆，年年我追赶春天，追赶你。

天是房，大地是床，我是森林里某一棵大树，梦想着来生；是那久远的年代，长庆第一位采集石油的先民，刻下了心灵的历程，最终又回到地层的怀抱。

石油是盐碱滩的色彩，你是荒原的骄傲。

无畏烈日炙烤，不惧霜刀雪剑，我一次次沉入对生命的思考。

我没有缤纷的霓虹，来装点你寂寥的荒野，你却心甘情愿跑到我身边光辉灿烂。

泪眼见你，我就见到了姐妹，见了采油工就看见了荒原的脊背。

请让我以感恩的心靠近你，让一把铮亮的铁犁犁开你我荒芜已久的心田。

一曲曲玄音，剥开你麻木的茧壳，在田野里以诗歌酝酿激情，以希望之火照亮你地下的黑暗。

一天天的期待，一年年的脚印，使你我神交、相拥，刻骨铭心。

岁月因我而不老，恒久的阳光，可会舞进地下？

青春涨红了太阳，充满激情的热血，从采油树跌进地层沸腾。

总在许多落雨的日子，淋了一身的清凉，抱着采油树神游地层的每一个角落。

渴望原油撑着千万把油纸伞，如袅袅的云烟，款款萦绕在我头顶。

期望你含着丁香一样的芬芳,托起我丁香一样的心绪,小心翼翼地剪破雨幕,把高产喜报的彩虹举上深邃的蓝天。

有一些思绪,任我百般梳理,人生应该有一种不为所动,任精彩世界对我诱惑。

那是对情感的忠诚,那是对责任的坚守,那是对信念的执着。

让荒原之风的梳子梳理我的长发,让雨捧着我的情感浸进地层,忠贞不渝,情义无价,年年岁岁。

当爱情历经沧海桑田,你是否还有勇气去爱,当爱的失落使心苦涩的时候,你是否将信仰进行到底?

几千年的梦想,能在无涯的思念中,自由自在地翱翔。地上地下,你我在新世纪的起跑线上,慨叹历史的画卷,石油之笔描绘的,何等壮观,一种声音在对我呼唤,家只有一个,就是栽满采油树的这片土地。

总是在怅然的日子,深深地怀念。

采油树浸染着霞光,高产井喷薄着石油,成为一架童年的纺车,纺着美丽的梦幻。

会不会褪去鲜亮的色泽,还要去问地层,还要来问我。不再诉说遥远的故事,火样的岁月究竟是远还是近?我们在一遍遍地一块儿纺线。

又一次夜雨中踱着碎步,敲打采油树的声音,似一首抒情的小夜曲,打湿了采油女的长长情丝。

若杏花春雨的浪漫,渲染了夜的寂寞。寂寞的语言音符,在雨丝里闪烁。无人倾诉的深夜里,望着灯光温馨的井场板房,执子之手,愿同你地上地下白头偕老。

夜雨来得正是时候,缠缠绵绵的一夜,辗转反侧在地层的世界里，你那伟大的魅力，使成熟的女人陶醉。

来吧来吧，在秋风吹落树叶，寒流携来雪花的日子里；来吧来吧，不要让采油人们太焦渴，陪他们走一段弯弯的草甸子路吧。你知道窄路蜿蜒，但有一群人搀扶着你，如果你愿意，那将是你克隆的那个无人了解的你。

留下来吧，永恒的阳光，是我们的信物；天长地久的激情，是你我的追求。

扯不断思念那长长的线，刻下沧海桑田的印迹，展望油城未来。

思想穿过千岩万壑，吻在新石器老人的额头，抚摸荒原儿子的鬓角，仍在倾诉。

渴望石油的芬芳，渴望香飘四季。那时我正在热恋，满眼都是青春的色彩。兰的心愿是空谷幽香，我为你消得人憔悴。

女人们躺在冰雪消融的初春，枕着大地的胸膛，感悟着爱情。采油的女人，总有梦想，有梦想的女人，不让生活的源泉干涸。

是红砖依稀的平房，还是泛着冷绿的铁皮屋，在昭示一种寂寥的归宿，采油人的寒冬却在遥远的天际。

上下床似鸽子窝，蜷伏的还是沉默中那个有颜色的梦。内心的灼热，幻化成五线谱，在采油站聆听那雄浑的旋律。

畅想石油的前世今生，点点滴滴，滴滴点点，似荒原闪现的汗珠，它滴落在采油人的心路上，形成清脆的低唱。

曾经苦涩，曾经欢愉，向往过夜色中的真情，我们向地层倾吐生命的芬芳。

在石油日近枯竭时想过，是否能等来你，震撼灵魂的心灵相约。

你野牛似的努力向上一冲，释放你的纯真和执着，如节日礼花腾空，梦想成真了吗，那散落我全身的晶莹黑珍珠，那是怎样的一种语言？

是什么让井场的黑夜远走,你是霞光,还是月光,那种只有石油女人看得见的光芒,只在我的想象中。

什么让我迷失自己?你的烂漫,你的炽热,你的积淀,你的肃穆。

我投身于热浪,洗涤灵魂,缕缕烧焦的气息引导我,投向更灼热的承诺。

我固守着,我深信着,眼花缭乱中,我清醒地面对地心,不想有一天看见你深邃的背影。

你置身于地层的缝隙,坦然、宁静,所有的沧桑之刃,让你风采依旧。

你钟情于荒芜的原野,你痴情于无垠的海岸,你忘情于古老的土地,你带着一种怀旧的思绪,缅怀那古老的梦幻,年复一年地收集沧桑的印迹,这是你,还是我?浴火的凤凰,永恒的图腾!

每一分钟,都执着地雕刻生活的胚胎。一滴微咸的泪水,打湿水晶一样精致的年华,那晶莹剔透的呼唤,那五彩缤纷的憧憬,那气势磅礴的节奏,也许是生命最响亮的旋律。

子夜后的栀子花,傲然怒放,是你的眼光在执着地抚摸,抚摸自己的渴求。花香袅袅,如歌如赋,甜梦正酣的蝴蝶,呓语绵绵,它在说些什么?纷纷的栀子花瓣,飘落成一个图腾,浸染了夜空,沉入了地层。图腾永恒,在采油的女人的魂魄之巅。她们愿化成一抔泥土,投入石油的根系,用她那最质朴的追求,沿着季节的轨迹,绽放生命的光彩。为石油发出一声心灵深处真实的呐喊,留下石油女子曾经来过的痕迹。

## 春天的倾诉

"回忆这东西若是有气味的话,那就是樟脑的香,甜而稳妥,像记得分明的快乐,甜而惆怅,像忘却了的忧愁。"读着张爱玲的话,陷入了无尽的回忆……

窗外,在满目翠绿之中映着姹紫嫣红,春花的艳影好像与往年有所不同,可能是因为你要迎来四十岁的生日吧。

你在这片盐碱荒滩上诞生七年后,我降生于遥远的川蜀。后来,我走近了你,孩童天真的瞳孔里映衬着你的荒凉,没有葱绿的树木,没有盛开的花朵,有的只是芦苇、红柳、黄蓿草。在你日益成熟的过程中,我度过了人生的宝贵时光;在你的建设中,有我青春的汗水;在你的怀抱中,有我理想主义的期望与幻想。今日,伴随着柔柔的春风,与你低声倾诉。

衣

清一色的道道服、大头鞋,走进大都市是那么扎眼,身后的议论声不断撞击着我的耳膜。只有几岁的我虽然没有穿道道服,却也获得了同样的"头衔",因为牵着我的手的叔叔的穿着已经无言地告知了他们。

当我同样穿着"工服"牵着儿子的手走在"金街"上的时候,"的哥"的眼神里,是他看到那红黄相间的"中国石油"标记时掩饰不住的艳羡,我知道那是因为我工作在油田。

### 食

当年入冬拉土豆、大白菜是单位雷打不动的福利,后来冰箱是值得对人炫耀的家庭大件,不久我们就离不开它了,因为在油田购物不便。可如今,它可有可无,因为你可以随时上街去买蔬菜、肉、蛋。还记得当年错过了食堂开饭的时间,自己只能饥肠辘辘地度过一个漫长的夜晚,早晨,当你要睡个懒觉时,要不头天晚上备个馒头,要不就让自己的肚子委屈半天,可如今,油城饭馆林立,各色小吃随时可以解馋。最使人开心的是接待朋友,不再因肉冻得化不开而焦急上火,也不再因在厨房忙碌半天而怠慢客人。

油田的饮食变化可谓大矣!

### 水

水,曾经是油田人心中的痛,苦涩的味道使多少客人眉头紧皱,使多少油田子弟骨质脆弱,一嘴黄牙。当甘甜的滦河水引到油田的时候,人们笑啊,笑啊。现在,当你拧开自家的水龙头,看着清亮亮的滦河水倾泻而出时,还能记起拎着沉重的水桶上楼的感觉吗?

## 住

　　说起住来，话可就长了。当年石油人住过帐篷，搬进砖房时高兴得不得了，终于有了"家"嘛。

　　那时，一家好几口人甚至几代人挤在两个小间里，打水得到房头去。几栋房子才有一个水龙头，若几个人洗衣服，等待的时间往往比洗的时间还要长。而且必须白天洗，晚上一是看不见，二是蚊子咬得人受不了。冬天洗衣服，那就更遭罪了，冻得手指头通红通红的，就像胡萝卜。炎热的夏天，男人、孩子们临睡前到水管前一冲了事，不管干净不干净，而女人与老人就不方便了。家家没有厨房，人们在房前围个简易的炉灶，往返奔波于房里房外，后来各家各户有了厨房、小院，自来水引进了厨房，人们感到了前所未有的方便。

　　一切都在变，房屋在变大，而且每个房间都具有了单一的特有功能。室内高档豪华、宽敞舒适，人们的视野转向了窗外，楼层之间被草坪环绕，花园式的小区使滨海公园都显得逊色不少。当你漫步在小区之中，自己都要怀疑——这就是昔日的盐碱荒滩吗？

## 行

　　当年，我们是踏着一条条土路奔波在井站与队部之间的，还记得那些成家的职工每天从解放卡车的槽厢里下来的情景，尤其是冬天，凛冽的寒风打透身上的所有衣衫，下车的感觉犹如大赦一般。如今，一辆辆豪华的班车奔波于小区与工作场所之间。油田的地盘变小了。

　　你想来个说走就走的旅行吗，用不着半点犹豫，两三小时后，天安门广场上就会出现你的身影，也许你对"郊二"没有一丝怀念，可知曾经有难以计数的石油人在错过最后一辆"郊二"后度过焦急难耐的夜晚。

大港油田,我们曾经因你的简陋而不适,曾经因你恶劣的自然条件而迷茫,而今因你的美丽而骄傲,发自内心为你的美好明天而祝愿,因为我始终与你同行。

## 白色鸟

小顺子没有文化。

小顺子时常在塬上跑，跑啊跑，一直跑到塬底。

他站在黄河边上凝视黄河，蹲下身掬一捧黄河水抛向天空。

没有文化的小顺子常发奇想：黄河水应该是碧绿色的，从古流到今应该都是清澈见底的，因为它是中华民族文化的摇篮呀，怎么会有那么多浑浊的泥沙呢？

最后他叹口气——难怪我们全身都是黄色的，从娘胎里一出来就是黄色的。

小顺子真的没有文化，所以他想事做事永远那么天真。

他每次都是走几十里山路才来到黄河边的，他在安塞峁子顶上打井，那里没有水，为了不洗头，几十个伙伴都把脑袋剃成了秃瓢。

"没有水源就和人家签订打井合同，是和我一样没文化，还是喝了人家的酒？"自言自语之后，他又骂自己，"胡说八道！有什么根据？"

小顺子喜欢穿一身白色的衣服，在油田的家里时，每逢休班的日子，他便把那身白衣衫洗了又洗。打井时，下了班，他也要换上那身白衣服。所以，伙伴们叫他白色鸟。

在黄土高原上打井，有时连喝的水都没有，他那身白衣衫也就成了土黄色。他拿到黄河边上去洗，来回几十里沟沟壑壑的路，等于去了趟染房。

在峁子上打井，比鸟笼子里的鸟还寂寞乏味，笼中鸟尚能见到笼外各种风光，况且还有美食、清水，而这里只有满眼的黄土。

每天打完井，他便在塬上疯跑，直跑得热汗淋漓，气喘吁吁，全身软得像一堆泥，然后坐在塬上望黄河。他说是替十几亿人看望母亲。黄河依旧是黄色的，在黄色的塬、峁之间几乎看不见它在流动。

他想起父亲的母亲和母亲的母亲，她们在世时都是黄瘦黄瘦的。

有一天，他突然发现飞来一只白色的小鸟，他就穿着那身淡黄色的白衣衫追呀追，塬上的干浮土直埋脚，使他跑不起来，白色鸟飞走了……

第二天，那只白色鸟又来了，他仍然拼命地追，那只鸟又飞走了……

奇怪的是白色鸟每天都在他下班的时间飞来，他每天都追。

那只鸟好多天不飞来了，有一天终于回来了，他以为它受伤了，捉到手中细细端详，并没有什么伤，它亲昵地朝着他啁啾，熟悉了他。

小顺子上班时，它便飞走；小顺子收工之后，她便飞回来，落在他的肩头。小顺子把自己喝的水给它喝，还下山找乡民买鸡蛋喂给它吃。

他仍在塬上飞跑，穿着那身淡黄色的衣衫，白色鸟或站在他肩上，或在他前面飞，他不再寂寞了，觉得这比在灯红酒绿之中喝酒寻找快乐的人幸福，白色鸟的叫声更是"吧姐"们的笑声难以比拟的……

他常常带着白色鸟坐在塬顶上看黄河。他家中存了许多用手帕包的土，有高原土、戈壁滩土、吐哈沙土、柴达木土、大庆沼泽土、大港盐碱土。他打算等退休之后，专程来一趟黄河，把这些土全撒入黄河，让母亲知道这是他和父亲两代石油人走过的道路，也是中华民族走过的道路。

浑浊浊的黄河流淌着，它听过邙顶上石油人的吼声，也听过小顺子的叹息。

白色鸟啁啾着，啄他的鼻尖和手指。小顺子突然用手掌轻轻托起白色鸟，慢慢伸开双臂，昂首挺胸地大声唱起来："来呀来个酒呀／不醉不罢休／东边我的美人呀／西边黄河流……"

小顺子死了，死在一场井喷事故中。被小顺子掩护，幸免于难的队友们，为他穿上那身淡黄色的衣服，泪雨滂沱地送他回家。

沟沟壑壑，塬塬峁峁，汽车在蜿蜒的黄土路上爬行，那只白色鸟一直跟着汽车飞……

以后，这只白色鸟就再也没离开过井队，队上的人像对小顺子一样地对待它。

## 落雪写梅

一望无垠的荒原,大雪纷飞。

凝梅手提着桶,无奈又心痛地目送着弯曲的采油小路上枫的背影渐渐远去。

"你真的是一阵风……"凝梅的泪无声地流淌。所有的誓言,所有的往事,都被泪水浸得苦涩不堪……

"凝梅,你是都市的霓虹,采油小站的寂寞会吞噬你的光华……跟我走吧,放弃回城的名额,你会后悔的……"枫最后祈求道。

"枫,你是石油人的后代,石油人的血液是能燃烧地层的呀!留下来,这才是咱们共同的家……"

无边无际的雪,覆盖了所有声音……

多年后,一个大雪飘飞的午后,宇踏着厚厚的积雪,从采油小路上蹒跚而来……

"请问,哪位是徐凝梅站长?"

凝梅从采油树下直起腰,搓了搓满是油污的手,拘谨地凝视着来者。

近年来,她获得的荣誉太多:巾帼标兵、局级劳模、市级岗位能手……她害怕媒体的追踪。

"我是枫的朋友,我是市作协的……"宇儒雅地伸出白皙的手,深深地握了一下凝梅那油迹斑斑的手。

宇在创作一个反映石油人的生活的剧本,他绞尽脑汁,渴望打开凝梅的"心狱"大门。

凝梅安排他在站上体验生活,并给他创造采写油海浪花的机遇。宇在创作没有灵感的时候,总是想方设法地守着凝梅,顿悟的火花常常烧得他难以自持。

凝梅的敏感,让她害怕某种意味不明的重复。她的心,害怕火山的炙烤和融化。她渴望生活的全部:井站、地层和石油父兄……

一个大雪纷飞的傍晚,凝梅抢险补漏,用娇小的身躯堵住管线穿孔,并雷厉风行地削堵漏的木楔。创孔补上了,她手上的伤口却在淌血。宇不顾一切地分开大家,众目睽睽之下,夺过凝梅的手,温存地含在嘴里轻吮创伤……

凝梅红涨着双颊,周身颤抖,失去了思维……

那个冬天的雪,羽化成仙,装点着凝梅心里的百花园。

终于,宇将自己的痛苦和盘托出:"梅,我还有一株兰植在私人花园……我……"

凝梅的泪风干在心里。几个季节的海风,都没能把她变成化石,坚韧的她,一如既往地活跃在她的采油小站……

又是一场淋漓尽致的大雪,铺天盖地又无声无息。凝梅只身踏雪,巡护井场。她把所有的伙伴都叮嘱了一遍,回到值班房,拿出了未完成的论文……

一阵轻轻的叩门声响起,雷推开门,把两个盛满饭菜的保温盒,深情款款地放在她的桌子上:"趁热吃,需要做的事情还很多呢。我也要巡井去了。"雷大步流星地消失在风雪之中。他是邻站的站长,与凝梅齐名。

凝梅扶着门框凝望，雪落无痕，唯有自己的心房与井场、油流，与那种志同道合的伙伴息息相通。澎湃的心潮催着雪花飞舞，无声无息，又震撼天宇。

## 阿吉叔在春天里走了

春节热闹的爆竹声似乎把冬日的严寒逼走了,那声声脆响是对春天的呼唤。于是春天便真的慢慢走来了,脚步虽轻,但春姑娘的心跳声你能听到。

很快,草绿了,树绿了,水也绿了。

春天真的很好,几乎找不到不喜欢春天的人。

其实,人,就是乾坤的春天。有了人,乾坤就有了勃发的生机。但每一年绿色伊始的时候,我的心灵园地上便飘过一朵忧郁的云,它在我的心灵园地上投下一片哀婉的阴影。

想念阿吉叔叔。

阿吉叔叔住在我家楼上,是个轿车司机。他快乐、爽朗,每天上下班时我都能听到他上下楼时轻松、愉悦的口哨声,他的口哨吹得那么美妙动人,尤其是那支《好人一生平安》。

阿吉叔叔喜欢帮助别人。谁家的下水道堵了,谁家的水龙头坏了,谁家的小家电发生故障了,他都能手到病除,然后你肯定能听到赞赏声、道谢声和《好人一生平安》的口哨声,那口哨声会显得更好听更能感动人。

阿吉叔叔的车总是擦得铮明瓦亮,阿吉叔叔乌黑的头发总是理得顺顺的，阿吉叔叔总喜欢穿一件绿色的衬衫，阿吉叔叔年年是先进生产者。

阿吉叔叔很爱他的女儿雅甫。看得出，雅甫也常为自己的父亲感到骄傲。不论谁夸奖阿吉叔叔，雅甫的妈妈总是抿嘴笑。一家人的欢笑声是楼里的邻里经常能听到的。

但阿吉叔叔消失了，消失得令人无法接受这个现实。

那一晚他出夜车。晚饭时几个朋友因一件让人激动的事而狂饮，初时阿吉叔叔像往日一样拒不沾酒，但最终他没能抵挡住内心的激动和朋友的缠磨，终于喝了，而且还喝得很多。直到今天也没人能理解那晚他是怎么了。

阿吉叔叔在独自驾车回单位的路上撞在了一辆飞速行驶的大货车上，他的轿车当即起火，他被烧死在车里。

他走了，我们再也见不到那件绿色的衬衫了，听不到他的笑声和欢快的口哨声了，生命是如此脆弱。

不仅阿吉叔叔的一切消失了，连他妻子和女儿的笑声也消失了。三年了，谁都没再见过这一对母女的笑脸，每天楼上静静的，她们像搬走了一样。

阿吉叔叔是在春天走的，一个万物复苏的季节，他的生命却不能复苏了。我想念阿吉叔叔，祝愿天下所有人都幸福安康。

## 采油树与祖国

祖国,我的母亲,你容光焕发,你神采奕奕,就像这回春的大地!

祖国,我的祖国,每一天,儿女们都在为你歌唱,颂歌响彻了神州大地。

祖国,母亲!在你的生日将要来临的时候,我们采油儿女高高举起祝寿的酒杯,也为大港油田在勘探开发上的丰功伟绩干杯。

高高举起酒杯,祝福祖国、祝福大港油田在改革的路上一帆风顺;祝福你们鹏程万里,再创辉煌;祝福你们更加繁荣昌盛,长治久安。

苏霍姆林斯基说:"热爱祖国,这是一种最纯洁、最敏锐、最高尚、最强烈、最温柔、最温存的感情。"他说得多好啊!

采油人的心是滚烫的,采油人的爱国之情像地下沸腾的岩浆。分分秒秒,我们拥抱着祖国,祖国拥抱着我们。

站在井场,心系祖国,这是儿女对母亲的依恋。

让我们把吉祥的蜡烛点燃,让我们把喜庆的生日蛋糕高高举起,祝福祖国母亲繁荣昌盛,祝福祖国母亲吉祥平安。

这不平凡的日子,怎能不让人激情澎湃、心潮涌动。采油人喜上眉梢,心花怒放。采油人用自己的号子歌唱祖国,用滚滚石油奏响一个又一个雄伟的乐章。

采油人爱祖国，爱祖国就爱自己的石油事业，甚至爱井场上的一棵小草，爱我们日夜相守的采油树。其实，最可爱的还是我们的采油人。

有谁说采油树是一棵不开花不结果的树？大地上果树千万种，但采油人心中只有采油树。

禾苗需要雨露，大地需要阳光。我们的采油树啊，只能生长在采油场。我们把采油树视为至交！谁能理解这份美好的情感？这是一份解不开的情缘，这是一份让人备受感动的情缘，多少采油人为了这份情缘而一生奉献。

石油事业是石油人的生命之树，这生命的长青之树，就活在石油人的奋斗中，活在采油人的誓言中。只要你是石油人，你就会对石油有一种难以割舍的亲情。

生活中有烦恼，有泪水，也有欢笑。生活是一杯酒，是一杯咖啡，是一杯清茶。无论你对石油人的生活怎样看，每天你都要走进石油人的生活。

迎来朝霞，送走暮霭，采油人每天都在播种希望。

从眼睛到心灵，从阳光下到睡梦中，采油人的灵魂总是在油海上徜徉，因为我们是石油之子。

我们的爱，我们的情，我们的理想和追求，全由一个"油"字来书写。我们的品格，我们的情操，全由石油来浇铸。

我们的思想长出了翅膀，在采油人的理想王国里飞翔，去憧憬石油人更美好的未来，去迎接狂风暴雨的洗礼。

石油人不会忘记艰难的创业史，不会忘记父辈的嘱托，不会忘记祖国对我们那深情期待的目光。我们将继承父辈的传统，为石油事业的腾飞而前进！

## 卷五

　　淡眉轻脂，流苏小扇。浓荫处，品山水文人。许多素心野趣，让人喜欢野游并结识墨客，一山一水，一面一言，一词一韵，胜似细品雨前，又似毛峰绽碧，其馨仿佛凝固在了绵密的平淡岁月里。

## 禅静

我喜欢独步于荒凉的夜路上,静静地倾听脚步固执地对我独语。

是想以这孤独的声响填满我寥廓的心房,还是想用这倔强的声音拂去落在我心灵上的尘埃?

我常有一种凄楚和苦涩,红尘里的烦恼何以同人如此缘深,让人难以挣脱羁绊?车水马龙的闹市间有几个心如止水的人?

同朋友结伴而行,去游山玩水。说是朋友,其实都是初次见面的游客。

猛洞河的漂流,天子山的清秀,九寨沟的斑斓色彩,几乎都未能使我动情。如织的人流湮没了名山秀水原本的神韵,就像一个神貌俱佳的人儿浮沉在茫茫人海之中,哪堪悦目?

人声嘈杂,这世界何时能安静下来?是啊,人都期盼着纤尘无染的世界和心灵。这一夜,我和友人都听到了自己的心籁之音,或许是平生第一次,我为此感动得几乎流泪。

深夜我们走进大山,沿着湿漉漉的黝黑的石阶,沿着看不真切的金鞭溪,我们磕磕绊绊地前行。此时山岚环抱,让人如处深谷之底,而山泉又在身下叮咚作响。夜幕状若帐篷,柔情似水地罩住群山和我们。

夜色下，山水亘古如斯，世道人心可亘古如斯？传来两三声犬吠，极远处山民的灯火忽隐忽现，我们相依相偎、相搀相扶，有树叶轻吟，有溪声汩汩，那心是净到了极致。

"看啊，那是什么？"是谁在轻轻呼喊。循声望去，只见一只只可爱的萤火虫在提着小灯笼夜游，那么悠然自得，好有闲情逸致，似含羞少女轻移莲步，后庭赏花。那星星点点的灯火忽明忽暗，忽隐忽现，用手轻轻去捉，那盏小灯就落入手中，让人怜爱。

泉水淙淙，夜色下依稀可见大小不一的山石静卧溪水中，激起小小的浪花。我们择石而坐，不约而同地沉默了。这沉默是因我们同那山那水，如水墨浸染在宣纸上一样，已经浑然一体。静静地看山听水，你才觉得白日里在喧闹的人群中根本称不上看山，多好的景致也会被人群破坏殆尽。

"江流天地外，山色有无中。"那四周的群山若有若无，比天色略深，它是什么样子，全凭你的想象。白日间所见之山水不过是俗山俗水，而此刻因为观者心生馨香，那山便让你自解了平日里束缚着你的结。心得清净，凡尘皆洗，名、利、贪、嗔、痴在瞬间化为乌有，真有一种顿悟的快乐。朋友们此刻仿佛也有些许领悟，又谈及萤火虫。那小生灵原本是一直熠熠发光的，只是那光不时地被树叶、草茎遮挡一下，便显得忽明忽灭。人亦如此，美丽纯净的心灵在红尘之中常有不得已沾上尘埃的时候。

夜色越来越浓重，越发使人觉得"风定花犹落，泉鸣山更幽"，尘虑尽消，一切烦扰都随溪水流走了。远山则仍无情、无欲、无求、无语地望定我们。心灵与四野万象相融，静得只听得见自己的心音，静得整个宇宙都消逝了，只留下一个真实的我。

唉，人不可能永远身处禅静的意境啊。

## 早春

  刚刚送走了寒冷的冬天,春天就向我们悄悄走来。冰封的小溪融化了,潺潺的溪水欢快地唱着歌,缓缓地流淌;坚硬的土地变得松软了,踏在上面酥酥的,颇有一些弹性;原野里的小草开始返青了,当你远远地望去,一片朦朦胧胧的浅绿色映入眼帘,可你兴奋地跑到跟前,却还是一片枯黄;路边和湖畔那些黄中透绿的柳枝垂下的万条丝绦,随着温柔的春风摇曳,此时,人们才深切地领会到唐朝诗人韩愈的诗句中的意境:"天街小雨润如酥,草色遥看近却无。最是一年春好处,绝胜烟柳满皇都。"

  一天下班途中,不经意间听到了几声悦耳的鸟鸣,猛地抬头一望,只见一群北归的大雁正在蔚蓝色的天空中飞翔,它们不断地变换着队形,一会儿是人字形,一会又是一字形。它们是春的使者,带来的是春的信息。在这春光明媚的日子里,人们纷纷卸去臃肿的冬装,来到户外参加各种活动。此时,你深深地吸一口气,伸伸腰,踢踢腿,周身都会感到格外舒畅,春的气息深入你的骨髓,鼓动你去去跑、去跳……

  小区的公园里,很多人正在兴高采烈地放风筝,只见各式各样的风筝在天空中上下飞舞,我们的心也情不自禁地随着那风筝飞向了高空，非常惬意！一些小朋友在广场上飞快地滑着旱冰，他们的动作干净利落，潇洒自如，令人羡慕；还有一些老年朋友居然玩起了童年的游戏抽陀螺，他们挥舞着鞭子，看那个高兴劲，就好像又回到了孩童时代。早春时节，乍暖还寒，但人们都不在乎那一丝凉意，因为积蓄了一个冬天的对春的渴望，终于可以随着早春的来临而释怀。

用不了多久，路边的蒲公英就会张开金黄色的"小手"迎风招展，紧接着，那洁白如雪的梨花、粉红色的桃花以及海棠花、郁金香、月季花等等，会竞相开放。一个百花吐艳、生机盎然的春天就会展现在我们面前。

## 飘雪的夜晚

热闹的春节过后,一个静静的夜晚,我来到户外,漫步在街头。街边的酒店和商场门前霓虹闪烁,路灯发出柔和的光,来来往往的汽车在夜色中划出一道道光的轨迹,神秘的夜晚色彩斑斓……

抬头望望夜空,黑黑的,没有星星眨眼,月亮也不知躲到哪里去了。忽然间,脸上有一点冰凉的感觉。噢,是雪花!没过多久,只见飘飘洒洒的雪花在路灯的映照下缓缓地落地无声。

已经很久没有下雪了,常常听人们抱怨说,今年感冒的人特别多,要是下一场雪净化一下空气就好了,看来人们都在盼望着下一场雪。近些年,不知是不是地球变得越来越暖的缘故,这里冬天已很少下雪了,而在过去,雪可是北方冬季的标志。记得我少年的时候,一到冬天,洁白的雪花不时漫天飞舞,早晨起来经常是大雪掩门,使出好大的劲才能将门推开一条缝。于是,大人们拿着扫帚、铁锨等工具,在门前清理出一条弯弯曲曲的小路,路边是堆起的一座座小雪山。孩子们则三五成群,深一脚浅一脚地在雪地里玩耍,滚雪球、堆雪人、打雪仗,非常开心。围墙上、房上、柴火垛上、树上,到处都堆满了厚厚的白雪,整个冬天的色彩基调很单纯,那就是一片洁白。还经常可以看到挂满枝头的雾凇,在蓝天的衬托下格外悦目。如今人们要看雾凇，往往要千里迢迢地专程赶到吉林的雾凇岛，这种过去常见的景象现已不多见了。

不知不觉间，我的头上和身上已落满了晶莹的雪花，思绪也渐渐地从少年回到了现在。雪仍在不停地下，也许明天清晨一推开门窗，映入我们眼帘的是一个银装素裹的世界呢！

## 白洋淀之旅

朋友打来电话，约我同去白洋淀，说这个季节正是荷花飘香的季节。我当即便应允了——很早便想去一趟白洋淀了。

最初认识白洋淀是通过读孙犁的小说《白洋淀》，小说的开头我不知读了多少遍："月亮升起来，院子里凉爽得很，干净得很，白天破好的苇眉子潮润润的，正好编席。女人坐在小院当中，手指上缠绞着柔滑修长的苇眉子。苇眉子又薄又细，在她怀里跳跃着，这女人编着席。不久在她的身子下面，就编成了一大片。她像坐在一片洁白的雪地上，也像坐在一片洁白的云彩上。她有时望望淀里，淀里也是一片银白世界。水面笼起一层薄薄透明的雾，风吹过来，带着新鲜的荷叶荷花香。"自那时起，我就梦想着有一天去白洋淀看看。

夏季天亮得很早，我们便早早出发了。多年的梦想终于要变成现实了，我竟兴奋得一夜没睡好。由于司机对路较熟，跑了四个小时便快到了，临近白洋淀，我心里不免激荡起来，恨不能一步跨到白洋淀，去看看那淡淡的月光，朦胧的夜雾，修长的苇眉子，香飘万里的荷花。

朋友说不住宾馆，要住在白洋淀南岸的一个村庄里。我说既已上了"贼船",就听你安排了。老乡很热情,脸上带着纯朴的笑容,忙着端上早已准备好的饭菜,这使我想起了自己的父母。虽然是早饭,但他也给我们这远道的客人炖了一条产自白洋淀的鱼,味道很鲜美。老大爷说自己家有船,饭后就带我们去淀里畅游一番,令我很激动。

还未出村,便感受到了湿润的气息,走出村子,只见一片苇海随风荡漾,那满眼的碧绿立刻把我的心情也染成了清清爽爽的绿色。大爷撑着船,那动作轻柔而娴熟,船像个听话的孩子,在他的引领下穿梭在苇道中。我欣赏着芦苇荡,不由联想到了抗战时期英勇的雁翎队的队员们在保卫自己的家乡时,就是穿梭在这里,同日寇展开了机动灵活的水上游击战。在我诧异于怎不见浩渺的湖水时,忽然,小船轻轻一拐驶出了夹道,眼前豁然开朗,湖水就这样展开了。湖水在微风中荡着波浪,水中巴掌大的荷叶泛着紫色,随着湖水起伏不定。湖中不时有鱼跳出水面,我们不时兴奋地喊着:"看,有鱼,又一条!"大爷告诉我们,这里都分包到户了,鱼在水下用网隔开,鱼是以为我们来喂食儿了。

一股香气随风飘来,抬头远眺,可看到大片的荷花。大爷说前边就是荷花淀了,他用搭在肩上的白毛巾在额头上抹了一下,用力划了几下桨,船快速朝那片荷花驶去。大爷说我们来得正好,荷花的花期是六月到九月,过了九月就都结莲蓬了。船慢慢停下来,朋友要下水,我是旱鸭子,只有在船上欣赏的份了。大爷嘱咐朋友不要折荷花,一是要留下供别人欣赏,二是一个荷花就是一个莲蓬,会结出不少莲子。眼前叶翠花娇,"接天莲叶无穷碧,映日荷花别样红"的诗句浮现在脑海。一朵朵粉红色的荷花,似一个个娇羞的仙女站立在面前,引来蝴蝶和蜻蜓为她们翩翩起舞。微风吹过,荷叶上水珠滚动,在阳光的照耀下,晶莹可爱,不由想起了大诗人李白那句"清水出芙蓉,天然去雕饰"。我喜欢荷花,喜欢它的冰清玉洁、水灵莹润,喜欢它的亭亭玉立,喜欢它的"出淤泥而不染,濯清涟而不妖"。我坐在船帮上,脚伸进清凉的水里,浑身清爽得很。时近中午,阳光照在湖面上,粼粼的波光晃得人有些睁不开眼。大爷给我们每个人摘了一片荷叶,盖在头上好似头顶的是一方树荫。

大爷给我们介绍说,电影《小兵张嘎》就是在他们村拍的,他还参与了拍摄。他还告诉我们,这几年为了开发白洋淀的旅游业,每年从四百多公里外的岳城水库向白洋淀调水一亿多立方米,使白洋淀的水域面积由过去的三十一平方千米扩大到了现在的一百二十平方千米,水位最深处达七米以上,建起了很多景点,还恢复了当年康熙来这里建的行宫,新建了孙犁纪念馆。对了,来白洋淀是一定要去参观"白洋淀之窗"的,里面有当年雁翎队在抗日战争中打击日寇的英雄事迹展览。听着老人娓娓道来,我觉得老人俨然一位学者,心中不免生出敬慕之情。

午后,大爷还要带我们去参观"白洋淀之窗",我们实在不忍心再麻烦老人。老人带着歉意说,真是不巧,这两天儿子不在家,不然就可以让他撑船带我们去了,我们再次被老人所感动。我们乘快艇去参观了老人给我们介绍的主要景点,在展览馆看到了小兵张嘎的原型赵波老人的照片。我们见到了重建的康熙的行宫,规模虽不算大,但御书房、御膳坊等一应齐全,倒也有些行宫的模样。

时间过得很快,还没欣赏够白洋淀的美丽景色,朦胧的夜雾带着水汽已经悄然漫了上来,踩着白洋淀淡淡的月光,闻着幽幽的荷香,我们恋恋不舍地返回村庄。晚上吃着大爷摘给我们的菱角聊至深夜,得知白洋淀的苇子大部分都出口,老人的健谈和精气神令我们年轻人汗颜。

早晨临行时,我们悄悄给老人放了四百元钱,以表感激之情。

此行虽然没有见到编织苇眉子的姑娘，却见到了梦中都想见到的荷花，见到了白洋淀浩荡的湖水、碧绿的芦苇荡，听到了当年雁翎队的英雄们顽强抗击日寇的故事，我想他们会永远留在我的心中。

## 水韵无声亦有情

一

我常常做同一个梦,一个绿色的神秘的梦。因为这个梦,我永远也走不出那片绿色的湿地。

三十年前,一个懵懂的少女辞别了江南水乡的情调,投入了大港油田这片土地,以为这里有水,有一潭潭秀水,谁知放眼望去,尽是冰原。

后来,在远离了纷繁的痛楚之后,我用心寻觅到了大港水库,那是我割草、拾柴、打鱼经常去的地方,对我的心灵而言,更是圣水宝地。

记得那是一个晚霞满天的傍晚,我拔满了一大筐喂鸡的苜蓿菜,坐在水库的大堤上,望着水天相连处遐想。突然,一个人影闯入了我的视野,那影子跑下大堤,刹那间迈进水库的红云中。人影和水色融为一体,悄然无声,像是神话中仙人潜入水底。

我呆呆地望着浮光涌动的地方。突然有哭声传过来,紧接着,一群人涌向水库。有人跳进水里,或远游,或潜入水底。我看到一个头发凌乱、满面泪痕的妇人在水边号啕大哭:"儿啊!你怎么忍心不要爹娘啊！父母不逼你了，只要你喜欢，娶谁都好，快回来吧！"哭声和水流声混在一起，格外凄凉。约半个时辰后，人们失望了，女人依然在痛哭。水面上红霞退尽，变为沉沉的黑色。突然，大风骤起，巨浪掀堤，妇人仍不放弃希望，在水边不停地打捞。她的哭声变成了喊声，大家又下水，从水里抬出了一个小伙子。

水应该是有灵性的，一定是听懂了那个母亲的祈求，也深深为一个正值青春的生命而惋惜，给了年轻人直面挫折、珍爱生命的警示后，又赐予他改正错误的机会。这年秋天，我看到了那个小伙子在水边迎娶了他的新娘，看到了水边那座新建的暖暖的渔人的小房子。生活是如此简单快乐，这一对新人一生一世也不可能忘掉这片水。

我的一个女友，在工作中一向以铁娘子著称，获得过众多荣誉。但她心无旁骛地忙于工作的时候，忘记了自己是一个母亲，也忘记了自己是一个妻子。她在工作上春风得意的时候，她的女儿却因为厌学而离家出走，丈夫因为她的强势而与她分居。在与丈夫一起接回女儿之后，刚强的她痛不欲生，泪水不足以洗净她的悔恨，她跳进了水库。被救起后，这个在水塘边上长大的女人明白了，没有孩子的健康成长，她的生活永不完整；没有家庭的和睦温馨，再成功的女人也有欠缺。

后来，引黄济津的黄河水储存在这个津门大水缸里，并被输送到千家万户。沧海化桑田之前，这里曾是古海岸，为此，今天的人们修建了集科研、教育、生态、旅游为一体的古海岸遗址博物馆。这里再也没生发过旧日的那些故事，只有瓦蓝瓦蓝的天，碧绿碧绿的水，以及远处大海潮起潮落的声音，还有晨昏漫步的对对情侣……

男儿是泥做的，泥莫去挡水，而应像大禹那样去疏通，况且无水只能成沙，而不能成泥；女儿是水做的，水莫去逗狂，圣人说上善若水，况且浩瀚的大海之水也离不开海岸的拥抱。这水呀，这晶莹剔透的浪花，给了人许多美好的启迪。这水库不舍昼夜地依偎在他们身边。

二

人类逐水而居，伴水而歌，因为女娲用泥和水创造了人。水又何止孕育了人的生命和人类文化呢，它简直是孕育了天下万物，哪怕是一只小小的水蛭。

大港水库不仅滋养了周边的人，库底那盘根错节、状若血管的水系，也哺育了不远处那大片大片的湿地，湿地也报以它百般妩媚。

令人陶醉的是夏日，历经严寒和风沙后的湿地，空气中弥漫着一种沁人心脾的清香与凉爽。其中有蒲公英、苦菜花、迎春花、沙枣花，还有最容易为人们所忽略的罗布麻花。

罗布麻，俗称野麻，为多年生草本植物。它高不过两三米，茎粗不足一厘米，叶片似柳，只是比柳叶短一半，花色为绛紫。它的花期很长，从每年的五六月份绽放，直到深秋结籽。

不论是干旱少雨，还是风沙肆虐，到了开花的季节，罗布麻花就像事先签约了一般地如期开放。它的花像一个个小铃铛，又像一个个美轮美奂的小灯笼。花开时节，总能招来不少摄影者，他们穿梭在花丛中，换着不同的镜头，采用着不同的姿势去拍摄；还有一些孩子找寻着花骨朵儿，采摘下来后，放在稚嫩的额头上使劲一拍，"啪啪"的声音就在花丛中响起。玩腻了，孩子们还会追逐一只只落在花叶上的萤火虫，将它们小心翼翼地装进玻璃瓶，然后将瓶子放在花丛中，围着瓶子边跑边唱："萤火虫，挂灯笼，飞到西来飞到东……"整个原野荡漾着孩子们天真烂漫的气息。

这如诗如歌、如醉如痴的气氛，常让我不知身处何地，这是塔里木罗布麻的故乡，还是大西南我家乡的山沟沟？当我不得不正视眼前这大片的罗布麻花的时候，我明白了，它就顽强地生长在我生活的大港油区，就生长在那片美丽的湿地里面，有了这里的水，它的生命尤显美妙。

顶着炎炎烈日，为了寻梦，我走进了充满激情的湿地，寻到了那大片大片的紫色的罗布麻花。沙包上、渠道边、草丛中、道路旁，只要是你能想象到的地方，都能看到它的身影。它们生生世世，用灿烂的生命捍卫着自己脚下的土地，世世代代，不离不弃。

罗布麻的性格，完全就是我母亲的写照。她出生在贫穷的西南深山里，吃不饱、穿不暖，但那方水土还是培养了她适应环境的生存能力。脚下没有路，她用一根扁担、两个箩筐挑着全家的生活走出了大山。风风雨雨的一生，都是她用勤劳的双手，从不轻言放弃地慢慢打点着。虽然经济上不是很宽裕，但她从不曾在精神上亏待过我们姐弟，我们读书、成人、成家，她都以饱满的精神状态陪伴、支持着我们。

蒹葭苍茂，水鸟啁啾。茫茫湿地，绵绵情意。伊人样的罗布麻花藏身于草丛中，浅笑嫣然。罗布麻一身是宝。人们用秆做造纸原料；用罗布麻纤维纺高级细纱，与棉、毛混纺成高级衣料。罗布麻纤维又是制作用于国防、航运、渔业的绳索的最好原料。罗布麻的花和叶还有很高的药用价值，有清火、降压、强心、利尿功能。很早以前，罗布人就有用罗布麻叶、花做茶的习惯。据史志记载，常饮罗布麻叶、花茶的罗布泊地区多百岁老人。这更让我坚定了此行的目标。我在烈日下，在湿地中寻找罗布麻，想采摘一些带回家，晾晒之后，给我辛苦一生的母亲泡水喝，让她感觉到她对于儿女有多么重要。在母亲的心中，这是怎样的一杯水啊！

忘了正午的高温，忘记了草丛中蚊虫的叮咬，我全神贯注地抚摸和拥抱着每一朵可爱的罗布麻花，在醉人的花香中，满脑子都是母亲幸福地饮着罗布麻茶的样子。手指起泡了，流血了，和着花香，我仍在痴狂；所有暴露在外的皮肤都被蚊虫叮咬得布满密密麻麻的红包，我仍在激动。

水库边的女性哟，一代一代守候着水，那水是磅礴，那水是坚韧，那水是上善，那水是永不流失的女人美。

## 三

当知近水花先发，疑是误入苑园春。当你濒水而居的时候，人与水的灵性是相通的，水与人都希冀着灵魂的愉悦和宁静。

大港水库是华北地区最大的人工平原水库，湿地面积一百四十七平方千米，湿地内每年迁徙繁衍的鸟近一百万只，其中有国家一、二级保护鸟类二十三种，有十七种达国际"非常重要保护意义"的标准，更有珍贵的东方白鹤、遗鸥等稀有物种。湿地成为许多鸟类迁徙、繁殖、乐居的绿色家园。

清风拂面，嗅入鼻孔的是淡淡的清甜。漫步于水库的大坝上，可见湖中的鱼儿成群结队地游来游去，不时有鱼儿从水中跳起。不知名的鸟儿有的结伴飞翔，有的击水嬉戏，有的潜水觅食，而那成群冲向天空的，铺展的羽翼翻作黑色云团，遮天蔽日，索性黯淡了缤纷的绿树杂花。晨昏暮晓，光影转动，大自然的和谐，让水库湿地充满无限生机。

这些镜头常常出现在一群群来自全国的湿地影友的摄影作品中，我有幸成为其中不知疲倦的发烧友。那些情感，那些画面，温暖着平凡的生活，拂去了记忆上的尘埃。

可以说，每一个热爱湿地的人都会与这些生灵，甚或是一株草、一朵花摩擦出无尽的爱的火花。湿地的常客们熟悉这里多种鸟类的特征和迁徙习惯，甚至对它们的居所也如数家珍。摄影者们痴迷于湿地精灵们的万千情态。许多人把所有业余时间都交付了湿地，他们成了湿地的代言人，为湿地精灵们留下了丰富多彩的摄影作品和美丽的诗篇。而我，曾经收养了一只湿地白琵鹭，那种抚育的艰辛和幸福，让我像是再次感受了孕育一个新生命的过程。它伤好后被放飞的情景，至今仍时常会浮现在我的眼前：冲上云霄时，它频频回首，久久在我头顶上盘旋，不忍远去……

初冬，皑皑白雪封锁了湿地上摇曳的芦苇荡，也为迁徙的鸟儿带来了前所未有的困难。许多志愿者、护鸟人就在湿地的出入口，自觉站岗，防止不良之人潜入湿地狩猎。在经济利益的驱使下，偷猎现象屡禁不止，湿地中布下的粘鸟网，水库和河流中布下的"暗器"，都给候鸟带来了危险，这片美丽背后的黑手让人不安。

候鸟的羽翼铺满天空，晨光从鸟翼的缝隙间洋洋洒洒地透过来，大港湿地在季节的更迭中完成了对生命的解读。生命在静夜里悄悄律动，鸣禽在晨曦中浅吟低唱，你会感到自然的无边伟力。但那噩梦一样偶尔响起的枪声让人惆怅，让人痛心，单薄的羽翼终究推不走那霸气的弹丸。歹者不多，但让鸟儿生存艰难。鸟去矣，情亦悲；雁去也，意可恸。幽魂衔泪恋湿地。

朋友，钟情于自然的和谐音符吧，因为我们心中应该有大爱，因为水库湿地是我们的家园，因为这水以仁爱之心待我们，我们也应以仁爱之心对待这里的一切生灵。在水边，其实我们就是一尾鱼。

水韵无声，情韵无尽。水可点点滴滴润如酥，当然也可含泪悄然远去。水滋养了太多太多的生命，它唯希求以这无声的大爱获得生命间的和谐友爱，甚或相濡以沫。

## 遗落在云台山的遗憾

夜,慢慢袭来,视线变得迷蒙,旅行车犹如夜的精灵,行走在南下云台山的高速公路上。车内的我们,质朴纯真的心雀跃着,努力睁大已经疲倦了的眼睛,有兴奋,有激动,为了云台山,更为了这次结伴同行,也缘于一位长者,一位让人敬重的长者。

时针指向了凌晨一点,我们终于踏上了河南的大地。稍作休整,天明后,我们又披着清晨的薄曦,相聚在这片距离大港八百多公里的焦作大地上。

"五岳归来不看山,黄山归来不看岳。"已领略过黄山、泰山之美的我,好像对眼前的青山绿水失去了发现的冲动,此时仅仅怀着一颗贴近大自然的心,循规蹈矩地尾随着这支具有一定专业素质的摄像摄影队伍。相比于自然景色,这支队伍里的人更富有趣味,性格迥异,但又都可圈可点,是一群各怀绝技的"才子佳人"。他们手托三百万以上像素的 DV 或专业摄像机,从不同的角度,以不同的构图,选取风格各异的景致。就这样,云台山"小九寨"风景区的景色,重重叠叠地被定格在大家的数字化装备中。

深深吸着山谷里的空气,我喜欢;翘首迎着飞瀑溅起的雨丝,我喜欢;掬一把沁人心脾的"海子",我更喜欢,远离了这超凡脱俗的幽谷太久了。

举目四处寻觅，那位长者的身影始终游离于我的视线之外，仿佛那位"松下问童子"的游人，当真在寻访仙人长者的过程中，迷失在"云深不知处"的落寞中。

追不上长者的步伐，又不留恋山水，我的心始终在云台山的峡谷间飘飘荡荡。定了定神，我拿起手中的DV，融于行进之中。偶见一亭，静歇，但心还是回不来，游离飘忽，陷入了遐思，也许这早已成为了我的一个习惯。

风呼呼从峡谷涌来，飞瀑声如同万马奔腾声回荡于峡谷间，满眼的鬼斧神工，一条低矮狭长的栈道，巧妙地镶嵌在峡谷的山壁间。徜徉于栈道里，前脚跟着后脚，开机、关机，怕错过了别致的景物，也怕再次跟不上长者的行踪。

仅此一天，在饱览了云台山的美景之后，那夜，我们要告别焦作大地。席间，陡然间发现这支队伍里居然"埋伏"着这么多有着千丝万缕的关系的学友、同行。待酒这东西发生效力之后，我们已如同莫逆。那个有酒有真言的夜晚，那个千里之外的焦作，几个年轻人在推心置腹地谈着童年，谈着学习，谈着工作，谈着志向……

想想，唯独缺少那位长者意味深长的话语，还有那些美好的故事，即使次日设法追补也无法弥补，成了一种深深的遗憾，落在我心底，落在了云台山。

## 回望赤水行

我的赤水摄影获奖作品在网上被评论得很激烈。我知道这份荣誉中有对我的爱护。其中有一篇真诚的评语闯入:"摄影,不仅仅是玩相机技巧。它最终冲击观众的是它的思想、立意以及表现手法。该组摄影专题,主题挖掘胜人一筹,给广大读者留下了广阔的思考空间。看似不经意的几组图像,能串出一篇意境隽永的散文随笔,实在难得!"

我很感动,所有的关注,所有的批评,都是磨炼我的砺石。良药苦口利于病,忠言逆耳利于行,这熟悉与不熟悉的呵护,于我都是一种文化给养。回想此次赤水之行,这份记忆铭心刻骨。

坐着老式的背负大气囊的长途汽车,沿着那没有铺垫好的坑坑洼洼的泥石路,蜿蜒地爬入赤水。渐有依稀的村庄,白墙黑瓦掩映在青山绿树之中。看到不断有放学的孩子或正忙着农活的学生停下来,对着路过的车辆立正,规规矩矩行少先队礼,我深深地为赤水的传统革命教育而感动。据车上的当地的乘务员讲,学生们给来往车辆敬礼,是提醒司机师傅,山路崎岖,请慢行,注意行车安全!

我立刻隔着车窗向学生们举起了相机。当时,我构思出一个以《悠悠百年》为主题的摄影作品:买一顶红军戴过的八角帽,放入激流之中，以此表现出革命先烈为今天的幸福生活前赴后继的执着精神；拍摄烈士陵园的场面；还有赤水的学生上课的特写镜头；用这路边的不加矫饰的一幕做主图！

同行的学友说我已经进入了摄影状态，我浅笑。对于专业摄影，我几乎未曾涉猎。此次能远赴赤水学习摄影，这是组织对我的关照，我自然万分珍惜。我心已定，必须不负期待，如没有成绩，似乎无颜返回！

踏入赤水市的白天鹅宾馆，赫然映入眼帘的是学习班"走进赤水"专题摄影大赛的通知。再看看周围的来自全国石油石化系统的同学们，装备齐全的摄影"武器"，长焦镜头、鱼眼镜头、广角镜头，还有我根本叫不上名字的一些似乎是新式的"武器"。天啊，我哪里摸过这等鲜见的珍奇玩意，俨然进入了陌生的天地，我顿感茫然。

当我忆起领导和更像朋友的同事们给过我的那么多关爱和启发时，我给自己坚定了一个信念——尽最大努力参与这次摄影大赛，不能辱没了自己敬畏的新闻工作！

必须独辟蹊径，寻找与众不同的视角，我在内心深处不断地鼓励自己。在这次采风活动中，我与大家共同欣赏着赤水，赤水展示着丹霞映日的肤色、竹海森林编织的服饰，拥有着千瀑齐鸣的嗓音。红军四渡赤水的传奇更为其博大的灵魂写下了不朽的辉煌。

然而，总有一种淡淡的遗憾——地无三尺平的赤水地界，坐车总有上下腾挪的感觉。没有公路相通的赤水深山之处不为外人所了解，经济滞后，人们生活水平不高，深锁着一个未完成的公路梦想。

开发西部，公路为先！波澜壮阔的诗篇正在书写……

当我这组《情长路更长》的专题摄影展示在评委和同学们眼前时，我才发现，此类选题的摄影者，仅我一人！我听到一句慨叹："为什么修路的镜头会从咱们眼皮底下滑走，咱们为什么没有留心？"

而我的画面组合没有仅仅停留在修路本身，它利用平行的三组反映深山里的人们行路难、见路难、盼路难的纵深镜头，折射出"开发西部，公路为先"的强烈呼声。这是时代的主旋律，令我无法不心动！

其实，赤水的神韵是无处不在的，也许我更多的是把它当作一个平凡的有思维的普通人来看。

走进赤水河畔的百年古镇——丙安，大家似乎都在构思着古镇新貌、古镇新人之类的选题，好像有"新"才能衬托"古"一样。我的思维仅在古镇世相这个大选题上停留一秒钟之后，立刻有了新的思索：以点带面展示"新"之后，跳出去，俯视一个现象，古镇的文化底蕴、历史沧桑与时代气息的融合，是不是一道新的风景，能否引起人们的思考？明天的古镇会是怎么样？

围绕这个选题，我积极地组织画面，以倾听一种声音的形式推出："历经百年风云变幻的丙安古镇在吟诵一首小令""田园牧歌式的小农经济在今天""迎着山外来风，古镇人的目光在慢慢游移""瞧！这老人家也懂得了商品经济""古镇在新与旧之间，明天的丙安会是什么样呢？"

几组图片串出一种声音，这种声音是历史的回音？是时代的脉动？是寻觅、思考、探索？抑或一种叹息？

《中国石油报》摄影部主任丁伟、中国新闻摄影协会常务理事邵胜利等九名摄影专家组成的评审团，在众多学员的监督下，经过九轮评选，让这组作品在众多的古镇题材中脱颖而出，与胜利油田刘铁的作品以相同的票数位居排行榜首位。在激烈的争夺战中，我因在摄影技巧上略逊一筹，荣获二等奖第一名。

在奖评会上，丁伟说，我的作品胜在散文诗的笔法与摄影手段的巧妙结合。邵胜利讲，我的作品在思想、立意上有独到之处。

在看完众多的因名额有限而落选的专业摄影作品之后，我深深地汗颜。在丰富多彩的摄影技巧表现上，我是多么贫瘠，我只是取长补短，把平时在语言文字、思想立意方面的积累，运用到摄影上而已。跟许多师兄、师长相比，我只能算是门外汉。

但我深信，不论做什么事情，必须尽心尽力，少留遗憾。我努力了，则不失落。我在特定的舞台展示了小我，但要认清在大环境中自我的不足，不能沾沾自喜、孤芳自赏。

所以，在评奖落幕的一刻，我立刻想到了给我的领导打电话，向他表达我内心的感谢之情，并坦言自己在摄影技巧上的缺憾。他的欣喜，更让我感动。我的工作环境给我太多的熏陶！

感谢赤水之行。

## "生存岛"散记

"灿烂星空,谁是真的英雄。平凡的人们给我最多感动……不经历风雨,怎么见彩虹……"当我们十五名无畏先锋队成员的手和卜凡教练的手拉在一起,边舞边唱《真心英雄》这首内蕴丰富的老歌时,我积蓄已久的泪水,情不自禁地打湿了眼眶。

初入燕山脚下的生存拓展培训基地,我望着群山环绕的基地核心位置,一座十余米高的攀岩壁石上醒目地写着"生存岛"三个字,我所感受到的不过是神秘的诱惑。

为什么叫"生存岛"呢,莫不是儒勒·凡尔纳笔下的神奇岛屿,抑或是鲁宾逊流浪的岛屿?环顾拓展基地幽雅的环境,我似乎难以猜测它的面纱下究竟笼罩着什么秘密。

当天下午,我们一行人被分成两组,进行了一系列给人带来新鲜感受的活动。大家在笑声中你追我赶,穿过臂力通道,不甘落后地爬铁锁链;我们故意兴风作浪制造悬念地走钢丝,同心同力钻同心圈;领队合理调配,队员共同策划,走独木桥。其中的枝枝节节,充满竞争,充满智慧,充满情趣。大家的欢声笑语,仿佛惊醒了这初冬时节静默的群山。

"飞降"着实让大家沉默了一阵。五百余米的钢丝,从山顶拉到山脚，我们须穿一件保护衣滑降。没有同伴，内心充满了孤独和无助。此时，山谷的雾霭似乎凝重得让人窒息。大家围在一起，能从彼此的眼睛中读懂超越的含义。第一个男同胞顺利通过，感觉他像在飞，太潇洒了。第二个同伴又挥手而去，那姿态像舞台上的明星谢幕。我突然间有了强烈的冲动，为什么我不能第一个站出来尝试，并告诉同伴们心得和经验呢？我与杜昊、张伟、霄宇三位好友相拥告别，心里萦绕着壮士一去不复返的悲壮感。越来越快的下滑速度，让我有种两耳浴风、两肋生翼的飘然感，尤其到深谷的时候，风声更强烈，雾气将我裹挟，眼眸中的山石树木都在我脚下，那滋味宛如云游的神仙。我不禁放松了僵硬的双手，轻轻地下沉了一点，想知道是否能回到人间。舒适的姿态为我增添了陶醉的感觉。回到地面，立刻给林屹打电话告诉山顶的朋友，以何种姿态降落能更有忘我的感觉。

小小的惊险过后，大家进入农艺馆插花、种植、编织、磨豆腐。这情景，让我不禁遐想我们的祖辈那朴素而有别有一番滋味的生活。如今的我们，似乎早已淡薄了农艺的观念。做冷饮、烤蛋糕、插花让我领悟到，平凡的生活需要真实的调剂。

而工艺馆之旅则让大家收获了许多自己制作的工艺品。这些还不足以让我们认识真正意义上的生存岛。虽然我们清楚，我们所参与的每一个项目，都是训练基地精心设计，能锻炼大家的综合技能的活动，但潜意识里总觉得这些毕竟过于风平浪静。挑战自我、熔炼团队精神的弓弩似乎还未拉满。

当我们列队通过生存拓展训练的第一关时，内心忽然产生的紧张和神圣感，让我有了一点启蒙意识。训练者首先宣誓："我，××，参加生存拓展培训，立志通过各项考验！"那种庄严和肃穆的情景，让我不禁感到了军营的气息，这是我们这代人的向往和追求。

所有人都通过第一关后，卜凡教练声情并茂地告诉我们生存拓展训练的起源，他说："第二次世界大战中英军与德军在海上交战，双方伤亡惨重，大部分士兵葬身于海底，却有极少数士兵奇迹般地生还。英军发现他们并非都是身强体壮者，真正的原因在于他们懂得逃生的方法，也得益于当时体现出的一种团队精神。而后，这演变为盟军对海员生存能力的训练，战后则逐渐发展成对团队精神的培养。"直到我们制定了无畏先锋队的队名、队歌、队训、队标，并得到教练的认可，我们都不知下一步将要进行什么训练。所谓的神秘，就该是如此令人向往吧。

生存拓展培训的第一个项目是"背摔"，大家认识到一个人在群体中，就要信赖这个群体。我第一个站在两米高的铁板上，背对大家倒下去，被队友们接住并高高抛向晴空的时候，我的心还在狂跳。我有过太多与人打交道失败的经历，对人很难产生信赖感。此刻对队友们的深信不疑，使我深刻地意识到人文环境对一种素质的培养是多么重要。

"高空断桥"把我们推向了考验自我的高峰，对团队精神也是极大的考验。每名队员要站在距地面七米半的高处，踏着约三十厘米宽、不时摇颤的跳板，走到中间，跃过宽达一米七的断带，跳到对面窄窄的跳板上，再跨回起跳板。谁不为之胆战心惊？又有谁得到过这样的锻炼？当时晴空浮云，初冬的山风拂拭四周挺拔的树木，萧萧的落叶打动了想要沉睡的地层。无畏先锋队的队友们围在一起，无声胜有声，都在做着自我斗争。我想起了第一次在学校尝试一万米长跑，荣获高中组第一名时的自我审视；忆起了白里峡，我为成就一幅艺术照而战胜自我的特殊心境；还有在香山"鬼见愁"，我坐在悬崖边，胜似闲庭信步的思考，让一位画家突然萌生了灵感的情景……我情不自禁地应了一声:"我上!"队友们把我紧紧地围住,大家伸出了鼓舞、信赖之手,搭在我的肩膀上。他们轻轻地用劲,异口同声地喊道:"团结、超越!"一股暖潮涌向全身,我紧紧攥住双拳跟大家挥舞,队友们的眼神像一阵清风,撩动我的双脚,我很轻快地爬上了跳板。不知是情感的负荷太沉,还是我的双脚牵挂太多,约三米长的细长跳板开始剧烈地抖动,刹那间群山在向我逼近,树木在撞向我,耳边的风声格外大。卜凡教练的声音像穿透迷雾的阳光,平和地照在我身边:"半蹲身体,平静下来,大胆地往前走。你一定行!""勇敢者!加油!""加油!勇敢者!"队友们齐声呐喊的声音,把此前乱舞的群山逼回了原来的位置。躁动的林木许是被队友们笔直站立、全神贯注助威的姿态感动,不再张扬地扭动。我蹲下来,望着翘首凝望我的队友,每一束目光都是一把剑,帮我斩断了阻碍我前行的畏惧。我平静地走向了断带,队友们开始为我喊号子:"一、二……"他们的"三"喊完了,我一咬牙,让自己"飞"了出去。我抓住的是所有队友的希望。在我的双脚落在对面的踏板上的时候,脚下,大家的欢呼声,云雀一样落在了激烈摇晃的踏板上。我强迫自己战胜恐惧,敛声屏气,慢慢站稳了。还有一跃,我便能回到队友们中间。队友们叫着我的名字,他们给了我太多感动。我仰望蓝天,做一个承诺,不能辜负重托,不能让自己遗憾。我牵了一下断桥边沙沙作响的大树叶,默念道:看好了,我腾空一跃!卜教练在高空中给了我一个灿烂的微笑,队友们欢快的掌声雷鸣般响起。

当我站在队友当中,为其中一名队员做后盾时,我深刻地体会到了,在一个集体中,每一名队员都成功,才是完美的。而成功的获取,并不仅仅依靠个人的积累和永不放弃。一个志同道合、无私无畏、有勇有谋的群体,才是你能发挥潜能的坚实基地。这是不是生存的基本条件呢？生存岛在为我们解剖社会人生。

我们无畏先锋队的全体成员，在队长海军、副队长凤子的领导下，群策群力，运用了兵法、统筹学、管理学等学科的精髓，不畏风险地通过了"高压电网"。最后一个钻网的铁刚，在接受我们的采访时说："总要有人甘于作嫁衣。"是呀，人人都有些奉献自我的精神，这才是一个集体最大的魅力。在总结做这个项目的心得体会时，有队友真诚地检讨了自己的"个人英雄主义"，大家宽容地一笑了之。"生存岛"给了我们一块真实面对自我的净土。

"高空抓杠"又一次让无畏先锋队的名字惊醒了因怕寒冷而不愿飞翔的小鸟，它们站在枝头，为我们喝彩和舞蹈。每名队员要徒手攀上七点五米高的空心钢管立柱，站立在钢管顶端的直径约为三十厘米的铁盘上，然后向吊在前方的木杠腾空扑去，徒手抓住摇荡的木杠。这就是"高空抓杠"，它让我们无畏先锋队斗志昂扬。大家把"第一个吃螃蟹"的机会让给了我。我站在晃动不止的铁盘上，空气放大了我的呼吸声，队友们的心弦被我拨动。那一刻，我真正体会到了"你中有我，我中有你"的内涵，一荣俱荣，一损俱损。我过不了这一关，队友们也得陪着忧心，全员通过这一项目才算最终取得胜利。我瞄准了单杠，汲取了所有队友的力量，一往无前地扑了出去，我仿佛触摸到了所有的心灵。刹那间，我落在了热流涌动的群体里，心跳过快的我，在队友们的拥抱中慢慢平复了心情。

做这个项目，相比于大家，林屹更难。她的小腿在前一天训练时已受伤，她的个子最高，在圆盘上掌握重心很难。可当她成功完成抓举回到队员中时，她为大家总结了一个经验：瞄准目标，不要优柔寡断。后来完成这个项目的队友们确实体会到了一鼓作气这个真谛。队友们从"空中抓杠"中领悟了许多道理，达成了共识：一个人也好，一个企业也罢，面对风险的时候，理应临危不惧、慎重冷静、勇往直前，理应有背水一战，面不改色心不跳的胆魄。即便是面对日常生活和工作中出现的困难，也不该畏惧和退缩，更重要的内涵则是：公司的生存靠所有人共同去奋斗，去开拓进取；全员同公司目标的一致性是公司无往不胜的保障，而个人则须仰仗大家的支持与鼓励。

做"无轨电车"和"过沼泽地"项目时，无畏先锋队被分成两个小支队来竞争完成。有竞争，就会有相对残酷的失败。尽管我们这一小队也按要求完成了项目，但在整体策划和完成时间上输给了对手。失意的打击，没有打垮我们的信念，我们积极总结了经验。

"生存岛"教会了我们如何承受失败，如何百折不挠地追逐奋斗目标。其实我们置身的现实环境，不就是一座座考验我们生存能力的"生存岛"吗？成功也好，失败也罢，不都是生活的过程吗？我们永远不会停下前行的脚步，尽力留下真善美的足迹。

面对十五米的攀岩石壁，无畏先锋队的成员又开始摩拳擦掌。我们支队打算力挽狂澜，夺回第一。与我打头阵的"对手"是董小娜。她一开始就先发制人，像猿猴一样敏捷，嗖嗖地爬出了三米有余。我在她的身下承受着巨大的心理压力。首次攀岩的我，难以摸清对手的情况。她的单位有攀岩基地，也许她是老将出马，在声势上要压过我们。我告诉自己，身后的队友在看着我，我不能一败涂地，扰乱军心。在队友们的助威声中，我一步一个台阶，稳扎实打地攀爬。当小娜从十二米处掉下来时，我稳在九米的高度上，似乎无力攀爬。我的手指早已僵硬，不听使唤；胳膊无力得像被抽去了筋骨；脚部灌满了铅，难以挪动。所有队友的喊声如雷贯耳："最勇敢的人，加油！""加油！最勇敢的人"两天来，在所有的训练项目力，队友们都把第一个尝试的机会交给了我。我被队友誉为"最勇敢的人"，能当之有愧吗？即使是竞争对手们，也给了我很多感动，我能说自己不行吗？我艰难地开始攀登。每一寸距离，都伴着队友们的欢呼。这时，我们是一个整体，早已忘却了两个小队还在比赛。在行业的竞争里，我们能做到知己知彼，给对手一个诚信的空间吗？当我从十二米处掉下来时，两个分队的队友们都拥住了我，有为我搓手的，有为我捂脸的，凤子老师要把加厚的衣服脱下来，为我暖手，杜昊眼疾手快地把我的手放进了她的衣襟。张伟复述卜凡教练私下赠我的一句话："她的耐力真大！"这让我终生铭记。是的，生活教会我隐忍，工作教会我柔韧。写着"生存岛"三个字的岩壁告诉我：超越自我，永不放弃！

两个小队打了一个平手，大家情不自禁地唱起了我们的队歌："雄赳赳／气昂昂／团旗正飞扬／迎狂太飙／战恶浪／我们最坚强／大港好儿女／齐心团结／开拓进取／勇向前／好荣光……"

"合力过桥"使无畏先锋队的每名成员认识到，不论企业还是个人，都不仅要敢作敢为，敢于挑战风险，而且应善于运用智慧，以最小的风险、最合适的投入换取最大的回报，员工与员工之间要合作，部门与部门之间更要合作；再者，策划的周密同样至关重要。"合力过桥"让无畏先锋队留下了一点遗憾，虽然我们圆满地完成了训练，但大家认为我们最好的方案还没有酝酿成熟。这就是无畏先锋队不满于现状、勇于面对挑战的性格。

难怪我们完成最后一个训练项目"甲板逃生"后，在场的教练们交口称赞："年轻的无畏先锋队，名不虚传！"尤其是我们逃生的最后一招"倒挂金钟，大鹏展翅"，是生存拓展训练基地成立以来的首创。我们置身于正要下沉的船上，大家想方设法越过四米高的甲板，全部逃生。在不能借助任何外力的情况下，大家很快制定了战术：层层搭人梯，通过队友，上下接应。我踩着海军、铁刚、存雷三人搭起的人梯，在其他队友的搀扶下，站在了存雷瘦削的肩膀上，伸出双手，距离甲板的顶端还有三十多厘米。不能耽误大家的宝贵时间，从头再搭一层梯子，我奋力向上飞跃，踉跄着，险些倒栽下来，我平静地稳住了身子，努力抓住了甲板，使劲收腿爬上去。第二个同伴又顺上来了，我抓住他，将他拉进安全地带。底下的队友根据每人的情况调整运送秩序，上面的队友全力以赴做好接应。只剩最后一位队友了，船在下沉，存雷奋力营救队友们，满脸是汗。上面，队友们精心策划，做好保护，把苗全利倒挂下来，存雷大鹏展翅，临风飞举，上跳抓住了苗全利的手，大伙一点点把他们运了上来。

无畏先锋队的队员们紧紧地拥在一起。此时，群山含情，树木起舞，清风伴歌，小鸟配唱，生存拓展基地录音，我们满怀感情地唱起了队歌——《无畏先锋队之歌》。

生存拓展基地依然神秘。在这里，我们体会了人生的神圣，寻觅到了生命中难得的思想火花。生活的精髓，在于超越自我地去创造。当无畏先锋队的成员从卜凡教练手中接过生存拓展培训合格证书时，这些人生感悟也刻在我们心中，同时我们也深情地记住了这首荡气回肠的小诗：

拓展是石，可以敲出星星之火！
拓展是火，可以点燃熄灭之灯！
拓展是灯，可以照亮你前行之路！
拓展是路，可以引领你走向成功！

## 欧旅掠影

经过十几个小时的飞行，我从北京飞到了西欧，很快便置身于一种异国情调之中了。

比比皆是的充满浪漫情怀的城堡以及静谧的乡村，使德国拥有无限魅力，而道纳斯山下内卡河的浅浅峡谷内的海德堡应该说是德国的浪漫缩影了。

你可以看到秀美的街巷，迷宫一样的屋舍，十三世纪古城门上巴洛克式的尖塔顶，夕阳下城堡上红色砂岩的夺目光彩，当然，老海德堡戏剧性的色彩变幻须在内卡河彼岸才可一睹。此地的圣灵大教堂是一座宏伟的哥特式宗教建筑，西方世界许多珍贵的典籍被收藏在里面。

如今，许多王宫城堡早已倾颓，只剩下陡峭的一面墙壁寂寞地耸立着，空荡的窗子向游人述说着往日的战争故事。

在海德堡，游人尽可以愉快地寻幽探奇，即便是一处庭、一处公园，那和谐与赏心悦目的感觉也同别处大不一样，难怪海德堡的神韵"刺激"了德国那么多浪漫主义诗人、画家和音乐家的神经。

作家马克·吐温曾面对海德堡的夜色心荡神驰，他说，人们认为白天的海德堡已经是秀丽得无以复加了，然而当他们看到夜色中的海德堡宛如倾泻而下的银河时,可能就会收回原来的看法而重下结论了。

空气中到处弥漫着啤酒花的芬芳,很多学生餐馆中坐满了年龄大小不一的学子,这里的夜生活显得宁静而活泼。从那梦幻般的烛光里,从少男少女活泼的神情上,可以想象得出这里每年的狂欢节和女人狂欢节的情景,女性们这一天可以撩开羞怯的面纱,尽情地与自己的心上人亲吻、拥抱和跳舞,而后消失在夜幕之中。

德国的酿酒历史悠久,酿酒技术在这里已接近炉火纯青的境界。这只放在城堡内的容量为二十二万一千七百二十六升的号称世界上最大的酒桶,现在仍盛着葡萄酒。据传大桶由朝廷弄臣、嗜酒如命的侏儒帕基欧看守,栩栩如生地将巴拉丁贵族奢华荒淫的生活画面展现在我们的面前。

漫游欧洲大地,会有一种不可言传的文化氛围默默地同你的心灵无声地交谈。欧洲遍地皆是的历史丰碑让你不得不停下脚步,许多地方本身便堪称一座博物馆。

时而豪迈粗犷,时而温文尔雅的莱茵河,不仅是许多音乐、美术作品和神话故事的源泉,而且激发了一大批艺术大师的艺术灵感。在德国,人们把贝多芬称为波恩的儿子,这位伟大的音乐家出生的房屋现已被辟为故居博物馆,而大教堂广场上矗立着的贝多芬雕像已经被风雨洗礼了一百五十多年。

几乎是所有进入欧洲的旅游者,都要去参观一下历史悠久的大教堂、宫廷建筑以及名胜古迹。科隆大教堂的建造时间长达六百多年,堪称基督教世界中最伟大的哥特式教堂之一,体现了科隆人不畏艰难的精神。那高耸的尖角拱门,线条流畅的肋形拱顶,那造型生动的飞檐绝壁,以及那由描述《圣经》场景的彩玻璃所做成的拱形大窗,无不给人以蔚为大观的感觉。那高达一百五十七米的双尖塔令人在仰望时顿生敬畏之感。

作为举世闻名的航海贸易国家，荷兰拥有迷人的阿姆斯特丹港，其规模与繁忙程度令人叹为观止。其实，十三世纪时它只是阿姆斯特尔河上一个以水坝为中心的弹丸小城。

这里的夜生活绚丽多彩，欧洲最大的古玩市场，举世闻名的奶酪，黄金时代的绘画名作，路边随处可见的花卉、酒吧和咖啡店，让人不知不觉就沉醉其中。入夜，霓虹闪烁，灯火如昼，露天食摊和几条大街上的露天集市，让你情不自禁地为这个城市的勃勃生机而动情。

地势平坦、绿意盎然的荷兰在欧洲大陆上独具风味，犹然一幅古典的西洋油画。荷兰难以尽数的风车不仅是艺术家们的创作题材，也被荷兰人视为民族纪念碑。那缓缓转动着的扇叶，为我们送来了浓浓的异国情调，让我们深感这片土地的古老和宁静。

传统木屐的制作在这里很盛行，款式不一、大小不等的木屐琳琅满目，真能让人眼花缭乱。倘若方便，买上几双送给朋友，当然是很不错的礼物。

这里还是全欧钻石雕刻、刨光和镶嵌的中心。亚尔泊特库普街的凡莫普斯珠宝店也有供顾客和游人参观的工厂和钻石选购商店。在拜斯特也可以参观钻石加工的全过程，这似乎是一件使我们眼前一亮、大开眼界的事了。这里采用最讲究的荷兰钻石加工工艺加工著名的南非钻石，其成品首饰光彩夺目，品质卓绝。我们中的大部分人都为自己心爱的人选购了钻戒。

有人把布鲁赛尔称为"整个欧洲的首都"，我们在游览中设法去体味这种说法。追根溯源，十六世纪时它只是建在塞纳河上的一个小岛上的城堡。

布鲁塞尔广场是布鲁塞尔的心脏，比利时人骄傲地说它是世界上最美的广场。除周一外，这里天天有花市。每年都有一天，"鲜花地毯"被铺满广场，我们遗憾没能赶上这一天，只有全凭想象了。

有七条大道通往广场上富丽堂皇的弗兰德斯基尔德大厦群。倘若你走马观花，就会以为所有建筑如同用一个模子浇铸出来的，别无二致，又很像是在一块巨型木板上一刀一刀精雕细刻出来的版画。其实这些建筑是各不相同的，组合后让你不禁赞叹它和谐的整体美。当然，也许你一眼就能看出，大厦群属于巴洛克建筑风格，它在努力地表现着富贵与华丽，这种风格使其成为贵族财富与权力的象征，反映出当时许多皇室在逐渐脱离教会。后来我们在巴黎的卢浮宫也见到了巴洛克式风格的建筑。

矗立在大广场边的市政厅，其修长的尖塔顶上有英勇善战的圣米迦勒塑像，他在庄重地告诫市民要尊重法律，遵守秩序，告诉人们布鲁塞尔是天主教城市。市政厅的对面就是国王大厦。

遍地的哥特式建筑让你不由得驻足欣赏，那鎏金的饰物在阳光下闪烁着夺目光彩，好像以此向你传递精神力量。

便溺儿童的塑像立于市中心勒底福街与橡树街交汇处的角落。布鲁塞尔人对这个撒尿的孩子情有独钟，其热情延续了几个世纪，有增无减。我们同这个天真可爱的孩子站在一起的时候，更感受到了他那份让人怜爱的顽皮。

传说"小男孩"就是哥德弗雷三世公爵儿时的化身，当他还只有几个月大的时候就被带到兰斯比克战场，以激励因其父王之死而低落的军队士气。当哥德弗雷公爵的军队即将溃退时，婴儿公爵突然以现在的身姿站立起来，使士气大振，军队转败为胜。另一说法是孩子以尿浇灭了引爆布鲁塞尔市政厅的炸弹引信。有人则认为"小男孩"表现了布鲁塞尔人的玩世不恭和幽默感。我们最深的感触却是如何使我们的城市风趣幽默起来,多一些文化和艺术的味道。

这是二战纪念碑,高举花环的塑像以及碑前基座上的鲜花,表明了人民对和平的企求和渴望,以及对英雄的缅怀。我们在此稍作逗留,便前往卢森堡大峡谷。

卢森堡的地势北高南低,多丘陵,平均海拔三百到五百米。卢森堡遍布森林和崎岖的山谷。一直在具有文艺复兴味道的建筑群中徜徉的我们,进入大峡谷后心情也舒展开阔起来。如果说在欧洲古堡群中感受的是贝多芬的交响乐,那么此刻就像躺在橡树荫下聆听舒伯特的小夜曲。

阳光被树荫筛落,映得坡谷上色彩斑斓,繁茂的树林送来缕缕苔藓的清香,让人遐想树丛深处的幽静,峡谷尽头的云朵. 真想美美地躺在草地上,眯起眼睛仰望蓝天白云,尽管我们都不是诗人,却好想写几句诗。展现在眼前的是一幅古典主义画派的风景画,而我们就在巨大的油画布上走来走去。

与国家同名的首都卢森堡本身就是一座风光旖旎的城堡。在卢森堡博物馆内珍藏着弥足珍贵的文物。此刻正值教堂钟声响起,这座城堡显得越发平和宁静。

在所有欧洲国家的首都中,巴黎就像一位法国女郎那样极富于魅力。它的宏大建筑与讲究的生活、美味佳肴以及高级时装和化妆品让人啧啧赞叹。

在著名的香榭丽舍大道漫步是一种惬意的享受,沿大道而行,远远地就能看见向举世闻名的凯旋门。

这座建于一八〇六年到一八三六年的纪念碑高约五十米,宽约四十五米,拱门上有数百尊两米高的人物塑像,共由十套雕塑作品组成。拱门上记载着从法国大革命到法兰西第一帝国期间法国军队的历次得胜战役。无名烈士之墓就在拱门的下面。

倘若傍晚来此，那则是另一番景象，凯旋门点燃爱国主义的永恒之火，其绚烂与壮美定能让你过目不忘。

漫步巴黎，可谓一步一景。离开凯旋门，可去欣赏矗立在塞纳河畔的埃菲尔铁塔，这当然是不可不去的地方。

埃菲尔以他独特的艺术构思为后人留下了不朽的钢铁结构的作品。尽管最初的设计属临时性结构，原定在一九一〇年拆除，但人们难以割爱，况且它具有无线电方面的价值。

阳光照射下，它伟岸挺拔的身姿让你肃然起敬，我们不断寻找着拍摄角度和焦距，却难以把它整个收入镜头，我只有叫伙伴跑到很远很远的地方去。

来自不同国度的游客像我们一样，等待着登上埃菲尔铁塔，为了寻求一种特殊的带有纪念性的登高感受，也为了鸟瞰一番这个以声、光、色、香诱人的城市。

站在埃菲尔塔上，巴黎的景致尽收眼底：美丽的塞纳河穿城流过，远处蒙马特山上的圣心教堂安详肃穆，卢浮宫玻璃金字塔熠熠闪光，还有八角形的旺多姆广场，久负盛名的巴黎圣母院和面对铁塔的谢洛宫，以及法国总统的官邸爱丽舍宫、巴黎歌剧院、吉尼斯乐园，甚或能看见彼卡尔广场的"红磨坊"。

每当华灯初上的时候，灯火通明的埃菲尔塔通体晶莹剔透，宛如巨大的火烛，又似一根玉石玛瑙柱，这时对面山丘之巅的圣心教堂则像一个点上蜡烛的蛋糕。

在意大利观光，许多地方都有似曾相识的感觉，可能因为我们通过许多影视作品记住了那些具有标识性的建筑物。

无论是昨夜在法国里昂，还是前几夜在阿姆斯特丹、布鲁塞尔和巴黎，晚间入睡之前我们总是要谈论一番欧洲的建筑、风景、历史、文化，及至购物和餐饮，异国风情对我们而言当然是新鲜而神秘的。

有人说威尼斯是一座在时空中溶化了的海市蜃楼，也有人说今天的威尼斯只是座巨大而空洞的博物馆，唯有昔日辉煌的余音回荡其间，但在我们的眼里，它是一种真实的存在。

威尼斯运河这条风光独特的水道与城市的陆路一样拥挤不堪，快艇、水上巴士、货船、邮船，以及送奶员、收款员和观光游客的凤尾船，勾勒出了水城繁忙的景色。长达四公里的运河两岸，耸立着二百栋宫殿建筑和七座教堂。

圣马可广场上，艺术表演、写生作画、小贩和音乐咖啡小店为人们提供了丰富的娱乐方式。这场面使人觉得威尼斯风流倜傥。

这座架设在河道上的石桥名曰"叹息桥"，就在威尼斯宫殿的背后。叹息桥建于一六〇三年，是古代由法院向监狱押送死囚的必经之路，因桥上死囚的叹息声而得名。

圣马可教堂是我们此次欧洲之行中见到的第一个拜占庭式教堂。我们的镜头扫过巍峨的教堂钟楼，扫过鸽群，扫过屋檐下身姿、形态各异的人物雕像。当教堂悠扬悦耳的钟声响起来的时候，这一切仿佛都有了生命，欢迎着我们的到来。

意大利的水晶玻璃工艺制品久负盛名，熔化了的石英矿在吹管和工艺钳的操作下可随心所欲地变化，娴熟的技艺和独到的匠心让我们大开眼界，甚至都想亲手试一试。

欧洲是由城堡、教堂和香槟组成的。

佛罗伦萨的艺术成就之高和古迹之多让人难以想象。

城内的雕像之多也令人叹为观止的。佛罗伦萨人相信入夜后所有的精灵都被羁绊在大理石雕像中。

这座穹顶由勃鲁耐勒斯契设计的大教堂使我们惊叹，据说它让全世界的建筑师和设计师瞠目结舌。这个圆顶之中有圆顶的穹庐，有无尽的阶梯通向穹顶的回廊，其美轮美奂的艺术境界，不能不让观光者叫绝。有记载说它是由一对师生合作完成的，老师故去后，学生继承其遗愿。所以仔细观看时，便会发现上下风格迥异。

也许我们最早知道和了解这个极负盛名的圣母院，还是通过大作家雨果的著作及其同名电影《巴黎圣母院》。

我们很自然地想起那个在教堂前边歌边舞的吉卜赛姑娘艾丝美拉达和善良的教堂敲钟人卡西莫多，还有那个阴险虚伪的教主，明白了雨果为什么把这个故事发生的地点放在巴黎圣母院。

巴黎圣母院不但是地理的坐标，也是一段历史的坐标。这座哥特式宗教建筑的经典之作记载着丰富的历史信息，但我的镜头也只能拍摄到它的金碧辉煌和气势恢宏。

欧洲有几条河都是享誉世界的，它们孕育了欧洲的文化和历史，哺育了许许多多的艺术大师，如今仍然奔流不息，滋润着两岸的土地，塞纳河就在其中。

塞纳河穿过巴黎市中心，我们乘船沿塞纳河而行，领略两岸风光。跨越塞纳河上的第一座桥，名叫新桥，这样的桥在塞纳河上还有好几座。在船上我们能看见河中的斯德岛上的巴黎圣母院大教堂，也能看到曾为皇宫一部分的巴黎法院；还能见到索邦大学，甚至多次看到三三两两的学子穿着旱冰鞋洒脱地在岸上奔跑着，能看到道赛博物馆，还有卢森堡公园、埃菲尔铁塔、谢洛宫……

卢浮宫是令许多人神往的艺术宫殿。入口处这座金光闪闪的玻璃金字塔是由著名华裔建筑艺术大师贝聿铭设计的，为古老的卢浮宫平添了一道彩虹一样的亮色。

进入大厅，我们不得不各捧着一份初览导图，以确定出入这座巨大的艺术宫殿的路线。

这座城堡式的建筑作为博物馆已经对外开放二百多年了，每天仍然接待着成千上万的各国游客。卢浮宫藏有四十万件艺术品，最古老的珍品要追溯到公元前五千多年。

我们的镜头最感兴趣的，仍是那些我们从少年时代起就已熟知的像达·芬奇的《蒙娜丽莎》这样的艺术珍品。

再见了，巴黎！再见了，欧洲！再见了，我们所到过的一切地方！尽管游兴未尽，甚或有了几分眷恋，但我们还是要转身离去了，小别加重了我们对故土的思念。

我们身临其境地领略了西欧的自然景观与文化风情，尽管因时间所限，只能走马观花，但已经在感官上默默地完成了东西方文化的交流。我们无意中重温了欧洲历史，从东西方的种种差异中产生了一些思考，这也许才是最有意义的收获吧！

# 走近偶像

五月,微风拂面,柳丝摇曳,天津滨海新区迎来了以蒋子龙、梁晓声为首的中国作家采风团。在几天的共处中,我这个只知其人其作,而从未与他们谋面的小字辈的舞文弄墨者,从心灵上有了许多顿悟和感触,故而信笔涂鸦,以释心怀……

### 望着心灵的净土

我在人群中忽前忽后地追逐你的身影,看你总有丰富多样的手势;我在所有的声音中忽远忽近地辨识你的声音,听到的总是关注民生的真心话;我在浩瀚无垠的书海中,找出你的作品,好像寻找到了心灵的净土……

当你沉稳地走上采访车的时候,我激动得想要冲上去,让你在我的采访本上签名或者写下一点什么,但我的职业约束了我的冲动,我正在紧张的工作状态中。坐在后排的我,默默地注视着最前排的你的侧影,浓密的眉峰,有种威严感,及至你说话,我更感到绵中有刚,不可等闲视之。

在南开大学滨海学院座谈时,说起时下的阅读,你娓娓说道,现在可供青少年选择的图书太多了，这就要求他们有选择的能力，眼睛就要像长了钩子一样，能一下子辨别哪些书是好书，哪些书应该认真地读，否则会走许多弯路，甚至是斜路。一个人青少年时期的阅读经历往往会影响终生。

你深情地讲述了自己的一些阅读书目，我听后想到了你的作品中的那种平民意识，那种是非分明的道义感，那种抚慰底层小人物的同情心，那种浓郁的理想主义色彩。

在谈到人如何抵御外界干扰，如何真正地把握机遇的时候，你用自己的切身体验诠释了定力问题。你说，作为小有成绩的作家，其实买得起再大些的房子，但你在自己几十平方米的陋室里能够找到写作的激情；在简朴的写字台上能够体会自由挥洒文字的快乐，能够关注人们的所思所想；在自己的稿纸上能够真实地触摸民心，那么那些豪宅别墅对于你又有啥意义呢？

你心平气和地问同学们，几十万的汽车与几万元的汽车不都是一种代步工具吗？克服一种好高骛远的虚荣心，脚踏实地地追求自己真正想要的生活，就是一种对定力的培养！

谁能想到，鼎鼎有名的大作家，不使用电脑，不使用手机，这不是因为你对"新生活"排斥，而是因为你想生活得宁静，用自己独到的眼光，独特的触摸能力，独辟蹊径的解剖能力，独行在物欲之外，静静地观察，静静地思索，静静地解读，静静地创作……

闻其言，观其行，梁晓声，你像一块心灵的绿洲，执着地流淌在沙漠中；宛若一块心灵的净土，令浮尘难以侵蚀；你让人感到，不论做什么，都要耐得住寂寞，每个人都要寻找到真正的心灵净土……

## 才情学富谈笑间

蒋子龙是时代的作家。他的作品,从《乔厂长上任记》到《蛇神》,再到《饥饿综合症》,都折射着时代的光影,是对人性、对灵魂痛心疾首的改造与洗涤。时代的作家有对时代的坦诚。

蒋子龙是幽默和智慧的代表。一九八二年秋天,在美国洛杉矶召开的中美作家会议上,美国诗人艾伦金斯伯格请中国作家蒋子龙解个怪谜:"把一只五斤重的鸡放进一个只能装一斤水的瓶子里,您用什么办法把它拿出来?""您怎么放进去,我就怎么拿出来。"蒋子龙微笑道,"您显然是凭嘴一说就把鸡放进了瓶子,那么我就用语言这个工具再把鸡拿出来。"金斯伯赞赏道:"您是第一个猜中这个怪谜的人。"

蒋子龙是爱好体育的评论家,他说世界杯(广播)曾热播不停;蒋子龙是书画艺术家,他的作品曾参加全国著名作家、诗人、书画家作品联展,他注重文学与书画的内在联系。

蒋子龙是杂家的代表,是博学的典范,在没有见到他之前,我已经把他当作偶像崇拜!

及至当晚举行由蒋子龙先生主持的欢迎仪式,我才近距离地感受到他的名人风范。他是那种出口成章的大智者。他的举手投足,他的语言声调,他的笑容眼神,无不透着大家之气。他在介绍参与此次采风的十四位作家的时候,每一位被介绍者都笑逐颜开,频频点头。而我们这些与作家们还隔着遥远距离,雾里看花的人,通过蒋子龙声情并茂、幽默风趣的介绍,对作家们的作品、为人有了更确切的认识。

在接下来的两天活动中,蒋子龙的大家特色时时刻刻绽放光彩,他可以即兴评论所到之处的特色,言语间浸透智慧,流动着时代气息,间或幽默形象,便于记忆;甚至聊天说笑,也是能天马行空地给人传播知识、启迪思想。

蒋子龙的才情和精力非常令人难忘。每天的日程安排非常紧凑,晚间常有采风活动的延续,不是作家才艺展示,就是文学座谈,蒋子龙无不精神矍铄地参与,常常不自觉地成为主角。每晚,围着蒋子龙索要字画的爱好者络绎不绝,他几乎无暇抬头,不停地在递上去的宣纸上奋笔疾书,常常在求字者渴望合影留念的时候小憩片刻,又开始新的创作。他对每一个字的用心程度,表现在遒劲的笔锋上,近距离给他照相的我,看着他鬓角依稀的汗珠,更是为他的人品感动不已。

有心疼蒋子龙的领导不得不出来阻挡了,作家在起身给大伙道歉的时候,我猛地跨上一步,在他面前虔诚地递上一张宣纸:"主席,我也想要求字一幅。"我想即使落个不识时务的印象也无所谓,毕竟我工作着、采访着,是不便求字的,如果不抓住这一刻,真的要与这个机会失之交臂了,因为第二天作家们就要返程了。

令我非常难忘并且感动不已的是,蒋子龙竟然问我,"你要写啥字?"我毫无思想准备,激动不已:"您写啥都行!"蒋子龙先生定睛仔细看我一眼,那目光透过镜片,像舒缓的音乐轻轻地梳理着我的思绪,温暖了我的心。蒋子龙又俯下高大的身躯,龙飞凤舞地写了起来,当"兰心蕙质"几个繁体字涌入眼帘的时候,我真的想跟先生行个礼。在工作中,也许是因为我执着好胜的性格,也许是因为我坚忍不拔的毅力,也许是因为我雷厉风行的作风,领导、同事基本没有把我当作女人去看的,朋友经常说我没有女人样。在家庭里,也许是因为儿时的生活经历让我学会独当一面,也许是因为我不会做细致的家务,倾向于对大事拍板决策,也被当作儿子使唤。其实在内心，我非常想让自己更女性化一些，做个真正的"兰心蕙质"的女人。

感谢蒋子龙先生的溢美之词，让我重新审视自己；感谢蒋子龙先生的才情，让我更明白在人间、在社会立足的真正含义；感谢所有美好的记忆，能够温暖平凡忙碌的生活……

### 厚土仁爱之关仁山

我端着相机静静靠在巨大的大理石石柱旁，在签到处等候拍摄作家们露面的第一印象，早已经调式好了相机的光圈、速度，只等某一位知名作家到来时按下快门。

有一位高大威武、迈着有力的步伐的大汉出现在宾馆门口，尽管手里推着显然很重的皮箱，但他依然身躯挺拔，大步流星，那引人注目的身姿，让我的目光紧紧追随着他。服务生跑上前去，要帮他推行李箱，他看了一眼瘦小的服务生，对他灿烂一笑，那笑里透着一种憨厚朴实，他还是自己健步如飞地推着行李走向了签到桌前。

他带着特别吸引人的朴实笑容，从工作人员手中接过碳素笔，大气磅礴地写下了"大港是滨海新区的一颗明珠"的祝福语！看那字，直抒胸臆，又不乏真知灼见，但见落款"关仁山"三个字带着一种震撼力。

怪不得有种与众不同的感觉，有人称他是从唐山大地震的废墟里"刨"出来的作家。他是农民的儿子，那一年，他十三岁。在逃过生死劫难之后，他与家人及时投入了抗震救灾中，小小的年纪就懂得了关爱他人，关爱生命。也许，经历过死亡的人对生命总会有独特的感悟，关仁山的"名言"让人心动："农民可以不管文学，但是文学永远不能不关心农民的命运。"

在接下来的采风活动中，关仁山始终以他那敏锐的眼光，敦厚的笑容，从不张扬的言语，深深地吸引着我的镜头。我每一次都是在他未发觉的状态下按下了快门，记录着他的神态：爱笑的眼睛，深邃中透着智慧；朴质的笑容，像憨厚的邻家大哥，或者你在乡下的亲戚；特别爱大刀阔斧地挥动的手臂，展示着他的豪爽。

关仁山曾经学过国画、书法，以画葡萄、河蟹和白牡丹为主，兼顾山水。他的书法作品和画作曾在《河北日报》《光明日报》等报刊上发表。关仁山挥毫泼墨，托物言志，对索求笔墨的人们几无拒绝。采风的两天，他几乎成为大家的代言人，所到之处，总要留下豪言壮语，激励心灵。每晚，来到他的房间请他写字、签名的人络绎不绝。令人过目不忘的是，他总是带着谦和、憨厚的笑容，让来者能好不紧张地接近他。

在快节奏的采风活动的间隙，我曾有幸跟关仁山闲聊他将来的打算。我问："人们都说您是农民的代言人，您当之无愧。对于您的故乡唐山附近的冀东油田，您是否有创作意向呢？"关仁山说话时带着温厚的笑容，他真情流露："在渤海湾滩海地区发现储量规模达十亿吨的南堡油田，这是我国在石油勘探上又一个最激动人心的发现，对于落实国家关于石油工业'稳定东部，发展西部'的战略方针，实现我国原油生产稳定增长和可持续发展，增强我国能源安全供应的保障能力具有重要意义……我希望自己有新的起点……"

让我们期待着关仁山再越关山！

作家采风活动结束后的一个星期，我意外收到一个厚重的资料袋，落款是河北作协。我愣了片刻，在脑屏里点击搜索与河北作协相关的信息，百思不得其解，迫不及待地打开了牛皮纸袋，赫然出现在眼前的是一本厚厚的《白纸门》，透着淡淡的墨香。我捧着它，眼前浮现出关于此书作者的点点滴滴……关仁山，河北省作家协会副主席，被中国文坛称作河北"三驾马车"之一的知名作家，竟然会记着我这样一个文学爱好者的小小请求。他让我懂得了诚信的魅力，让我深深感念这种一诺千金的美德。

记得临别的时候，我为关仁山拍下了挥手一笑的刹那，竟然有了一种不知何年再见的忧伤，对我这个名不见经传的小记者来说，同名人相见的机会实在太少，我总是在自己的企业新闻里跋涉，忙碌中忽视了自己真正的爱好，只能等将来退休了，再拾起文学的梦境。

关仁山与我握手道别时，热忱地说："希望能到河北作协做客！""我期待着还在大港相聚，希望到时能看到您创作的石油题材的作品！"放开手时，我不知怎么又无意说了一句，"您的最新作品《白纸门》，我还没有机会拜读！"车要启动了，关仁山说："我回去后给你寄一本！"

在为了工作而马不停蹄地奔波的疲惫中，在根本挤不出时间辅导孩子功课的烦恼中，在毫无闲暇读书、修身养性的沮丧中，我似乎已经忘记了自己还没有给关仁山的邮箱发照片，更不知道，《白纸门》这本书在关仁山亲自写下我的接收地址后已在路上游走……

抚摸着土褐色的透着民俗风格的书皮，我打开扉页，看着关仁山以龙飞凤舞的笔迹为我写下的话语，眼里不禁蒙了一层薄雾……

关仁山是"现实主义冲击波"的代表作家，他在时代变革中抒写乡村情感，他的作品关注农民，他在梦想与现实的纠结中，从海上到平原，笔耕不辍！他还在探索，还在拓展新的领域，他将来的发展方向让我们拭目以待！

他的成功，是否跟他善良宽厚地为人，脚踏实地地做事，热切地关注民生，精益求精地刻苦创作，有不可忽视的联系呢？

关仁山，厚土仁爱之山！

## 著作等身仍纯真

他个子不高，黑黑的一张娃娃脸，眼睛笑成了一条缝，一脸孩子气的表情，穿着显得很随意，休闲T恤的前胸上印着卡通图案，真的像一个大男孩，这让我困惑：他的头上怎么会有那么多光彩照人的光环！

我在人群中寻找着邱华栋。

他静静地站在作家程树榛身边，为他研墨备纸，天真稚气地在请教着什么。程树榛曾任《人民文学》主编，退休后深居简出，许是不为众多人所熟悉的原因，围在他的身边索字的人远没有向蒋子龙、关仁山、谈歌等作家讨要墨宝的人多。邱华栋像个好学的大男生，为程老侍奉纸笔。程老的每一幅字，他都如获至宝地轻轻拿起，放到宽阔处阴干，而后又回到程老身边欣赏着他的书法风格。

那还是邱华栋吗？在送程老回房间后，他又小跑着回到大厅，背着手在蒋子龙、关仁山、谈歌等人的书法面前流连忘返，等作家们都散去了，他若有所思地望着窗外的华灯发呆。等我冲过去的时候，他却又被工作人员请走了。

那还是邱华栋吧？他一个人在房间里，伏案疾书，一会儿打开书静静思考，一会儿又打开身边的书法，细细琢磨之后，下笔如有神地一挥而就。我赶到邱华栋的房间门口，他的房门敞开着，简直是进入了物我两忘的境界！

我敲了几次门，他都没有抬头，我冒昧地问了一句："邱主编，能跟你请教一下吗？"他抬起头来，还是那副纯真的笑脸。"我得完成工作组交给的任务，把这一摞书都签完名字，附上赠语。"他略略欠身表示歉意后，又低头写了起来。工作人员提醒我："邱作家要给企业赠书，他在签名呢！我们等着包装哩！"正说话间，《天津日报》《滨海日报》的一行记者又扛着摄像机、照相机杀进了他的房间。他依然笑着轻轻起身以示歉意，还是不受任何干扰地写着。突然间，我被他"闹中取静"的毅力所感动，被他像个听话的学生在做作业的真诚样子所感动，突然间感到浮躁的自己缺少了些什么了……

第二天在大港石化采风，路过他们厂区的绿化地带，如同进入了植物园和动物园，那里有高大的林木，有绿油油的草坪，有孔雀园，有鹿园……听到我身边《天津日报》的两个记者不无敬仰地在低语："邱华栋简直是天才！""是呀，昨晚直至深夜的采访，让我经历了几个世纪，他的知识太渊博了！""你看，精力如此旺盛的他，还这么具有侠骨柔情！"顺着同行的手势，我看到邱华栋正蹲在铁丝网前，伸出手想与靠在网边的小鹿握手，眼睛笑成了一条细线。小鹿惊恐的目光与他天真的目光相对良久之后，渐渐变得温柔起来。作家真的应该是时时刻刻对生活充满激情的。此刻，邱华栋也许正扮演爱心使者的角色，在环境形势严峻的今天，能有生灵被我们如此近距离地爱着，让人感到多么幸福！

"你的笑容单纯得像幼儿园的孩子，你的举手投足更像个纯真的大男孩，我始终不能把这种印象与你大作家的身份联系起来！"临别前一晚，我终于找到了与邱华栋单独交谈的几分钟。

邱华栋又露出了纯净的笑容："面对世事变迁，我们能把握的是自己的心态，是自己永远年轻的感动……"

是呀，面对社会，面对生活，面对挑战，我们都在寻找值得自己出手过招、值得征战降服的对手，我们不能"跟着感觉走"，不能知难而退，要清醒地使用自己得天独厚的潜质，踏踏实实地耕耘自己从事的事业。如果我们不想把自己搞得精疲力竭,就要像邱华栋一样,永远保持一颗年轻的单纯的心,灿烂地微笑着生活!

当我问及如何深入剖析生活时,邱华栋笑得非常灿烂,他说要把自己潜心融入生活,身为其中一员但又扮演不同的角色,体会不同的心态,尤其要观察、思索现代人的内心困境……

我拿出自己的一本诗集,希望邱华栋给我题字,他高兴地接过去,慢慢翻开,浏览了几首,说道:"你真了不起!我也常常写诗,但缺少你的悟性。"大家、名家一般都非常谦虚,他们总在仰望新的高度,所以他们能不断地超越自我,不断地转型,成为复合型杂家,我羞红了脸。

邱华栋提笔写道:"诗是你梦中生长的头发,诗是你梦中飞翔的小鸟……"

我想要对所有的偶像说:你们的精神财富/将化作我寻梦的翅膀/你们丰沛的才情/将鼓舞我启航的风帆/你们厚重的底蕴/将会融入我攀登的旋律/你们笑对生活的激情/将是激励我不畏坎坷……

## 目光上的灵魂碰撞

第一次见到赵玫是在大港油田宾馆贵宾间的餐桌上。

那是二○○四年的冬天,作为第十届全国人大代表的赵玫前来看望我们的总经理——曾同她一同坐在人民大会堂听取政府工作报告的姚和清,我想他们早就有朋友之谊了。

第一眼看赵玫,觉得她平常得就像走在街上同你擦肩而过的任何一位女士,找不出半点与众不同的地方。

第二眼看赵玫的时候,始觉得她有一种淡淡的优雅。她正轻轻地将黑色的围巾取下,不慌不忙地脱下大衣,又不紧不慢地将它挂上衣架,在主人的引导下,她轻轻地落座于椅上。

明亮的吊灯下,餐桌上讲究的餐具、器皿、菜肴都显得很漂亮,散发着柔和的光泽。因为食客的不同,连这往日熟悉的光泽在一瞬间也变得淡雅起来。

她吃起东西来既不像文人那样轻嚼慢咽,也不像一般食客那样随意,但绝不是刻意地在把握分寸。

席间宾主谈企业、谈社会、谈写作,她娓娓道来,绝非口若悬河,我以为更值得探究的是她沉淀在对话后面的思想。

第三眼直视赵玫的时候,我的心湖顿起微澜,因为我们的目光碰撞了一下，就在那瞬间的碰撞中，我似乎一下子读懂了她，也读懂了她的作品，因为她的心灵跃上了她的目光。我终于明白了，自己为什么从她早期的作品中读出了她的艰辛和期待，甚至能读出她的迷茫。

从字里行间，你绝对能感觉到她的投入和执着。作品中的任一个字都灌注着她的激情。

记得有位作家说，生活的方式，也是写作的方式，最初的赵玫可能就是这样的作家，她不会远远地坐在一旁冷眼旁观生活的风景，而是全身心地投入生活。所以人们读她的作品一定会进入她心灵的情景中。

我低下头，没有缘由地，不敢再去碰撞她的目光，其实她的目光很柔软，很温暖，很淡定，让人想到她的一些散文，美得像她的目光一样，你随手取来一些句子就可以："因为是高原，还因为高寒，松潘藏族姑娘的身材大多高挑，脸颊椭圆，尤其她们那独特的低沉嗓音，更是在素朴的藏族气质中，平添了高贵与优雅。一定是这一方水土养育了藏族女性的美貌。""所以喜欢藏族女孩。喜欢她们腰间织锦的围裙，像云彩一样丰富的色彩。所以她们才能穿着云彩，舞着梦幻。"读来如行云流水，慢慢浸润你的心头。

在目光相撞的那一刻，你会发现赵玫柔软后面的犀利。那是一个作家所应具备的目光啊！那是一把解剖刀、一把剑，解剖社会，形形色色的人，剜出真善美和假丑恶来！读赵玫后期的小说，满纸晃动着作家这道如剑的目光。在生活中，她一定能从一句话、一个表情中，推理、解剖出人与事物最本质、隐蔽最深的东西，不然，绝不会有她作品中那各色活灵活现的人物。这是作家必备的目光，必备的洞察力，但这剑是被柔软、温馨所包裹着的，当然，柔软和温馨是送给真善美的。

我为她这独具特色的目光而震颤和感动,难怪她的文字那么好,那么刚柔兼备。也许,这也得益于她是《文学自由谈》的编辑,写作那些批评文章,她得尽量用逻辑推理,也许批评锤炼了她的思想。一个作家终究不能单单凭着感觉写作,而是要用思想写作。

大约前年的夏天,我在南戴河参加一个会议,其间巧遇了赵玫。四目相对的刹那,她美丽的眼睛笑成了弯月,修长的右手温柔地伸向了我,温柔的话语伴着海风轻轻地回荡在我耳边。那一次,作家赵玫的目光中荡漾的情意,是深沉、澎湃、宽阔的南戴河能够深情解读的。她在开会的间隙,推开繁杂的公务,陪伴年迈的父母在海边散步。她目光中的大爱是在经历无数风雨后,最打动人心的最柔软的情愫!

再次见到赵玫是在中国作家协会采风团一行十五人莅临天津滨海新区时,我一直举着相机为他们拍照。

赵玫还是那样高贵、典雅,还是那样笑容谦和。无论是在工厂厂房,还是大学城讲堂,不论是在钻井队,还是在采油小队,赵玫走在作家队伍中,似乎目不暇接,此刻眼睛成了她的观测镜和记录本。忙于采访和摄影的我忙中偷闲时,常去看她的目光。

卷六

青花瓷砚，素彩笔洗，指尖打起黄莺儿，裙角惊飞黄雀。兰桨棹入草潭，破出涟漪如皱，小唇乍启，一声牢骚语。本是性情句，亦未必激浊扬清。喜欢以文字站入红尘，像瘦弱的小女子屋檐下感知冷暖，扔了一地闲言碎语，亦是衣衫上细碎的冷菊被风吹落。

## 走远了的盐水小菜

在学校门口,与十多年未曾谋面的小学同学邂逅,看彼此眼中的惊喜,似乎有千言万语即将启封。凝望之中,又忆起那个年代的"特殊"事件。

一条"三八"线,使同桌的我们多次发动"战争"。忘我时,"过线"的胳膊被无数次击打;不经意间,"过线"的文具惨遭抛掷;匆忙中,"过线"的学习用品也常遭排斥……

那时,我们的心中,似乎只有性别差异,而缺少同学间的友谊。异性之间不能多看,不敢交谈,甚至不小心碰了一下手,都惶恐至极,生怕招惹是非。

那个年代,学生生活单调,就是遵从学校的教导,压抑个人的渴望,我们迷失在情感的荒漠中。哪位异性同学有困难,如不是老师、学校牵头,我们只能在心底蠢蠢欲动,而不敢表露于形——伸出援助的手。

淡然一笑之中,说起了彼此的孩子。

我儿子才八岁,时常邀请异性朋友聚餐,常常电话聊天,无拘无束。说起帮助了哪位同学,他更是滔滔不绝,很有成就感的样子。

他女儿十二岁,似乎有"公关"倾向,在学校的交往圈很大,组织活动如鱼得水。她还有不少社会上的朋友，说起人情世故，很为自己有丰富的阅历而自豪。

时代的变迁，社会氛围的改变，让如今的孩子心态更平和更舒展。

我们同学竟无一次离校后的相聚，那段人生经历成为我们独自品味，难以分享的盐水小菜。

现在的学生早已远离了盐水小菜，大都喝腻了饮料，啖够了美味佳肴。需要他们学会的，就是如何珍惜，如何感悟。

## 飘逝的茶香

有朋自远方来，不亦乐乎。

冬日的寒夜，在无孔不入的冽风里，我们放飞心情，渴望找一方茶舍，慢慢品味走远的时光。

油城的创业路，开发道，及至繁华的中心区，都留下了我们的身影，只是不曾寻见一家可以留住我们的茶社。

偌大的油城，楼群林立的是家属区，霓虹闪烁的是歌厅、酒吧，灯光耀眼的是饭店、宾馆……朋友说，油城的夜，是物质膨胀的面包，可食，但不知能否与茶一样，令人慢慢地品。

我有同感。这大街小巷鳞次栉比的餐厅、酒楼、饭店，仅仅是夸耀油区懂得"民以食为天"吗？

想起从前的岁月，江南小城不施脂粉，一条小街上，与朋友肩并肩，头挨头，遍地都是清香飘飞的茶社，稍带一些家居米糕。每一天，每一间茶社都有络绎不绝的人流，大家的心绪一如茶水。有唱地方戏的，大家一起喝彩；有说评书的，众人一起且听下回分解；有扯家事国事天下事的，大家热情参与……那时的人心，如一杯清茶，清澈甘洌；那时的空气，仿佛格外清新，让人怀念……

朋友说，现在的故乡，茶社依旧，新起的高楼大厦也挡不住茶社犹存的风韵。朋友问我可想回故乡，我默然……

与朋友十多年的心灵之约,都与茶水有关,浓而不腻,淡而有味。

风景旧曾谙，能不忆江南！

可否飘到北国来，我那南国的茶香哟！

## 茶香再寻

平生不近酒，却喜茶，只因醉人何须酒，茶香亦销魂。

谈及茶道，我借用唐代卢仝的话："一碗喉吻润，二碗破孤闷。三碗搜枯肠，唯有文字五千卷。四碗发轻汗，平生不平事，尽向毛孔散。五碗肌骨清，六碗通仙灵。七碗吃不得也……"我曾惊诧：何以吃不得？后来才知卢仝解说："唯觉两腋习习清风生。"我顿时大笑：七盏下肚当即成仙飞逝也！

昨晚同朋友寻茶社不遇，今晨友人别后我仍感失意，决计今宵独自去寻。不觉夜色向晚，油城霓虹初上，独自踽踽而行更觉风冷衫薄，我更坚定了寻一茶社，以一盏香茶代酒暖身的念头。

寒风中走了一条街，只是酒楼、饭店、火锅、面馆；再走一条街，仍是面馆、火锅、饭店、酒楼。失望中又走了几条街，灯火明亮，却仍无收获，失望中不禁心生感慨：我那朋友回乡后定会笑我也是酒囊饭袋矣！

毕竟还未到绝望境地，抱着"众里寻她千百度"的心情，又走了两条"灯火阑珊处"的小街。令我惊喜的是，竟发现了一处酒吧，我有了新想法：要一杯热咖啡或红茶，小憩一下也好。

刚刚落座，哪料音箱内歌声大作，那声浪足以掀翻桌椅，我连忙掩耳逃窜。

扫兴之后，只好回家去自斟自品那一杯今晚向往的香茶。寒风中多情的我竟为这一杯清茶生出几许烦恼：近二十几万人口的城市，在"茶文化"已如此普及的今天，何以连一茶社都寻不着？更说不上大一点的茶楼了。

茶香难寻，从中是能悟出许多东西的。此地并非古之高阳，何况连高阳也是有茶肆的。

## 品茶

前些年，吾曾为此地酒楼饭店触目皆是，而独不见茶楼永肆而遗憾，甚或多少有些气愤过，怕路经此地的人误以此地多出酒囊饭袋、高阳酒徒。

如今可是有了两个喝茶的去处，前者从装潢到饮品可称现代派；后者可称古典派，两处我都去小坐过，前者落座可谓之"喝"，后者可称为"品"。

只有身临其境，真正落座于茶楼的时候，才能明了一个"品"字的感觉，而且绝不仅是品茶，而且有了品味人生、体味世态的感觉，这是在酒楼与饭店中所无法得到的收获。

你的箸头与眼神断不可能掉到菜盘汤煲里，而等待茶叶慢慢伸展腰肢，则是个十分恬静的感觉，此时此刻你在静静地品味你刚刚步入的这个小世界。

我所落座的这座三层的茶楼显示了主人的美学修养，这对小夫妻一个专修美术，另一个专修艺术摄影。三层楼一层一个意境，一室一景，你难以想象，一束干枯的花叶在一个画家的妙手之下，都能散发着独特的韵味。一瓶、一瓯、一罐、一缸，都融进了灵动之气。

还有那一桌一几、一椅一凳、一门一窗，在柔柔的灯光下泛着一种迷人的黑紫色，像一首首古诗词，彰显着古老的魅力。这雕刻的门与窗是主人费尽心力从民间买来的明清年间的古董，被重新修葺了一番。此刻只要你能做到心净无尘，就定会感觉到那已经消逝了的朝代仍在静静地呼吸，聆听着茶客的低语，那飘荡的茶香它也是绝对能闻到的。这门窗桌几给了我太多的想象，它们像一副副陌生的面孔，讲述着他们当年在大宅门里品茶的情景。

茶博士的茶艺表演也使我这个喝了一辈子茶的人身临其境地感受到了一"品"字，品那考究精致的茶具，品那头一次得知的名称，品冲泡茶水的程序，甚或品茶博士那双灵巧的手，接下来才是品茶。"一口为喝，两口为饮，三口才叫品"，"一泡为汤，二泡为茶，三泡是精华"，但真正品的该是一种浓淡相宜的意境和文化。

"瑞草抽芽分雀舌，名花采蕊结龙团"，茶当然是极好的茶，人也像水上扁舟一般宁静怡然，浮世的繁华与喧闹何处去也？真的会一不留心就惊动了一屋子的茶香？

浮世的繁华与喧闹离我而去，自己那一缕平日难得一见的心香，时而停留在冷紫色的门窗上，时而又同鼻下的茶香缠绕在一处，一时间，一切都变得和谐起来，就连原本冷硬的桌和凳仿佛也软化了，让人感受到了那种神秘的力量。

幽思绵绵，怀古抚今，品一口香茗，沉淀了世事沧桑，能甘于平淡的是经历过坎坷或辉煌的那颗心啊。我在意的是那一份古朴而悠远的气息在空气里游动，是此刻那色与香对心的洗刷，请许我伴之低吟："繁华落尽／到如今都成烟云／幽幽一缕香／留在深深旧梦中。"

轻拂袖，弹去旧梦新缘。品茶时，时间凝固了，你感觉不到时光的流动，倘若在动，那也是杯中浮动的影子。在你的唇间，凝固的时光此刻也被品出了味道。

醉了，醉了。茶亦醉人，比酒更甚。轻推门扉，细腻心思化作纤指，叩击如歌行板，为人生之味频频点头。

醉了，醉了。人与人，物与物之间，都变得和谐起来。原本生硬的桌、碟、壶、碗也软了。神秘与宁静竟也是一种力量啊。

有柔柔的绸缎再次抚摸心灵，有光透过古老的门窗，滑落在香茗碧水中，把一盏清茶映得剔透起来，恬静的目光和悠扬的古筝声，催着壶中茶叶徐徐舒展。

隔桌品茶的小女子再启朱唇，轻吐一片绿叶，用指尖拈起，那茶香的一种古典美，大概牵出了她的一缕缕寂寞与幽怨。

唇齿生香，人也当真品茶品醉了，不敢推门而去，怕那满街市的滚滚红尘。

## 茗香里的秋

如果说冬天是浓墨山水画,夏天是色彩艳丽的油画,春天是充满想象的儿童画,那么秋天就是一幅简笔画,线条简单而有韵味,将秋天的故事毫不造作地呈现在你面前。

品秋时要伴上一杯清茶,居于闹市的一隅,立于被树半遮半掩的木窗前,伴着虫鸣,就着秋风,细细地品味这满眼尽收的秋景。

秋日的天是透明的蓝,高高的,几团白云飘在空中,看得久了就像是人浮在无边的海里一样,使人想起《红楼梦》探春与她的花梨大理石大案,想起她的汝窑花囊中水晶球般的白菊。

阳光是透明的,无遮无挡地透过云层,洒在人身上,初时很暖,瞬间就感到热,却干干爽爽的。记得小时候看过一个童话,说的是幸运儿把手打开时可以看见太阳,合上时可以看见月亮。我想那一定是秋天的太阳,因为凡人仅沐浴了秋天的阳光就感到幸运、满足,那么可以将太阳握在手里的,又怎能不是幸运儿呢!

秋水是碧绿的,却清澈得可以看见水中的游鱼,看见水底的沙石,水面上的风微凉而湿润。所以秀美的西施才会挽起青丝,摆动迷人的裙裾,来到溪边浣纱。她迷恋清澈的溪水,迷恋纱在波光粼粼的溪水中轻柔地摆动,她一定在溪边编织了无数个属于少女的梦。

在她无奈地背负使命到吴国后，每日令她这位越国女子难忘的仍是故乡的潺潺秋水。

啜一口清茶，闭上眼品味茶香，倾听秋音，脑海中浮出了无限的遐想。

"伯牙善鼓琴，钟子期善听。伯牙鼓琴，旨在登高山。钟子期曰：'善哉，峨峨兮若泰山！'志在流水，钟子期曰：'善哉，洋洋兮若江河！'"俞伯牙定隐于被秋染成了浓绿色的高山上，上有蓝天白云，下有潺潺泉水，阳光透过树叶斑斑驳驳地映照在地上，山涧中偶有四五只飞鸟飞过，或还有几处飞瀑，它们触动了伯牙的心事，他煮酒焚香，置琴于膝上，让指间流出的琴音融入自然，钟子期也正迷恋秋景，故读懂了琴声，演绎出了高山流水遇知音的美丽传说。

睁开双目时，不觉已是月上黄昏了。"沙上并禽池上暝，云破月来花弄影"，倦鸟归巢，秋风微凉，树影舞动，草中的歌唱家们早已纷纷登场，杯中的茶也凉透了，微微沁出了一丝苦涩。放下茶碗，起身下楼，茗秋此时终。

## 盆景心语

从前，我不大喜欢盆景。

一方面是自己比较愚钝，只有那些或花朵娇艳欲滴、或香气四溢的植物才能刺激我的感官，引起我的兴趣，而后我才能谈得上喜欢；另一方面是真的不知道如何将自然美与艺术美相结合。所以，从来也没有关注过盆景，更谈不上探究了。

开始喜欢盆景，源自一位朋友。

朋友告诉我，最喜欢的植物是能够制作成盆景的植物，他喜欢盆景的原因很简单："好养活。"

这也成了我喜欢盆景的最主要原因。我喜欢绿色，却苦于一直没有找到能够易于养活的"绿"。每次办公室需要增添些春意时，我要么到花市上买上一盆最新鲜的花，要么到同事的窗台上直接实行"拿来主义"，但过不了几天，这花便会"香消玉殒"。同事们戏称我是"火命"，根本就不适合养花，屡养屡败的惆怅很刺激我，最后，我也只好"认命"了。

那天凑巧在塘沽市场，一个出售盆景的小摊位使我驻足，大大小小的盆景错落有致地排列着，满满一车造型奇特的花草激发了我的购买欲。为了确保最终损失不会太大，我特别选了一盆十元钱的，当然，还因为它有一个好听的名字——人参富贵榕。

这棵小榕树着实可爱，几片油亮的叶子在纤细的枝头上稀疏错落地排列着，如人参般饱满的根茎将不多的枝叶衬托得更为娇羞婀娜，整个造型宛若唐代仕女，富贵中透着清秀，清秀中又饱含高雅，让人爱不释手！

卖花的师傅告诉我，这盆植物喜阴，浇水要注意"干透浇透"，最好每三四天浇一次。谢过花匠，我端着盆景，有一种莫名的喜悦，尽管不知道这次会不会将它养活，但我觉得就为了"人参富贵"这四个字，也要努力，我相信它会带给我好运。

我严格按照花匠的要求，挑选了家中最阴凉的位置——房间的一个角落，每四天浇一次水，每天早晨起来都会观察盆景的状态。真是立竿见影，第一次浇水就发现有一片新叶翘在最高的枝头上，那神态还真有些高傲，再仔细看去，原来那片叶不单纯是自己茁壮，在它的叶柄根部，还有一枚针尖大小的"新生儿"！我的第一感觉就是兴奋。

待到第五天、第六天，小芽扭动着柔软的腰肢，慢慢伸展……但第七天下班，我就发现有两片叶子落在了地上，心想"不太妙"。第二天，我就咨询了单位的养花专家，"专家"告诉我，这是正常现象。不过说实话，即使不是这样的答案，我也没什么好办法，只好任其自然。谁知，这种情况一发不可收拾，尽管我依然严格按照花匠和"专家"的要求去做，但落叶依然天天有。终于，我的耐心到了极限。我不再像从前那么关注它了。

然而有一天早晨，我的小盆景让我惊叫——它掉完了最后一片叶子，呈现在我面前的是一层新绿！那令人欣喜的嫩绿，那倔强生长的枝叶，真让人感动。原来老叶褪去是为了新生！而我的脆弱也由此显露，我的耐心与毅力远不如一棵小植物……

现在，我越发喜欢盆景了，原因依然是"好养活"，但它有了更为深刻的含义。如此一棵小人参榕却在告诉人们，那句俗语"不死脱层皮"也可以开掘新意，生命也好，追求也罢，都是付出在先，勃发在后，亦如孟子所言："劳其筋骨，饿其体肤……"

## 有些许淡淡惆怅

时常徜徉于书店,有许多爱不释手的书,又不可能有那么多的钱全都买回家去慢慢品味。所以我也有"蹭书"的时候。消磨在书店的时间,从不觉得可惜。

一次在书店"蹭书"的时候,接到朋友邀请吃饭的电话,我突发奇想:何不"请送书"?于是把朋友拎进书店,狠"宰"了他一顿。他说我不会品尝美食,亏了。

我大感不解:"一顿饱餐之后,无以睹物思人;一摞书鹤摆在眼前,随手翻阅,时时感念朋友之谊,孰重孰轻?"

朋友说:"都重,都重。"

此后,他果真改作送我书。而他请人吃饭的频率并未因此而降低,他常说,许多时候是无可奈何的。

原来,"请送书"在朋友之间,既是高雅有趣的事,又不失君子之风。

请吃饭就复杂多了。

求人办事,请吃饭得上星级饭店,"请送书"未免吝啬。

谈业务,得去饭馆。谈书会?未必能进行后面的故事。

以愚之见,请吃饭未必是陋习,自己花钱,在家里小炒小酌,更有温馨之谊。古已有"清茶一盏情相袭,粗茶一碗谊联心"。吃饭,若太讲排场,无异于奢侈。"请送书",则未必是难事。朋友间,阅书如见君颜。酬谢他人,送一套昂贵的书,这书不同样有收藏和观赏价值吗?就怕被酬谢者是屠户樊哙这样的,那就另当别论了。但也许吃惯了山珍海味的樊某,也未必愿意给你请吃饭的面子。

若"请送书"能自觉代替请吃饭,该是多么令人欣喜的事呢!

## 那晚我哑然失笑

"文化"一词的含义甚广,生活中人们又把它分成许多门类:服饰文化、饮食文化、厕所文化……

当前又冒出一股"打火机文化",让人见了不觉哑然失笑。在饭店吃饭,送上一只打火机以便客人吸烟,上面大多印上饭店名称、联系电话,再加上一些诸如"欢迎再来"的字样。有的还把经理或老板的芳名连同手机号一同印上。明眼人一看便知,这当然是在打广告。

近日来,有一些饭店又别出心裁,花样翻新,在打火机上印上了"格言警句",如 "天天去挣钱,为的肚子圆""人来一世,草本一秋,不吃做鬼也冤"等等。还有一些文字令人自叹弗如,"人类能吃好,上帝才不恼""放开嘴巴吃,不白来一世""少喝酒多吃菜,这样的男人谁不爱""喝酒喝酒吃菜吃菜,门外野花莫采",简直让人啼笑皆非,叹为观止。即使不拿到人生观、世界观的高度来剖析它,只是随意一看也能明白这些"文化"粗浅粗俗到了什么程度,更能明白老板在诱导什么。醉眼蒙眬中,这些文字对某一些食客确实能起到"格言警句"的作用,甚至有的句子发挥着"诱人春心荡漾"的作用,是一种精神上的暗示。原先自己并不曾想到的,

"打火机文化"却在提示着你。那些"春色旖旎"、让人浮想联翩的话,着实贻害无穷。

"打火机文化"刚刚在某些地方"启动",我真担心有一天它会处处落地生根。

但愿我的担心是多余的。

## 让我认识我自己

早在两千年前,古希腊人就把"认识你自己"作为铭文刻在德尔裴神庙上。然而,时至今日,人们不能不遗憾地说,"认识你自己"的目标还远远没有实现。

在现实生活中,如果自我被放大,就容易产生虚荣心理,形成自满和自我陶醉。这种人喜欢炫耀、哗众取宠,不能客观地评价自己。如果自我被贬低,就容易认为自己无用,一无是处。这种人也许本来可以才华出众,成绩超群,却由于自我贬低,"非不为,是不能也"的自我退缩伤害了自我。

那么我们到底应该怎样来认识自己呢?

用"比较法"认识自己:通过与同年龄的伙伴在处世方法、对人对事的态度、情感表达方式等方面进行比较,"以人为镜"找出自己的特点,来认识自己。比较时,对象的选择至关重要。找不如自己的人作比较,或者拿自己的缺陷与别人的优点比,都会失之偏颇。因此,要根据自己的实际情况,选择条件相当的人作比较,找出自己在群体中的合适位置,这样认识自己才比较客观。

用"自省法"认识自己:自省是人的一种自我体验。人们在实际生活中,往往通过自我反思、自我检查来认识自己。从重大事件中所获得的经验和教训可以帮助人们了解自己的个性、能力，进而发现自己的长处和不足。

用"评价法"认识自己：在认识自己的时候，应该重视同伴对自己的评价。他人的评价比主观自省具有更大的客观性。如果自我评价与他人的评价近似，则说明自我认识比较客观；如果两者相差过大，大多表明自我认识上有偏差，需要调整。当然，对待他人的评价，也要有认知上的完整性，不可偏听偏信，要恰如其分地认识自己。

用"经历法"认识自己：在生活中通过总结成功的经验，失败的教训，来发现个人的特点，因为成功和失败最能反映一个人的性格、能力上的优势和劣势。

用"二分法"认识自己：看待任何事物都应坚持唯物、辩证的观点，对自己的认识也不例外，既要充分发现自己的长处，也要认清自己的短处，只有这样才能扬长避短，把握自己，取得更大的进步。

其实，关键不是如何认识自己，而是认识自己之后又该怎样去做。朋友，你说呢？

## 或许有一种痛

常受飞短流长的袭扰，时有莫名其妙的压力重击，渴望生出三头六臂，盼望拥有七十二般变化，只寻找一种简单的日子，去感受童真，看一看低幼读物，讲一讲单纯的故事。简单是一种纯净的真实，简单是一种疗伤的方法。

旧伤未愈，又添新疤的时候也有，用简单去消弭疼痛，或许也难摆脱自欺欺人的嫌疑。自律也许会让你以不变应万变。一位女友的婚姻是一眼井水，她从前的男友却想给她一片湖水。湖水有泛滥的时候，湖水有翻船的可能。她虽有远行的渴望，但终不忍心丢弃沉默的井水的沉默，于是自律的她，把自己化作井边的青苔，年复一年，无视湖水的青睐，满足于井水的平和。后来湖水真的生变了，他渴望奔向大海。朋友悄悄舔舐那份伤痛。自律，不张扬，也让挫折难以掀起风浪。

或许有一种痛，难以简单化解，难以用自律压制，但能否合理转移，在转移的氛围中慢慢让伤口愈合呢？女友年轻任性，在青春多梦的季节，非要向往秋天的萧瑟。她在二十岁的青春年华步入了一个四十岁男人的婚姻旋涡，当她遍体鳞伤，像浮草一样随波逐流时，男人已回到了自己风平浪静的港湾。她几次险些被暗礁击碎，多次几乎被恶浪吞噬，无依无助的她，被冲击到深海时，领悟了浪遏飞舟的精彩，看到了渔帆点点的温馨，遥望到了海岸灯塔的光亮。她振作自己，去闯海，去踏浪，去弄潮，终于在"转移"的尝试中，学会了笑对人生，并因多才多艺赢得了新的生活。

挫折是痛，止痛的药方需自己配制，至于如何服用，更要看自己的智慧了。

## 这钱我不花

我第一次尝到有钱不能花的滋味。

货币交换，似乎是天经地义的事情，而我那张面值为五十元的纸币却是另一种情景。

真是不曾有过的尴尬，物品选中了，要付钱时却被检查出是假币，我也险些被看成是骗子。

也有同情我的，看我这副柔弱端庄的样子，岂能是胆大包天的假面人？真不知假币是何时被我领入兜里的，这方面的警惕性处于休眠状态。

的确，表里如一，善解人意，往往有不被尊重的时候，如此被侵害权益，可是自己深信美好所致？

我也想将错就错吗？我手里捏着那张假币，提心吊胆，好像面对的是一张张蛛网，被黏住，有挣扎不休的痛苦。"打的"时，捏了捏它，不好意思拿出来；买菜时，掏了掏，不忍心摸出来；洗照片时，抓了它一下，还是抛不下一种深深的自责感⋯⋯

我突发奇想：何不把这张假币作为纪念收藏起来？也许有一天，它会成为一张"绝版"。

## 我心简单

一直很庆幸，自己是一个普通而平凡的人，可以简简单单、平平淡淡地生活，做一些自己想做的事，说一些自己想说的话，过自己想要的日子。我想，世上最快乐的事莫过于此吧。

我喜欢简单，喜欢一切透明而纯净的东西，喜欢风轻云淡，天高气爽，喜欢在晴朗的夜里静静地听歌，喜欢在洁白的纸上涂抹一些简单而杂乱的文字，喜欢看《散文》里写的那种风花雪月的故事……

我喜欢简单，简单的一切总是能带给我轻松和愉悦，喜怒哀乐总是写在脸上。然而，简单的我有时会迷惑，人为什么总把简单的问题想得那么复杂呢？我无法把简单的事情想得复杂，我觉得多数事情都是简单的，正如别人所说，思考问题过于简单，有点幼稚，不成熟，等等。同样，简单让我轻易地相信任何人，我为此付出了许多代价。面对繁杂的世事，复杂的人际关系，有时我也会感到无所适从，甚至不知该如何面对。

还是有位哲人说得好："如果你简单，那么这个世界也就简单。"与其去抱怨和计较，不如心拥简单，那就会淡然，以至于豁然。用自强自信直面得意与失意，让人生之路处处柳暗花明。那么，拥有简单，该是一件多么幸运的事啊。

  我认为简单不等于糊涂，而是智慧。生活永远不会平静，也不会永远简单，但我们需要从中寻求平静，寻求简单。化繁为"简"，是需要一种智慧的。简单也不是浅陋，而是美好，一位大艺术家说过，简单才是最美。生活不正是这样吗？最简单的装扮往往是最美的，最简单的语言往往是最真诚的，最简单的行为往往是最能打动人心的。

  简单更不是平庸，而是深邃。简单实质上是面对纷杂喧嚣的一种清醒，是一种对复杂事物进行分析判断后的彻悟，是一种顶着诱惑把握住操守的精神境界。

  其实，简单就是一本泛着墨香的杂志，一杯冒着热气的绿茶，一种心灵上的宁静与满足！

## 卷七

豆灯明月，素衣长衫；幽兰吐馨，团扇流萤。多少笔墨以字当歌，多少字符遥寄走过的岁月。愿心似清泉流淌，流进未来悠长的年华。

## 问水何得清如许

提起大港油田的水,这数十年的变迁,让人感慨。从这一滴滴水中,我们听到了历史的车轮声,听到了一个民族的脚步声。

时至今日,我的脑海中仍然时常浮现出一幅清风徐来、水波不兴的水墨画卷。当你站在长长的北大港水库的大堤上瞭望,无边无际的水域或平静如镜,或微风涟漪,间或有小舟穿行其间。远远近近的苇丛,在阳光下闪着翡翠般的油绿光泽……这不是梦中之境,这是记忆中四十多年前的散文意境。正是有了水库充足的水源作为保障,大港油田人愣是在盐碱滩上种植出了水稻。金秋十月,稻谷成熟,就有了片片炫目的色彩,大地变成了块块黄金。再看看星罗棋布的抽油机,不禁感慨,这不正是墙上贴的"工业学大庆,农业学大寨"等标语真实写照吗?乌金一般流动的石油,白银一般闪光的稻米,让白花花的盐碱滩发生如此神奇的变化,这是所有油田人的自豪。当然也包括我,虽然那时的我还只是一名小学生。忽然有一年,像话剧舞台撤换道具布景一样,浩渺的水不见了,那些小渔船不翼而飞了,据说那些渔夫都黯然回到白洋淀的老家。

水库一天天瘦下去,先是窄成了河流,渐渐变成了细流,最后瘦成了小溪,终于有一天,滴水不见了。不仅稻田荒芜,饮水都成了问题。我们开始了发掘饮用地下水的历程。油田是退海造田之地，地下水仍固执地保持着大海留下的腥咸苦涩，氟含量严重超标。饮用高氟水，直接造成了我们那一代人几乎"标配"的氟斑牙。直到现在，要是辨别与我们同龄的某人是不是油田子弟，张嘴看看便知，那一嘴的黄牙是最好的标志。长期饮用高氟水要是仅仅影响牙齿美观倒也没什么，关键是会严重危害骨骼健康。

金鹏终会展大翅，春风再度玉门关。一九八三年引滦入津工程竣工，油田人饮用高氟地下水的历史也随之结束了。大港油田修造了储水罐，每天都派罐车拉水，千家万户驮水喝的大幕就此拉开。单位为每家都配备了塑料桶，等拉水车一到，等不及卸车，小孩子们就挤着拥着去车后接水。看那叫着喊着争先恐后的劲儿，好像是先接的水要比后接的水甜似的。望着我们水淋淋的狼狈相，大人们就都躲在一旁看着笑。水接满了，又发了愁，那一桶水可不轻。我们又八仙过海各显神通，往自家鼓捣。手提、车驮、木棍抬，一路踉跄，一路淋漓，一路欢笑。原本小小的矿区，仿佛一下子涨了无数倍。时至今日，那阵阵欢笑还经常以梦的方式回归，给我带来无限的温馨。好水须泡好茶。不知何时，粗线条的石油人开始变得细腻起来。翻出长久弃置的茶具，抹净满面尘灰的桌椅，换上干净的衣衫，烧一锅滚水，沏一壶香茶，于晚饭后或慢品独酌，或知己闲谈。谁能想到，那一双双粗糙的大手，抡得动十八磅的大锤，也能将细釉钧瓷捻出万种柔情。大概两年之后，引滦入港工程竣工。我们那时也住进了楼房。拧开水龙头，清澈的滦河水便汩汩涌出。再也不用受驮水的累了，那驮水的日子终于远离了我们。

如今，我们的水管中奔流的，除了滦河水，还包括黄河水和远道而来的长江水。黄河之水天上来，滚滚长江东逝水，这百里千里之外浩渺的波涛，竟能在案头盅盏中泛起柔波，这在过去是做梦也想不到的事情。这一切,除了以祖国强大作为注脚,我找不到别的说法。

更让人欣喜的是,在"迁井还绿"的指导思想下,北大港水库已成为声名远扬的著名湿地,沙鸥翔集,锦鳞游泳,那绿油油的水驮着白云自由地吟诵。

从水的变迁中,我们感受到了祖国前进的步伐,感受到了生活的日新月异,一切都会越来越好。

> 问水何得清如许,
> 星河灿灿差可拟。
> 今朝银练出丹江,
> 昨日玉绦舞迁西。
> 稻谷漫卷浓浓意,
> 石油奔突切切急。
> 小桥柳遮荷花面,
> 北方江南两相宜。

## 昨宵一夜唤春雨，今朝满目是杏花

　　此处风景，景上叠景；惊叹此变，新上更新。
　　这几年我心中常吟咏的一个字就是个"新"。恰逢新时代，人们有了新的梦想，企业有了新的梦想，国家有了新的梦想，君不见新思想、新理念、新潮流、新发展、新变迁、新景观满目皆是。
　　大港油田，作为中国五百强企业之一，更会有其梦想。当年我在帐篷内可听风声凄凄，野鸥啾啾；亦可见蒿蓬遍野，水沼处处。大港油田为国民经济做出了卓越贡献，被誉为镶嵌在渤海之滨的一颗璀璨明珠，但这颗让滨海人为之骄傲的拥有十八万石油人的巨大明珠，却卧在滩涂与野风中。
　　曾几何时，大港油田人又一次成了弄潮儿，投身于新时代的滚滚大潮中。让人惊喜的是，那一座座城市，那一个个乡村，那一处处边边角角，都在显示着复兴的新貌。
　　我曾观看过一段航拍油城的视频。街道巷陌，红瓦绿树，宛如一幅徐徐展开的画卷，锦绣相连，蔚为壮观。如今啊，你随便走进一个小区，定会有蜜蜂飞入花园的感觉。而且你会惊讶地发现，每一个小区，从布局到格调，各有侧重，极具特色。
　　其中有三处美景，是我眼中的大港油田"三绝"。
　　拱桥高耸，如月落湖面；流水蜿蜒，思曲水流觞；柳梢轻拂，盼黄昏之后。回眸凝望，雨丝缠绵，卵石小径飘来撑着油纸伞的姑娘。环湖树林，鸟鸣声声。空竹在银发老者手中，嗡嗡有声，自由翻飞。草坪边，笑声被孩童恣意播撒。运动场上，青春在矫健的奔跑中尽情张扬。这是何方仙境？这只是怡然小区的中心花园而已。楼间的绿化带里，枣树、桃树、杏树、梧桐，种类繁多，高低错落，郁郁葱葱。尤其是那一株株梧桐，笔直的树干，一人难搂，高耸入云，是这绿色海洋中的桅杆，格外引人注目。人们难以置信，这里昔日连一棵树也栽不活，敢问是九霄仙境一夜落人间？敢问真的还是那十八万双手所为？这让人有太多的感喟和思考。

　　提起西苑小区，油田人首先想到的必是"西苑双艳"——荷花和桃花。荷花池位于西苑小区的西南隅，巧夺天工，仿佛那地方就该有这么个池子。每当盛夏，碧绿的荷叶层层叠叠，一朵朵荷花傲然挺立其间，像是一个个小姑娘，粉面半露，含羞带怯。伫立于池边，满目花明叶净，人仿佛也变得单纯透明了。情不自禁，低吟一首："毕竟西苑六月中，风光不与他处同。田田莲叶无穷碧，映日荷花别样红。"小小荷塘，春如翡翠，夏似玛瑙，秋如田黄，冬似脂玉。这半亩方塘，为经年累月艰辛拼搏的石油人平添了几多心灵的抚慰啊。

　　传说乾隆誉盘山曰："早知有盘山，何必下江南。"而我要说，早知有西苑，不必去桃园。西苑小区中央的花园里，植有这里最大的桃林。每当花开时节，桃枝告诉你，什么叫花团锦簇；桃树告诉你，什么叫花的大海；桃林告诉你，什么叫花的汪洋。桃之夭夭，灼灼其华。一朵桃花，就是一束小小的烛光；一树桃花，就是一把跃动的火炬；一片桃林，就是朝霞垒就的宫殿。桃李无言，下自成蹊。整个花期，踏春赏花之人络绎不绝。黑色海诗社的诗人们齐聚于此，徜徉赏花，流连赋诗。此时，油田冷峻的一面不复存在，代之以温暖的笑容。石油工人的一双巧手，在昔日的盐碱滩上，用钢铁和花朵，创造了这绚烂多彩的生活。

夜幕降临，华灯初上，康宁小区广场上乐声又准时响起。这悠扬的乐声，如同集结号，饭后的人们，三三两两会集于此。喜爱舞蹈的人，呼朋引伴，翩翩起舞。跳得好的，引来阵阵喝彩；舞技差的，在广场边虚心请教，勤学苦练。跳累了，就坐在四周的长椅上休息。切磋舞蹈，聊聊工作，或者干脆漫无边际扯上一通闲篇儿。康宁是高层小区，大大节约了建筑用地，所以这里不仅有广场、草坪和树林，还在广场东侧建了一座彩灯音乐喷泉。这喷泉是康宁独有的，所以不少其他小区的居民，一到夜晚，纷至沓来。音乐响起，水柱喷涌。平静的水池瞬间热闹起来。音乐和水柱配合紧密，相得益彰。且听且看，仿佛觉得水下隐藏着一个规模浩大的乐队。人们悠闲惬意的样子，正对应了这小区的名字"康宁"——健康快乐，幸福安宁。

当你走出碧绿的小区，走出石油城，乘班车进入生产区，那是一个绿、红、黄、白、黑相间的世界，白色的井场，红、黄的管道，黑色的采油树掩映在红花绿树之间，这里的人们昼夜高歌猛进，奏响"夺油上产"的新旋律。

这是一座在新时代中拔地而起的石油城，这颗滨海明珠被十八万双手高高擎起，擦拭得光芒四射。

在此，我套用诗人雷平阳的一首诗表达我的心情："世界很大，但我哪里都不爱，我只爱中国；中国很大，但我最爱天津；天津很大，但我最爱滨海新区；滨海新区很大，但我最爱我的大港油田！梦想纷繁，但我和我的企业最爱中华复兴梦！"莫把生活小区的建设视为小事，让渤海明珠灿烂起来，这是更辉煌的梦想。

最后，我应深沉地再感慨一句：勇于进入新时代，敢于心怀梦想，勤于默默耕耘，你就必无愧于时代。复兴，复兴，我的国我的企业必将复兴。

## 这里让你的渊明之梦成真

这是一片柔美、静谧、色彩斑斓的土地。

这里曾经有过喧嚣,这里曾经有过童话,这里曾经有过历史深深的足痕。

这里曾经有过诗人,这里曾经有过画家,这里曾经有过戏剧大师,有过众多的文人、学者。

站在这块多姿多彩、弥漫着历史风尘的土地上,你会看见站在大清河、子牙河堤岸上的诗人郭小川瘦弱的身影,看见诗人被风吹起的长发,他那抒情的诗句会在你耳畔回响……

秋风像一把柔韧的梳子,梳理着静静的团泊洼。

秋光如同发亮的汗珠,地在平滩上纵情地挥洒。

向日葵低头微笑着,望不尽太阳起处的红色天涯。

大雁即将南去,水上默默浮动着白净的野鸭。

团泊洼的秋天啊,犹如少女一般羞答答。

不管怎样,且把这诗篇埋在坝下。它也许与秋天不相符,但到明年春天准会生根发芽。

发芽了,生根了,诗人的梦幻正在这片童话般的土地上逐渐变成现实,这种现实是曾到此巡游的乾隆帝也未曾预想到的。往日羞答答的少女落落大方地迎接着前来"乾隆湖"(古称)的人,无论你是创业的、投资的，还是旅游的。

早在三十多年前，大港油田上万名员工家属便聚集于此，团泊洼敞开胸怀，容纳了大港油田第一批拓荒者，他们真正成了"童话家园"的彩绘者。今天的大港油田有很多中年人是伴着团泊洼柳梢上的知了声长大的，芳香的泥土里留下了他们童年欢乐的足迹。掩映在树林中的校园里传出的琅琅读书声，曾经寄托了多少石油人的追求。那落日余晖下升起的袅袅炊烟，将在子牙河摸鱼捉虾、尽情挥洒野性的顽皮少年召唤回家……在这里有过人生历程的人，记忆里一定还留有田野里烤玉米的清香，它定会将你带回到你那独特的有着童话色彩的童年。

团泊洼留在大港油田人心头的记忆是浪漫的，那是人与自然的和谐，是人对幸福的开垦，是一次次把希望升起在心头。

如今，团泊洼有着"乾隆湖"时期的宁静，也有着现代的声影。这里有"桃花源里可耕田"的景致，有"采菊东篱下，悠然见南山"的恬淡，这是一片繁华中的净土，又是一片洗尽铅华的"静地"。在这里，你能在时代气息的笼罩下产生一种远避红尘的感受。团泊洼地处天津大港、静海、西青三区县交界，拥有国家一类珍禽白鹤、黑鹳、大鸨，二类珍禽海鸬鹚、大天鹅、庞鼻天鹅、鸳鸯、灰鹤等，它被列为天津市重点旅游景区。据说已有计划将团泊洼建成"水韵之城"。

雨里鸡鸣一两家，桑榆陌下阳成霞。妇姑相唤水畔去，鸬鹚天鹅弄水花。

感谢大自然的厚爱，它给我们留住了团泊洼的宁静、安详。来吧，朋友，让依然清澈流淌的独流减河洗去你身心的疲惫，让遍地的红高粱使你嗅到金秋的芳香，让杨柳依依的湖畔垂钓带给你劳作后的惬意，让踩着露珠播种下的种子，在温暖湿润的土地中孕育出丰硕的果实……

## 油画

到温哥华的时候正是四月。古诗中说"烟花三月下扬州",可是世界上有许多国家的人喜欢阳春四月去温哥华。

身在温哥华,仿佛掉在了鲜花丛中,五光十色、奇形怪状的鲜花簇拥着每一户人家。一座座独体别墅,远望真像"花苞屋",家家只露着房顶。而且,还有许多只有原始森林里才有的百年巨树,或在房前,或在房后,或在窗下,绿荫蔽日。

我常常在清晨或傍晚沿着小街,踏着淡绿色的草皮散步,清新的空气里充满了松脂味和花香。那一刻只觉得神清气爽,人也格外清醒、怡然。

一天傍晚,夕阳迷人的橙黄色余晖洒在路上、花丛上、草坪上、屋顶上,折射出多种新的色调。我忙用手机去捕捉这些平时很难见到的光影。

我几次按下快门后查看片子效果,在被手指扩大了的照片上有了新发现,在花丛的空隙中有一对华人男女。可是我听不到一句说话的声音,偶尔有轻微的水声。

我当即一阵脸热,紧张起来,暗暗责怪自己太粗心了,这要是被发现,人家还以为我是偷窥者,我慌忙站起来,赶紧往前走了几步。

果然惊动了别墅主人,原来两人正坐在花墙下林木前洗脚,女人双脚泡在盛满热水的木盆中,男人蹲在盆前正在为她洗脚。他们见我是同胞,不约而同地跟我热情地打招呼,男人一指旁边的藤椅,示意我坐下,对我说:"桌上有新煮的咖啡,你自己斟,待我给她泡好脚,咱们说会儿话。刚从中国过来?"

女主人搭话说:"上火了,嗓子痛,口干,他给我买了药,还非让我泡脚发汗,告诉我有寒脱寒,有火去火。"她幸福而又得意地笑了,仿佛在说,看中国的男人多好!

我也笑了,轻轻地在椅子上坐下,看着这幅感人的画面。男人对我说:"她连泡脚都不会,脚上有许多穴位,要边泡边揉。她阴虚火旺,内里虚火太大,要揉陷谷、内庭穴。"

真没想到他竟懂得经络穴位。交谈了几句后,我知道了女主人叫溪静,男士起了英文名字叫约瑟夫。

约瑟夫说完便弯下腰专心致志地为溪静沐足,那专心的样子仿佛旁若无人,忘记了旁边还坐着陌生的客人。在一脸的书卷气背后,看得出他心里既平静又惬意,刚才他说他从不曾给别人沐足,他有洁癖。但现在看,他那么喜欢那双脚,当然是因为他喜欢那个人。我再看溪静,她是个很美丽的女子,小巧的鼻子下有着一张生动的小嘴,抹了些口红,头发梳成一个发髻,高高地盘在头顶,苗条的身上罩着一件茶绿色的小衫,下身是白白的裙子,看上去洁净、淡雅、娴静、端庄,像小溪一样清澈、明亮。

约瑟夫把她的一只脚放在自己的双膝上,为她按着穴位,一个脚趾一个脚趾作按摩。那脚确实很美丽,白净、细腻、纤瘦、匀称,真是一双美足。

她突然"哎哟"了一声。我看得出约瑟夫用力很柔和,也很用心,是她在幸福地撒娇,女人当然希望男人疼她爱她。她微笑起来很好看,我可以看出她心里荡漾着一种甜蜜,心的舒展比脚上筋肉的舒展更令人幸福。"你看,你有根白发!"女人伸过手去,约瑟夫伸过头去,她揪下那根白发让男人看。

夕阳从金色变成了玫瑰色,把两人照得很柔美,像一幅油画,我有些被感动了,一种说不出的感动,这是我第一次看到一个男人在为一个女人沐足。无论是出于亲情、友情,还是爱情,都足以让人感动。

突然想起一幅十六世纪意大利著名油画大师提香画的《花神》,我是在佛罗伦萨见到的。画中的花神并非豆蔻少女,只是一个少妇的形象,美好恬静得像是神的化身。我还在圣马利诺见到一幅油画《沐足》,那画面同我眼前所见几乎别无二致。画上沐足女的形象就像一朵盛开的鲜花,令人向往。据说画中女子是画家当时暗恋的女人。画中的少妇专注地望着为她沐足的男人,微笑地沉思着。安闲的享受样子和眼神的调皮,以及清秀的面容,充满活力的状态,使整个形象给人以活泼而又典雅端庄之感。而当下,这幅油画就出现在了丹巴六十六大街的一座别墅前。

最美的爱是可以从头爱到脚,在爱人的眼里你的美无所不在;最美的爱是把爱送进你心房的每个角落,让爱伴随你的每一天;最美的爱是用爱的阳光抚慰你的身心,而这爱感动了旁边的人。

## 宅心听韵

秋风,凄雨。雨,在窃窃私语。

漏雨的小屋中,一盏小灯昏黄,光线却射出了小窗外,使得漫无边际的荒野有了一点生机和温柔,甚或一点希望。

秋夜的冷雨让小屋更显凄凉,但在她的心底涌起一种凄美感。

百里荒原。一屋一灯一少女。

她站在小窗前,用纤指点住一滴落在窗上的雨花,纤指沿着玻璃往下滑,那雨珠儿好似很听话地随着指肚往下淌。

她认为那是母亲每天的泪,那也是林黛玉无尽的泪水。

仰望天空,雨帘密织;俯视大地,秋草枯黄。知识分子父亲追求自己的幸福去了,只留下无工作不识字的母亲和一双尚未成年的儿女,屋中冷锅冷灶,无一件家具,只有四面墙垣隔开了夜雨秋寒的荒野。她想象不出那个未知的、不曾谋面的阿姨会怎样对待父亲。

她打了一个寒战。有太多的冷与痛在她身上,她顿觉衣衫薄。身无依靠,心无着落,窗外黑夜无涯。这个寒战让她好心疼蜷缩在炕上的母亲和幼小的弟弟。

一瞬间,她蓦然感到,自己就是那个孤苦伶仃的林黛玉,甚至比她更凄冷。

她从小伙伴那里借读了整套《红楼梦》，深深地同情和喜欢林黛玉，而反感春风得意的薛宝钗。她常常把自己幻化成林妹妹，在同学们因她的身段和面相而给她"绛珠仙子"的"雅号"之后。她不拒绝这个"雅号"，甚至有些喜欢，但她告诉自己绝不以泪洗面，绝不委曲求全，绝不可以柔弱。

一次，她与弟弟瞒着母亲，在垃圾场捡破烂儿卖钱，想给妈妈买生日礼物，因此回家晚了却不想过早暴露"壮举"，让母亲少了惊喜。深夜回家是母亲绝不容忍的。她趴在板凳上，任由母亲手中的柳条飞舞，一下下鞭挞在身，她几乎要皮开肉绽，但一声不吭，绝不讨饶。而小弟早已跪下，满脸涕泪，躲过了一场鞭笞。

年少时她已决定，要读书，要写文章，写红尘烟火，写人世命运。她要像棵草那样顽强地活着，一生沾泥带露，活色生香。倘若有一天她能拿起笔写作，她要让自己的文章呈原生态，绝不装腔作势，绝不之乎者也，她要让她的文章也自然清新、姹紫嫣红。

这一夜，不知她在窗前听雨多久，而母亲与弟弟全然不知。这一夜又太不寻常，似乎她自我开蒙，初定了自己的人生目标。

雨没有停歇的意思，落得更加稠密。

夜阑珊，纤指掀窗帘，雨在声声叹，鸿雁南飞侬北飞，是寒是暖？

她，又幻化成了林黛玉。窗外有半截腌咸菜的瓦缸积水过半，屋檐上的水一滴滴击打着缸中的水，叮咚叮咚，似山林野泉，像玉指走琴弦。

林黛玉伫立于黑夜中，听雨打竹叶，听秋声瑟瑟，听那残缸泉声。她觉得很好听，像细语呢喃，像潇湘夜话，分明是有人在不知劳倦地滋养她——

很多时候，人们不会被突如其来的不幸变故所压倒，痛苦在于一时寻找不到新的出路，而丢失了人生的激情——叮咚叮咚。

此刻，沉默是支撑生命的力量——叮咚叮咚。

如果有一片乌云遮顶，我不会责备阳光不能无所不在——叮咚叮咚。

多朴素的哲理，多明白的教诲。梦想啊，你在哪里，就在我的窗外吗？那雨声让我的心沉浸在从未有过的宁静中，那韵味是秋雨的韵味还是我的"心韵"？

青青园中葵，朝露待日晞。容不得你对人生细细思辨，白驹已过隙。转眼间，她已高中毕业参加了工作，成了一名地质资料员。

除夕之夜，人们回家团聚。她却坚持留在单位值班，为了要双倍的加班费，给弟弟交学费，给母亲买新衣……

残山残水梦最真，旧事丢掉难，哪堪回首。一时间她又梦回红楼，但她比黛玉更凄凉几分。

春寒料峭，她独自走向漫漫荒原，走向令人恐怖的坟地，随意倚靠在草丛中的一座孤坟上。她掏出几块水果糖，恭恭敬敬地供在土堆前，喃喃细语："我不认识你是谁，打扰你了，原谅我。过年了，也只能送你几块糖，你吃吧！"说到"过年了"，她心里五味杂陈，眼睛酸痛难忍，真要放声大哭。但她没有，她说过这辈子不许自己哭，只学黛玉的宅心仁厚，而不学她的泪水涟涟。

远处的村庄灯火闪烁，爆竹声突然间响成了一团。哦，子夜了，新的一年到了，庄里人家要下饺子了。

此时此刻，庄里人可知有位素面素衣的少女，独自在荒草丛中与孤坟野鬼细语？她的同事、室友可知？她的母亲可知？她的小弟可知？这是人世间怎样的孤独，怎样的凄冷，怎样的悲凉！

不知荒冢埋何人，谁人又知玉人来。青丝垂肩野风拂，凝脂霜寒，月上如钩草无涯，红颜青冢，多少红尘灯火外。

她无一丝畏惧，起身伫立。她宛若又回到了屋漏偏逢连夜雨的那间老屋,屏息静气听那屋檐水滴入缸里的声音:认为自己的人生没有意义,这才是人真正的不幸——叮咚叮咚。在生命价值面前,不是退缩,就是往前探索——叮咚叮咚。要记住,真正有意义的人生是由云和阳光组成的——叮咚叮咚。痛苦与泪水是磨刀石,在磨砺你的人生——叮咚叮咚。

她知道这声音发自她的心底,她告诉自己要奋发图强,要敬业,要继续读书,继续写作,写人,写命运,写社会,要让母亲过上好日子!时代变了,要做个新时代的黛玉,真诚、通透、善良、率真。

她的工作日见出色,她的笔锋也日渐成熟,她接二连三地在各级各类媒体上发表作品,从偏远地区竞聘到了近郊的机关做宣传工作。为此,她去照相馆拍了一组古装照片。她第二次通读了《红楼梦》,还是不忘初心,不是一般的喜欢黛玉。她在读书笔记中写道:"那林黛玉嗜书如命,才高八斗,感情丰富;她真实、淡泊、敏感,故易伤感,比别人更自尊自爱且又固执。"

她尤为喜欢林黛玉写的这首诗:"半卷湘帘半掩门,碾冰为土玉为盆。偷来梨蕊三分白,借得梅花一缕魂。月窟仙人缝缟袂,秋闺怨女拭啼痕。娇羞默默同谁诉,倦倚西风夜已昏。"

尽管宝钗亦学识颇丰,性格温顺敦厚,很得上下喜欢,但她仍喜爱黛玉而厌倦宝钗对金钱权力的渴望。在她心里,宝钗只因这一点而丢了美好之处。

她在认识自我,接纳自我。她要一生一世与世无争,与人无争。

她确是太天真无邪了。林黛玉哪里晓得人的复杂性,她又哪里知道社会生活的丛林法则?她刚到近郊的机关,早知道她到来的那"几支笔",早已"有所准备",以挫其锐——不许她动办公室唯一的一台电脑,将共享的文件材料也锁起来,不让她使用。

她骑着摩托车毫无目的地开向漫无边际的荒野,而后停车放声大哭。她哭得痛快淋漓，哭出了多少该流出而没流出的泪水。她不明白，善良简单的自己伤害过谁？他们为什么要这样对待自己？当然，那时的她还不晓得"君子无罪，怀璧其罪"的道理。

她渐渐止了泪，收了呜咽。大哭之后，心里一阵清凉，那山野之泉又流进心田，听其"心韵"犹如抚了古琴，入禅入道，听其劝诫。

她在心里呢喃：人要有志趣，融入世俗，但又要像闲云野鹤一样心灵自在，将尘世浮名看淡。福大莫过于岁月安好，无灾无祸。倘若一个人不能容人，有禄必得，有仕必争，则必有墙倒众人推的那天；而宅心仁厚，海纳百川，自然会少了许多是非冲突。譬如山中那道士，即便他胸无点墨，但看上去潇洒出尘，气度不凡，正是"人闲桂花落，夜静春山空。月出惊山鸟，时鸣春涧中"。我应为桂花，为春夜，为山鸟，为春涧，不扰自己，不惊他人，而不学猿猴一生攀高，又何必去计较那"几支笔"？

思前想后，她又自嘲道：有两种酒世人几乎皆喝皆醉，一为名酒，二为利酒，饮此二酒的人一生一世难醒，趋名者醉于朝，趋利者醉于野，难寻解药。

她不是薛宝钗，绝不会城府无底，绵里藏针；她有林黛玉的善良真诚、多愁善感，她更坚韧、刚强，琴心剑胆，铁骨柔肠。

风行水上自成文，文章原是天成之音，在生活的沃土中妙手偶得之。时光荏苒，笔耕不辍，终于，我的集子一本一本得以出版。

当《带露的紫罗兰》一书拿到手中时，我的泪珠情不自禁地滚落。记得我拿着书，在夜晚的春雨中，把车停在一个土岗上，把头埋在方向盘上许久许久……

抬起头，雨滴在玻璃上调皮地打着滚撒着欢，敲击着玻璃，叮咚叮咚，好美的声韵，好美的"心韵"。在这春雨之夜，我又在聆听我的心语：我圆了我的少年之梦，圆了人生之梦——叮咚叮咚。

我兑现了我的诺言,母亲幸福啦,快乐啦——叮咚叮咚!

春归退寒潮,夜雨飘摇。年年枯叶变青草。听我心音,句句生韵;耕我心苗,其乐滔滔。一脸热泪为谁娇?眼帘珠儿追梦飘,湿了素绡。笔尖生花香百里,我自逍遥。喧云鬟烟漫吹箫,知了知了。把镜儿擎掠,已不是春晓。

转眼,我五十岁了。我为五十岁而写的这篇,不知为何,不想用第一人称,而用了第三人称。

人,常常听听自己的心,听听"心韵",大有裨益,心灵之泉的流水声其妙无穷,只可惜听自己的"心韵"的人不多。

我喜欢黛玉,但我不拟古。我每天都在紧跟时代的潮流迈步。未来的日子,我仍将携通透、简约、精彩、率真、善良一同走……

# 后记

光阴似箭，白驹过隙。转眼人生过半，回首前尘往事，感叹一番岁月刻刀在面孔上的雕刻如此无情之后，反问自己：你手中的"刻刀"又给岁月雕刻了什么？先是茫然惆怅，之后又忐忑地问了自己一句：这本《宅心听韵》可算得上我人生中又一个十年的礼物？

是夜失眠，回望走过来的旅途，难免柔肠百转，心有千千结，便顺手涂抹了一些颠三倒四的文字："飘雪悠悠花见瘦 / 冬至入九 / 生日渐至又进寿 / 巴山蜀水添新生 / 恰逢寒流 / 五十轻搔头 / 心事稠稠 / 长思回首短思舟 / 过半岁月今成叹 / 十载堪似一秋。"

感觉余兴未尽，又提笔："五十年岁月茫茫 / 太多思量 / 拾起放下总难忘 / 人生况味凭栏处 / 可负韶光 / 履痕伴两乡 / 纵使荆棘常有现 / 当知应自强 / 笑满面 / 尘如霜。"

仍觉得余墨不尽，便又取过三张八行红笺，决意再写上三段："幽梦醒来抛惆怅 / 笔墨生香 / 多少不寐字千行 / 相恋文字常思茶 / 人瘦花黄 / 风临小轩窗 / 四卷拙作在那厢 / 漫卷青竹赏 / 月明夜 / 晨星朗。// 以笔为犁志向诚 / 吾捧玉钟 / 地域宣传日正红 / 阡陌路路处处文 / 六合顺风 / 夺油起高声 / 媒体日日攀高坡 / 壮我石油行 / 斗志扬 / 劲不松。// 余今登高频送目 / 正值冬肃 / 似见春来花千束 / 人生本当季季春/花团锦簇/万里江山驻/只因上进不思妆/砥砺唤晨阳/不停歇/攀登路。"

  此夜之涂墨,其实道出了我这些年的笔墨生涯,有艰辛,有快乐,有收获,亦有一言难尽。我肩负着一个央企的宣传思想工作,这是一个与时俱进的系统工程,因为热爱和执着,一贯敬业的我将大部分时间与精力用在工作上。此外,我还要成为一个小家庭的贤妻良母,也要扮演好大家庭里的所有角色……这样,我的文学创作时间几乎所剩无几。唯一值得庆幸的是,我得以实现了少年时的文学梦;我的"贪心"是,我仍渴望创作上的收成。

  梦里看尽好风景,梦醒风情又一秋。对人生,我已通过写作认清了其本质,故而从不在生活的水涡中浮沉,远离名利尊卑,轻视纸上空谈,愿从大地中开掘出字符来编织我的文章,以一滴水折射人生、家庭、社会、人性,这便是我的文字价值,亦是我的人生价值。

  最后我须说,假如巴山蜀水孕育了我这粒文学的种子,那么我将感谢能使我发芽的春天……

二〇二二年元旦于家中